夜に目醒めよ

梁石日《ヤン・ソギル》

幻冬舎文庫

夜に目醒めよ

1

中華飯店「龍門」の事務所で、李学英はソファに座って煙草《タバコ》を吸いながら、会計士から郵送されてきた書類に目を通していた。テーブルの上の灰皿には煙草の吸い殻が山のようになっている。書類に目を通していた学英は書類をテーブルの上に投げ出し、ソファに横になって天井を眺めた。

机に脚を投げ出し、椅子にふんぞり返って葉巻をふかしている金鉄治が、

「また赤字か」

と言った。

「景気がいいのか悪いのか、よくわからねえ」

天井を見上げている学英が嘆息《たんそく》をもらした。

「景気は悪くねえんだ。新聞にも書いてある。景気は回復してるってな」

鉄治は知ったかぶりをして言った。

「新聞記事なんか、当てになるもんか。金は天下の回りものとか言うけど、一部の人間の懐に溜《た》め込まれて、一般の市民には回ってこないんだよ」

マスメディアの論調を受け売りしている鉄治の言葉を論難するように学英は横になっていた体を起こして言った。

「『龍門』は盛況だぜ。いまも店は満席だ。客がこないのは、ガクよ、おまえの店くらいなものだ。そもそも大久保くんだりでクラブなんかやったのが間違いなんだ。そんなことははじめからわかってたはずだ。おれは何度も反対した。それなのにおまえは銀行から借金までして、豪華なクラブを開店したからこんなことになるんだ。死んだ今西沙織のことは言いたくないけどよ、あの女をものにしたいがために、おまえは『女王蜂』を開店したようなものだ。あの女のオマンコは一発百万円はするぜ」

鉄治の性格を熟知しているつもりだが、学英はときどき許せないと思うときがある。だが、人の感情を逆なでしておいてケロッとしている鉄治の憎めない性格に、つい許してしまうのだった。

「よく言うぜ。沙織はテツが殺したようなもんだ」

二年前、麻薬がらみの抗争がもとで、「龍門」の前で銃撃戦になり、その流れ弾が今西沙織に当たって死亡した。車の中から発砲されて、応戦した鉄治は自動小銃を撃ちまくった。その銃弾が車の中にいた今西沙織に当たったのである。まさか車の中に今西沙織がいるとは思わなかった。それは不運な出来事だった。

「おまえこそ無神経すぎるんだ。人を平気でいら立たせる。それより、どうするつもりだ、ガク。このまま『女王蜂』を続けるつもりか。この一年、毎月二、三百万円の赤字が続いている。『龍門』が黒字だからいいようなものの、いつまでも持ちこたえられねえ。クラブをやるとき、おまえは自信たっぷりだったはずだ。それがいまじゃ閑古鳥が鳴いてる。おまえは考えが固すぎるんだ。店の女の子に客とのつき合いを禁じてるそうだが、その一方で同伴しろと言ってる。矛盾も甚《はなはだ》しい。女の子と客がつき合うのは自由だろう。自由恋愛は警察も認めてんだ」

「冗談じゃねえ。おまえのような下司《げす》野郎の客なんか『女王蜂』には出入りさせねえ。店には品格ってもんがあるんだ」

「品格が聞いてあきれるぜ。高い金を払ってくる客のお目当ては女にきまってんだ。女を口説くためにきてるんだ。あちこちのバーやクラブに行って女を口説いてるのは、どこのどいつだ。早撃ちのガクとか言われてるくせに、上品ぶりやがって━」

いらだってきた鉄治は葉巻をふかしながら貧乏ゆすりをはじめた。

「おれはおまえとちがうんだ。おれは女を選ぶが、おまえは穴さえあれば誰だっていいんだ。相手かまわずやりまくってるのは、おまえだろう」

いつもの口論がはじまった。お互いをけなし合い、ののしり合い、いがみ合っていた。どっちもどっちだが、結局、二人とも疲れ果てるのである。

そこへドアをノックして、四歳になる娘を抱いたタマゴが現れた。

部屋に入ってきたタマゴは二人の様子を見て、

「また喧嘩《けんか》してるの？」

と言って娘を降ろすと、娘は父親の鉄治のもとへ走って行った。

「よし、よし」

鉄治は娘の希美子を抱いて膝に乗せると、

「おれにそっくりだろう」

と頬にキスした。

「おまえに似てたら、この子が可哀相《かわいそう》だ」

学英が嫌味を言うと、

「あたしに似てるでしょ」

とタマゴが言った。

「おまえに似てるわけねえだろう。おまえが産んだんじゃねえんだから」

鉄治の露骨な言葉に、タマゴは怒り心頭に発して、

「わたしが産んだのよ。この子の前でそんなこと言わないで！」

と怒鳴った。

希美子は、鉄治の女だった紀香が妊娠九カ月のとき銃撃戦に巻き込まれて死亡したが、お腹《なか》の子は奇跡的に助かって、瀕死の状態のときに帝王切開で生れた子供なのである。そのとき立ち会っていたタマゴが自分の子供として引き取ったのだった。

娘はわけがわからぬまま、怒声をあげているタマゴを見ている。

髪の毛をソフトクリームのように巻き上げ、胸まではだけた真っ赤なワンピースを着ているタマゴのファッションはひときわ目だつ。タマゴは娘の希美子にも同じファッション、同じ化粧までさせている。

「あたしはこれからお店に行くから、希美子を世話してね」

タマゴはあてつけのように娘を鉄治に預けてさっさと事務所を出た。

「娘をいつもおれに押しつけるんだ。お蔭で仕事も出来ないし、飲みにも行けねえ」

鉄治は困りはてた表情で愚痴をこぼした。だが、娘は目に入れても痛くないほど可愛《かわい》がっていた。

「飲みに行けないとか言うけど、おまえは娘を連れて韓国クラブやバーを飲み歩いてんじゃねえのか。みんなが言ってるぜ。子連れ豚だって」

「なんとでも言いやがれ。おれは娘を一人にさせたくねえんだ」

何を言われようと鉄治は平気の平左衛門だった。世間体などまったく気にしていない。自分の価値観だけを信じていた。

「パパ、今日はどこ行くの？」

娘は好奇心に満ちた目で父親を見上げた。

「そうだな、今夜は赤坂に行くか」

鉄治が言うと、

「赤坂……」

と娘は店の名前を聞きたそうに父親のつぎの言葉を待っていた。

「赤坂の『ソウル』にでも行こう」

「『ソウル』……あそこには、いい女がいないよ」

娘の希美子はこまっしゃくれた顔で父親に進言した。

「さすがはおれの娘だ。目が高いぜ。そういやあ、『ソウル』にはいい女がいないよな。ババアばっかりだ。どこがいいかな」

鉄治は四歳の娘の意見を訊《き》くのだった。

「六本木の『パラム（風）』がいいよ。あの店にはパパ好みの可愛子ちゃんが何人もいるよ」

四歳の娘が父親好みの女まで知っているのである。

「そうだな。六本木の『パラム』がいいな。よし『パラム』に行こう」

鉄治はわが意を得たりとばかりに娘を抱きしめた。

父子の会話を聞いていた学英は、

「末恐ろしいぜ。希美子はいまからでもホステスになれる」

とあきれていた。

「タマゴは希美子を将来、外交官にさせようと考えてる。だからタマゴは希美子を英語と中国語の塾に通わせてるんだ」

鉄治は得意そうに言った。

「外交官もいいけどよ、ホステスの方が似合ってんじゃねえのか。血は争えねえっていうからさ」

「子供には可能性ってもんがあるんだ。おれとおまえには可能性なんかねえけどよ」

鉄治は自嘲《じちょう》めいた薄ら笑いを浮かべた。

学英は事務所の壁の時計を見た。午後七時を指している。

腰を上げて、

「さて、『女王蜂』の様子を見てくるか」

と立ちかけたとき、

「『女王蜂』をどうすんだよ。赤字のまま店を続けるのか、閉店するのか、はっきりした方がいいぜ」

と鉄治が言った。

「もう少し考えさせてくれ。結論は月末に出す」

結論を出しかねている学英は苦々しく言って部屋を出た。

「龍門」を出た学英は歌舞伎町界隈をゆっくり歩いて見て回った。この十年、歌舞伎町はめまぐるしく変遷してきた。風営法が改正され、午前零時以後の接客をともなう飲食は禁止され、客は激減した。バブルが崩壊した影響もあってクラブで金を落とす客はめっきり少なくなった。それに拍車を掛けたのが夜の世界の世代交替であり、女性の社会進出である。女性の社会進出によって、いわゆるグルメ志向が高まり、若い男性も女性に引きずられるように美食への関心を強めていった。いまやクラブなどに行くのはオヤジばかりであり、ダサいのである。体を張って生きてきた学英と鉄治も昔気質《かたぎ》のところがあってクラブ通いを当り前のように考えていた。夜の世界といえばクラブ、バー、キャバレーであって、同じ風俗でもキャバクラのような店は学英や鉄治には合わないのだった。

だが、現実には、クラブやバーは減少しつつある。歌舞伎町を歩いてみるとわかるが、クラブやバーに替って台湾、中国、フィリピン、韓国などからやってきたニューカマーたちの風俗店が増えている。セックス産業も客を引き寄せる一つの仕掛けではある。ところが、警察の取締りは一段と厳しくなり、客引きもできなくなった。新宿の夜の世界は明らかに衰退の一途をたどっているのだ。当然、新宿の延長線にある大久保も孤立していったのである。大久保で豪華なクラブを立ち上げて五年がたってみると、学英はそのことを痛感させられた。

その点、六本木は、新しい時代の流れの中で発展してきた街である。三十五年ほど前には何もない街だったが、二十年ほど前から多くの若者が集まるようになり、時代にマッチした飲食店や風俗店が増えていった。渋谷を起点として原宿、表参道、青山、赤坂、そして銀座へとつながる中核に六本木は位置している。立地条件としてはきわめて有利な条件を持っているといえる。さらに周辺には外国の大使館や領事館が多く、永田町と大手町がひかえている。東京の夜の世界は新宿から六本木へとシフトしていったのだ。

クラブ「女王蜂」のドアを開けた学英は、四、五人しかいない店内の客を見回して事務所に入っていった。生バンドのジャズが空しく聴こえる。今西沙織が歌っていたころの店内はいつも満席だった。タマゴの奇抜なファッションも新鮮に映った。それが売りだったのだが、いまのタマゴのファッションは精彩を欠いていた。タマゴのファッションは個性そのものだが、それが鼻についてきたのだ。二十人いたホステスもいまでは十二、三人に減っている。

活気のない店を見ていると、店の装飾やテーブル、椅子にいたるまで色あせて見える。学英は店を改装して新規開店しようと考えたこともあるが、費用が嵩《かさ》むうえ、はたして客を動員できるのか自信が持てなかった。

学英は店を出て大久保通りから職安通りに抜ける路地を歩いた。いたるところに韓国料理店が営業している。一時は立ちんぼも見掛けたが、警察の取締りが厳しく、いまでは姿を消してしまった。セックス産業はエステクラブやバーやスナックを装って地下にもぐり込んでいた。鉄治がしきりにホステスと客の自由恋愛は警察も手入れできないと言うのはそういう業務形態を主張しているのだ。だが、学英は裏でやましいことはしたくなかった。店と客との関係は、あくまで対等であるべきだと考えていた。

学英は区役所通りに面しているクラブ「光林」に入った。地下への階段を降りて店のドアを開けるとシーンと静まり返っていた。以前は店のドアを開けると華やいだ声が聞こえてきたが、最近は客を迎えることすらしない。店に入って突っ立っている学英に気付いて、はじめて「いらっしゃい」と艶《つや》のない声で迎えるのである。

学英はボックスに案内されて腰を下ろした。客は二、三人しかいない。それも中高年だ。二、三十年来の常連客である。若かった常連客も年を取り、夜の街に繰りだしてくるのが億《おっ》劫《くう》になったり、病気で寝込んでいたり、あるいはこの世を去っていったのだろう。

「いらっしゃい。お久しぶりね」
六十五、六になる着物姿のママが学英の前に座った。
学英の隣に座って水割りを作っているあかねは、この店に二十年以上勤めている。学英がはじめて「光林」にきたのは十年前であった。そのころの「光林」は老舗の高級クラブとして敷居の高い店だった。三十代後半のあかねは女盛りで魅力的だった。学英はあかねに憧れていたが、久しぶりに見るあかねは四十代後半になり、たるんだ頬肉に脂肪が溜まり、目尻に皺《しわ》が重なっていた。五人のホステスの中で三十代は一人もいなかった。

「元気そうね。お店はうまくいってる？」

ママは学英が経営している「女王蜂」の状態を訊いた。

「あまりかんばしくない。ここ二、三年低調だ」

「そうなの。すごく派手にやってると聞いていたけど……」

学英の意外な言葉に、ママはどこも低調なのだと思って声を落とした。

「新宿も昼間の表通りには人が溢《あふ》れてるけど、夜の歌舞伎町は人が少ない。特にクラブやバーは落ち目だよ。中国、台湾、韓国、フィリピン、タイ、それにルーマニア、ロシアの外国勢に喰い荒らされてる。警察の取締りが厳しくてポン引きやキャッチガールが地下にもぐってしまったのが、かえって歌舞伎町から客を遠ざけてしまったんだ。浄化作戦とかいってるけど、警察も腐りきってるのによ、何が浄化作戦だ」

　学英は警察に忿懣《ふんまん》をぶちまけた。

「わたしは歌舞伎町で四十年店をやってきたけど、バブルが崩壊してから時代が変ったのね。いまの若い人はクラブなんかこないもの」

　ママは店の隅にいる中高年の客をちらと見た。

「昔を懐かしむようになったら、おしまいだよ」

「そうね。わたしも、そろそろ潮どきだと思ってる。閉店して、老人ホームに入るつもりなの」

「老人ホーム……。まだそんな歳じゃねえだろう」

　学英はママをまじまじと見つめた。

「もう六十七よ。充分働いてきたわ。あとは一人、のんびり暮らしたいの」

「旦那はいないんだっけ？」

「とっくに亡くなったわ」

「それから男はできなかったのか。ママくらいの美貌なら、何人もの男から口説かれたはずだ」

「五十を過ぎた女を口説く奇特な男なんかいないわよ。それに男はあきあき。面倒臭くて」

ママはさばさばした表情でにこやかに言った。

「あなたはまだ若いし、これからいくらでも女を口説けると思うわ」

そう言って、ママは中高年の常連客が飲んでいる席に移った。

「わたしもいただくわ」

あかねはグラスに氷を入れ、ウイスキーをつぎ、水をそそぐとひと口飲んで、

「閉店されると、わたしなんか行くとこないわ。預金はないし、男もいないし、ビルのトイレ掃除のおばさんくらいね、できることは」

とわびしそうに言った。

「これからひと花、ふた花咲かせられるはずだ。男を騙《だま》すテクニックは心得てるはずだろ」

学英が励ますように言うと、

「この間さ、中高年クラブのお見合いに行ったのよ」

と興味を誘うように言った。

「中高年クラブのお見合い……。おまえはそんなところの会員になってたのか」

「そう、お友達に誘われて興味本位で会員になって、お見合いに行ったの。赤坂のKホテルだったわ。五十代から七十代の男女が数十人きてた。わたしは一番若かったから六人のオヤジとかじいさんに言い寄られて、その中の七十二歳になるじいさんと後日、食事をしたの

よ」

「七十二歳。もっと若い男を選べばいいのに。おまえは老人が趣味なのかよ」

学英は悪趣味だと思った。

「だって、七十二歳だったら、早く死んでくれるでしょ。その人はビルとマンション三棟を持ってる資産家だったのよ」

あかねの説明に、

「なるほど、目のつけどころは悪くない。それでどうなった」

と学英は先を訊いた。

「その人は結婚したいと言ってくれた。小柄でよぼよぼのじいさんだったけど、わたしは承諾したのよ。法律にしたがって、財産の半分をくれるって言うから。ところが三人の子供が猛反対して、興信所を使ってわたしの身元を調査して、水商売の女をうちに入れることはできないって言うの。いとこだか、はとこだか知らないけど、二人の男がやってきて、水商売の女が半分ぼけてる老人を騙して財産を横領しようとしている、警察に訴えてやるって怒鳴り込んできたわ。だから言ってやったの。誰があんなじじいと結婚する女がいるのかって。百億くれたって絶対結婚はしないって」

よほど口惜しかったのか、あかねは声を大きくして言った。

「くだらねえ話だ。ビルやマンションの二つや三つ持ってるからって、どうってことねえよ。ビルのトイレ掃除のおばさんの方がよほど気楽だぜ」

　昔のあかねは色気があったが、いまのあかねは見る影もなかった。

　クラブ「光林」を出ると通りには結構人が歩いていた。しかし職安通りの方へ行くと人通りは極端に少なくなる。

「女王蜂」にもどってみると店には二人の客に十人のホステスが接待していた。手持ちぶさたのマネージャーとボーイには覇気《はき》がない。タマゴ一人の笑い声が店内に響いていた。

　学英は事務所に入って椅子に座り、煙草に火を点けてふーっと吐いた。鉄治の言う通りかもしれない。累積赤字は三千万円を超えている。このまま手をこまねいて店を続ければ赤字が増大するのは明白だった。もはや一日も早く決断しなければならない。

　タマゴが事務所に入ってきた。真っ赤なドレスとソフトクリームのような形をした金髪と緑色に縁どった濃いアイシャドーがトカゲのようだった。

「ナオミとサナエが辞めたいって。銀座にもどるらしいわ」

　タマゴは無気力に言った。

「辞めたい奴は辞めればいいんだ」

　学英は脚を投げ出し、欠伸《あくび》をした。

「どうすんの。客は二人しかいないわよ」

タマゴは他人《ひと》ごとのように言った。

「客を呼ぶのはおまえの責任だろう。他人ごとのように言うんじゃねえ！」

学英は足を踏み鳴らして怒鳴った。

「こんな場所に店を作ったのが間違いだったのよ。あたしはガクを信じてついてきたけど、なにさ、いまごろになって責任を転嫁するなんて、男らしくないわよ！」

タマゴは学英に喰ってかかった。

「おまえも仕事を辞めて子供の面倒をみろ。テツに子供を押しつけたりして。テツは子供を連れて毎晩、韓国クラブやバーを飲み歩いてんだ。将来、どういう人間に育つか、見ものだぜ」

「心配しないで。子供はちゃんと育てるから。テツやガクのような人間にならないように」

「そうかい、そうかい、せいぜいおまえのような人間にならないよう気いつけるんだな」

おまえのような人間とはどういう意味なのか。プライドを傷つけられたタマゴは、

「どういう意味？　わたしのようなニューハーフになるなってこと？　希美子は女の子よ。ガクは本当はわたしを軽蔑してるのね。日ごろは差別なんかしてないふりをして、本心は軽蔑してたんでしょ。この偽善者！　こんな店、早く潰れてしまえばいいのよ！」

と机の上にあった事務用品を学英に投げつけ、トイレに入って便座にしゃがむと泣きだした。まずいことを言ってしまったと学英は後悔したが、タマゴがいったん臍《へそ》を曲げるとしばらくは手がつけられないのだった。

「悪かった。そんなつもりで言ったんじゃない」

学英はトイレの前で謝ったが、

「うるさい！　ほっといてよ！」

と受付けようとしない。

仕方なく学英は店に出てカウンターのとまり木に座り、バーテンにビールを注文した。服を着替えたホステスたちが帰宅を急いでいる。以前は午前一時ごろまで営業していたが、いまは午後十一時には閉店していた。客がいないからである。

学英にビールを差し出したバーテンが、

「もう帰っていいですか」

と言った。

「客がいる間はつき合え」

ホステスたちが帰って行くので、バーテンはそわそわしている。鼠《ねずみ》は難破船からいっせいに逃げ出すというが、沈没寸前の「女王蜂」からみんなが逃げ出そうとしているのだ。学英にはそう思えた。

トイレに入ったタマゴが十分たつのに出てこない。酔っぱらっているタマゴは便座に座って眠っているのではないか。以前もそういうことがあった。

気になった学英はトイレに行き、ドアを軽くノックして、

「大丈夫か」

と声を掛けた。

そのときゲーッと嘔吐して咳《せ》き込む声がした。

「大丈夫か！」

学英がまた声を掛けた。

「大丈夫……」

タマゴはちょっと苦しそうな声で答えた。

様子を見にきたマネージャーが、

「飲みすぎたんです。お客さんが少ないものですから、ママは売上げを上げようとブランデーをガンガン飲んでました。やめた方がいいと言ったんですがね、聞かないんですよ」

苦言を口にしているマネージャーの声が聞こえたのか、トイレからタマゴが出てきた。青ざめた顔色をしている。苦しそうな息づかいをしてよろめきながら事務所を出てカウンター

のとまり木に座ると、

「お冷やをちょうだい」

とバーテンに言った。

バーテンが持ってきたお冷やを見て、

「氷くらい入れなさいよ。それでもバーテンなの」

と言った。

バーテンはふてくされた顔をしている。

「早く帰りたいんでしょ。帰りなさいよ。明日から来なくていいから」

タマゴはその場でバーテンを馘《くび》にした。

バーテンは着替えをすませて、さっさと店を出て行った。残っているマネージャーとホール担当のボーイ二人と厨房《ちゅうぼう》のチーフの間に不穏な空気が流れた。

学英はカウンターの中に入り、グラスにブランデーをついでひと口あおると、

「店はおれが閉める。みんな帰っていい」

と言った。

すると、従業員は皆そそくさと帰って行った。

「店が暇だからといって、売上げを上げるためにガンガン飲むのはよくないぜ」

酒量の限界を考えず、ママがトイレで嘔吐するまで飲んでいては他の従業員に対してしめしがつかない。学英はそれを戒《いまし》めた。

「売上げを上げるために飲んだんじゃないわよ。自棄酒《やけ》よ」

「自棄酒？」

「テツが別れたいって言い出してるの。女ができたのよ。あちこちに女をつくるのはあいつの病気みたいなものだから、あたしは見て見ぬふりをしてきた。紀香のときも別れるとは言わなかった。それなのに今度は別れるって言うの。あたしから娘を取り上げるつもりなのよ」

タマゴはお冷やを飲み干すと空いたグラスにブランデーをなみなみとついだ。

「やめろよ！」

学英がブランデーの入ったグラスを取り上げようとしたが、それよりも素早く、タマゴはブランデーを半分ほど飲んで、ハアーと息を吐き、

「お冷やをちょうだい」

と言った。

学英はブランデーの入ったグラスを取り上げ、別のグラスに氷を入れて水をそそいで渡した。そのお冷やをタマゴは一気に飲むとがくっとうなだれ、カウンターにうつ伏せになった。

「タマゴ、眠るな。家まで車で送っていくから」

と言ってタマゴの体をゆすったが、タマゴは意識を失っていた。

「参ったな」

学英は眠りこけているタマゴをどうしたものかと思案したが、タクシーで家に送って行くしかなかった。学英は外に出てタクシーを拾い、店の前に待機させて、店の灯りを消し、戸閉りをして、タマゴを肩に担いで階段を降りるとタクシーに乗せて鉄治とタマゴが住んでいるマンションに向かった。五分ほどでマンションに着いた。学英はタマゴの腕を肩に掛け、引きずるようにしてエレベーターで三階に上がった。部屋の前でタマゴのバッグから鍵を取り出し、ドアを開けて部屋に入って灯りを点けた。そして寝室のベッドにタマゴを寝かせて離れようとしたとき、意識を失っていたはずのタマゴの腕に力が入り、学英の顔を引き寄せた。

「ガク、あたしを抱いて。寂しいのよ。あたしを慰めて」

タマゴは学英にぴったり体を寄せて唇にキスをした。豊満な乳房や引きしまった体は女以上に艶《なま》めかしい。

「やめろ！　やめるんだ！」

学英は動転した。

「どうして？　あたしが嫌いなの？」

「そうじゃない」

学英はタマゴを突き放そうとしたが、タマゴは両脚で学英の体を強く挟んでいた。

「あたしが女じゃないから？」

「そうじゃない」

矢つぎ早に問い詰められて学英の頭は混乱した。

「テツの女を抱けるわけねえだろう」

その言葉に、ようやくタマゴは力を抜いた。

「そうね、テツとガクはダチ公だもんね。でも、あたしはどうなるの。あたしを慰めてくれたっていいでしょ。なにさ、親友ぶって。あたしが女じゃないから抱きたくないんでしょ」

「おまえは女以上の女だ。しかし、おまえを抱くわけにはいかねえ。それで何かが解決するのか。おれと寝て、テツに復讐するつもりなのか」

「そうよ、ガクと寝て、テツに復讐するつもりよ。あたしの気持がわかる？　女を愛したことのないガクにはわからないでしょ」

タマゴは体を震わせて泣き出した。

そこへ鉄治と娘の希美子が帰ってきた。

2

眠っている娘の希美子を抱いて部屋に入ってきた鉄治は、目をはらしているタマゴを見て、

「どうしたんだ？　泣いてるのか？」

と訊いた。

「おまえが毎晩、娘を連れて飲み歩いてるから、心配でしょうがねえんだよ」

学英は、その場をとりつくろうように言った。

ベッドに仰向けになっているタマゴはふてくされている。ベッドの端に座っていた学英が椅子に移ると、鉄治は娘を寝かせた。

「可哀相に、夜遅くまで連れ回されて。眠かったでしょ」

眠っている娘にパジャマを着せて布団に入れると、タマゴは立ち上がってバスルームに行った。

「四歳の子供を夜中の一時まで、クラブやバーを連れ歩いて飲むのは異常だぜ。少しは考えたらどうだ。将来、ろくな人間にならないぜ」

実際、夜遅くまで娘を連れて飲み歩いているので、娘は朝起きられなくなり、幼稚園を休

んだりしていた。

「タマゴが店を辞めて娘の面倒をみればいいんだ。ところがあいつは、店は辞めたくないと言うんだ。自分が辞めると『女王蜂』は潰れるとか言って、それを口実に子供の面倒をみようとしない。おれに父親の資格がないとかぬかしやがるけど、おれはベビーシッターじゃねえんだ」

夫婦喧嘩は犬も喰わぬと言うが、鉄治とタマゴの話を聞いていると、どっちもどっちだった。

「帰るぜ」

学英は腰を上げて部屋を出た。

学英が帰ったあと、鉄治とタマゴは口喧嘩をはじめるにちがいない。

鉄治のマンションは弁天町にある。職安通りに面している学英のマンションまでは徒歩で五、六分の距離だ。どこかで一杯やりたかったが、学英は帰宅することにした。

玄関に設置してあるセキュリティ番号を押し、「QRコード」付きの入館証をセンサーにかざすとドアが開いた。学英がマンションに入ってエレベーターの方に向かうと悲鳴が聞こえた。

「いや、いや、やめて！　助けて！」

押し倒された女が悲鳴を上げながら暴行しようとしている男に必死に抵抗していた。

「何してんだ！」

学英の鋭い声に、暴行しようとしていた男が驚いて女から離れた。男は顔を隠すようにうつむいて玄関を出ようとしたが学英はその前に立ちはだかった。

「てめえ、泥棒か。それとも女を強姦しようとしてたのか」

黒いブルゾンを着て黒いカバンを持っている。男の身長は一七五、六センチあり、学英と同じくらいだった。体格もがっちりしている。だが、どこか陰気で内にこもった感情に凶暴な匂いを感じた。

学英は男の胸倉を摑《つか》まえて押し返した。押し返された男は少しよろめき、後退したが、いきなりカバンの中から刃物を取り出し、学英を突き刺そうとした。体をかわした学英の胸のあたりを刃物がかすめた。学英は半歩さがり、左フックで男の顎《あご》をとらえた。男が顔をのけぞらせるとふたたび左フックで顎をとらえ、隙《すき》ができた右の顔面に強打を放った。相手の男は喧嘩なれしている百戦錬磨の学英の敵ではなかった。男はたまらずもんどり打って倒れ、刃物を落とした。

学英は素早く刃物を拾い、男の腕をねじ上げて、

「刃物で刺されると痛《いて》えんだ。血が流れるんだよ。おまえにはそのことがわからねえようだ

な。刃物で刺されると、どういうことになるのか教えてやる」

学英は男の腕に刃物を突き刺した。

「うわっ！」

男は叫び声を発した。

「二度と刃物が握れねえようにしてやる」

そう言うと学英は、ねじ上げていた腕を膝で押さえ、関節をへし折った。べきっ！　と骨の折れる音がして、「うわっ！」と男はうつ伏せになって悲鳴を上げた。

学英は立ち上がり、呻《うめ》きながら七転八倒している男に、

「二度とへんな真似をするんじゃねえ。このつぎは、おまえの首をへし折ってやる！」

と凄みのある声で忠告した。

「とっとと、うせろ！」

学英は男の腹部を蹴り上げた。

関節をへし折られた腕がだらりと垂れ、血が流れている。男は震えながら立ち、カバンをかかえてよろめきながら逃げて行った。

男が刃物を使わなければ、これほど痛めつけなかっただろう。だが、刃物を使った男に学英の感情が爆発した。何度も修羅場をくぐってきた学英にとって、刃物や拳銃は死ぬか生き

るかの対決を意味していた。眠っていた本能が蘇り、相手を完膚なきまでに叩きのめさないと気がすまないのだった。

暴行されかけていた二十二、三歳に見える女はエレベーターの前で顔をこわばらせて震えていた。

「もう大丈夫だ。あいつは二度とこのマンションにはこない。おまえにも二度と触れたりはしない。安心しな」

学英は女を慰めた。

「は、はい。ありがとうございます」

と礼を述べながらも女は学英を恐れていた。

「おれは五階の角部屋の五〇五号室に住んでる。おまえの部屋は何階だ？」

学英は声をやわらげて訊いたつもりだが、女は警戒して自分の住んでいる部屋を教えようとしない。

「おまえが先に行きな」

怯《おび》えている女の気持を察して、学英は先に女をエレベーターに乗せた。エレベーターに乗った女はバッグを胸にかかえ、体を硬直させて、学英が乗ってくるのではないかと警戒していた。エレベーターは三階に停まった。三階に住んでいるのだ。もどってきたエレベーターに乗って、学英は自分の部屋に向かった。

　ソファに座ってビールを飲みながらテレビを観はじめた学英は、痛めつけた男のことを考えていた。恐怖におののいている男の卑屈な顔が思い出された。男は警察に通報しないだろう。たぶん男は、これまでにも何度か同じ犯行をくり返しているにちがいない、と学英は思った。

　翌日の昼過ぎ、チャイムが鳴った。ドアを開けてみると、昨夜の女が立っていた。

「あの、昨夜は助けていただいてありがとうございました。あらためてお礼を言いたくて……」

「いいんだよ。あの男とは知り合いなのか？」

「いいえ」

　女はうつむいたまま、まだ怯えている。

「知り合いじゃないのか？」

「はい、半年ほど前から無言電話や脅迫の手紙がきたり、つけ回されるようになりました。マンションの前に立っていたり、エレベーターの前に立っていたり、部屋の前に立っていたりしました」

「気持悪い野郎だな。警察に相談したのか？」

「はい、相談に行きましたが、一度、パトカーで見回りにきただけです。ストーカーは注意するだけで逮捕できないと言われました」

清楚な感じの美しい女だった。

「ストーカー……いま流行《はや》りの変態野郎か」

学英は昨夜と同じ怒りの感情が蘇ってきた。

「おまえは夜勤めてるのか？」

「はい……」

女はためらいがちに頷いた。

「勤め先は新宿か」

「はい」

「どこの店だ」

新宿なら、たいがいの店はわかる。

「クラブ『光林』の会計係をしてます」

「『光林』……『光林』ならおれはよく知ってる。おれは大久保のクラブ『女王蜂』を経営してる」

「クラブ『女王蜂』ですか。ニューハーフの美しいママの店ですか」

「そうだ、知ってるのか」

「行ったことはありませんが、噂で聞いたことはあります。『女王蜂』のマスターは新宿の顔役とか言われてました。もしかしてあなたのことですか?」

女から新宿の顔役と言われて、学英はまんざらでもなさそうな顔付きになって、

「まあな……」

と言った。

女は学英の素性が判明して安心したのか、

「わたし、三階の三〇八号室に暮らしている白崎樹里と申します」

とはじめて自己紹介した。

「おれは李学英というんだ。安心しな。あの男は二度とおまえをつけ回したり、マンションにきたりしねえから」

学英の頼もしい言葉に白崎樹里は明るい表情をとりもどし、白い歯を見せた。愛らしい笑顔だった。

「それではこれで失礼します」

白崎樹里は一礼をして帰った。

普段はもう少し寝ているところだが、白崎樹里に起こされた学英は歯を磨き、洗顔してか

ら等身大の全身鏡の前に立ち、ダンベルを持ってトレーニングをはじめた。学英は毎日欠かさずトレーニングをしている。ダンディズムにこだわっている学英は、太鼓腹を突きだし、脂肪の塊のような体をもてあましている鉄治のようにはなりたくなかった。サッカー選手でフォワードをつとめていた高校時代、「弾丸」と呼ばれた鉄治の精悍な体軀《たいく》はいまや見る影もない。まったく歩こうとはせず、徒歩で五分の距離を後輩の高永吉にベンツを運転させている。

三十分ほどトレーニングをして汗をかいた学英は鏡に映っている体の筋肉を隅々まで点検した。まだ闘えるだろうか……。学英は拳を握りしめて身構えた。高校三年生のとき、民族学校の全国大会でウェルター級チャンピオンになったが、各種学校に規定されている民族学校の生徒は日本の高校と試合ができず、学英はやむを得ず、対戦相手を求めて大学三年生と試合をした。大学には民族学校や各種学校の規定はなく、学英は全日本大学ボクシング大会で優勝したのである。この勝利は学生ボクシング史上に残る快挙だった。学英はプロボクシングに誘われ、その気になっていた。ところがある日、池袋駅で民族学校と対立していたK大学の空手部の学生たちと乱闘になり、学英は木刀で左目を突かれ、失明寸前の状態になった。そして手術の結果、失明はまぬがれたものの、左目の視力は〇・〇一にまで落ち、ボクシングを続けることはできなくなったのである。学英はいまでも砕けた夢の破片を追い求めているのだった。

鏡に映っている体には数カ所の傷跡がある。胸に二カ所、腹部に二カ所、右腕に一カ所、左腕に三カ所、刃物で斬りつけられた傷跡がケロイド状に凝固していた。その傷は、学英がボクシングを諦《あきら》めたあとの生きざまを象徴している。夜の新宿で暴力団と渡り合った傷であり、チャイナマフィアや同じ在日同胞との縄張り争いで負った傷である。リングの中ではなく、リングの外で死闘をくりひろげた傷だった。どんなときでも怯《ひる》んではならない。怯むと、その一瞬の隙を突かれて敗北する。闘いは先手必勝なのである。

昨夜は危なかったと学英は反省した。相手が素人だったこともあるが、接近しすぎたと思った。しかし、気力において相手を圧倒し、それが相手の攻撃の切っ先を鈍らせたのだ。そして相手の戦意をくじくためには完膚なきまでに叩きのめす必要があった。

学英はトレーニングのあとシャワーを浴びて汗を流し、また歯を磨いた。学英は一日に三、四回、歯を磨いている。神経質で匂いに敏感な学英は口臭が気になって仕方ないのだ。

学英は櫛《くし》で念入りに髪をすき、白いシャツに縦縞《たてじま》の紺のスーツを着てサングラスを掛け、外出した。八月の強烈な太陽が真上に輝いている。学英はちょっと空を見上げ、ちっと舌を鳴らして地面に唾を吐いた。磨き上げたア・テストーニの黒い靴が光っている。街は渋滞している車輛の排気ガスと熱が充満し、いまにも爆発しそうだ。

学英は「龍門」に向かった。朝食は「龍門」で摂《と》ることにしている。自動ドアの玄関を入るとクーラーの効いた店内はひんやりしていた。

部長の池沢国夫が、

「お早《は》ようございます」

と挨拶した。

「お早よう。テツはきてるのか」

と学英が訊いた。

「あそこのテーブルで食事をしてます」

池沢国夫は奥のテーブルを指差した。鉄治の指定席である。昼食と夕食はこの指定席で鉄治とタマゴは食事を摂っていた。

昨夜の就寝時間は遅かったが、鉄治とタマゴは昼食時間には必ず店にきていた。もちろんオーナーといえども代金は支払わなければならない。

鉄治のテーブルに行くとタマゴの横に娘の希美子も座っていた。

「幼稚園は休んだのか？」

鉄治の隣の席に腰を下ろしながら学英が言った。

「寝るのが遅かったでしょ。だから今朝は起きられなかったのよ」

タマゴは困った表情で言い訳をした。

「週に二、三日は休んでるんじゃないのか」

学英は親としての鉄治とタマゴの責任を問うように言った。

「しょうがねえよ。朝起きられねえんだから」

鉄治は面倒臭そうに言いながら料理に喰らいついた。そして昼間からビールを飲んでいた。グラスのビールを飲むと、女性店員を呼び、

「ビールをもう一本」

と注文した。

お冷やとおしぼりを持ってきた女性店員に学英は料理を注文した。

午前十一時半から午後二時までの昼食時間の客入りは一回転程度だった。そして午後三時から午後六時まで休憩に入り、午後六時から午前二時まで営業している。

「昨日、おまえのマンションからおれのマンションに帰ったらよ、エレベーターの前で若い女の子が男に襲われてたんだ。そこでおれは止めに入ったんだが、男はいきなりカバンから刃物を取り出して切りつけてきたから、思いっきり痛めつけてやった。男の腕の関節をへし折って、そいつの持っていた刃物で腕を突き刺してやった。男は泣き叫びながら逃げて行ったよ。女の子に聞いてみると、相手はまったく知らない男で、ストーカーだと言ってた。半

年前からつけ回され、昨夜、エレベーターの前で襲われたんだ。おれの帰る時間が少しずれていたら、彼女は殺されてたかもしれない」

学英の話を聞いていたタマゴが、

「あたしも一度、男につけ回されたことがあった。テツに言うと大変なことになるから言わなかったけど、つけてきた男に、あたしとやりたいの！　と男声で言ってやったら、それからつけ回さなくなったわ。あたしがニューハーフだってことがわかったのね」

とタマゴは言った。

「女とそんなにやりたかったらよ、ソープへ行けばいいじゃねえか。金がねえのかな」

鉄治にとって女と金は一体なのだ。

「そんな問題じゃないのよ。欲しい物はどんな方法でも手に入れたいのよ。子供が玩具《おもちゃ》を欲しがるのと同じ。だだをこねて、それでも手に入らないときは、暴力に訴えるのよ。自分より強い相手には絶対にそんなことしないけど、自分より弱い者にはどんな残忍なことでもする。事件が起きると、心の闇とかなんとか言うけど、そんなの関係ないのよ。要するに変質者なのよ。世の中には変態や変質者がごまんといる。人は突然、変態になったり、変質者になったりする。店の客の中であたしのウンコを食べたいって男がいたわ。普通のサラリーマンよ。だからあたし言ってやったの。自分のウンコを食べなさいって」

タマゴは澄ました顔で言うと席を立ち、

「キミちゃん、行きましょ」

と娘の希美子をうながして店を出て行った。

「これから買い物に行くんだ。伊勢丹に。部屋にはタマゴと希美子の衣類や靴やバッグが溢れてる。病気だよ、あいつは。買い物依存症なんだ」

そのくせ鉄治も衝動買いをする癖がある。突発的に数百万円、数千万円の買い物をしたりする。五年前、デパートの世界時計展を見にいったとき、四千五百万円のパテック・フィリップの腕時計を銀行から借金をしてまでして買った。そして手に入れるとまったく無関心になり、半年後、紛失してしまった。女とラブホテルにしけ込んだとき置き忘れたのか、酔い潰れた隙に誰かに盗られたのか、真相はわからないが、一週間もすると紛失したことをすっかり忘れ、こりもせずにまた日本橋のデパートで開催されていた時計展に行き、二千万円のブレゲの腕時計を買おうとした。しかし、タマゴに止められ、買うのを諦めたのだった。

「それで、その女の子は可愛い子だったか？」

鉄治のやに下がった顔が好奇心をつのらせている。

「まあな、クラブ『光林』の会計係をしてると言ってた」

学英が言うと、

「ほう、今夜さっそく行ってみるか」

　と鉄治は腰を浮かせた。

「行かねえよ、おまえとは」

　学英は断った。鉄治と一緒に飲みに行くとろくなことはない。ホステスのお尻や胸を触ったり、ときには強引にキスしようとしたりする。ちょっと気に入らないとすぐにマネージャーを呼んで文句を言う。そうした行為は学英の美学に反するのだった。

　食事のあと、鉄治は事務所のソファで一時間ほど仮眠するのが日課になっている。

「龍門」を出た学英はタクシーで六本木に赴き、東京の名所の一つになっている六本木ヒルズを見物しに行った。66プラザの脚の長い大きな蜘蛛の下を多くの若い男女が行き交っている。中には記念写真を撮っている者もいた。学英は大きな蜘蛛を見上げながら森タワーの中に入った。服飾雑貨店や飲食店を見て回ったが、迷路のようになっていて、どこに何があるのか把握できなかった。森タワーを抜けてけやき坂通りに出た。洒落《しゃれ》た雰囲気はあるが、特別興味をそそられるようなものはなかった。テレビ朝日の前を通って毛利庭園を歩き、芋洗坂を上がって六本木交差点にきた。そして六本木界隈をひと回りして元防衛庁跡の前で建設中の工事現場を観察した。元防衛庁跡には六本木ヒルズに匹敵する商業施設ができるらしい。そうなれば六本木は東京でもっとも華やかな街へとさらに変貌するだろう。街全体としては新宿より小さいが、商業施設は突出している。おそらく集客力も高いにちがいなかった。学英は不動産屋を三、四軒のぞいてみたが、新宿よりはるかに高い相場だった。しかし、夜の集客力がどれほどあるのかは未知数である。

三時間ほど六本木を見て回った学英は「龍門」にもどった。事務所では鉄治がソファに寝そべってテレビを観ていた。

「六本木は高すぎる。しかし、魅力のある場所だ。これからさらに発展するのは間違いない」

学英は椅子に座り、煙草に火を点けて言った。

「こりもせずに、今度は六本木か。金はどうすんだよ」

ソファに寝そべっている鉄治はふかしている葉巻を嚙《か》みながら言った。太鼓腹が波うっている。

「大久保の店を売る」

と学英が言った。

「あんな落ちぶれた店を買う奴がいるのかよ。買う奴がいても、足元を見られて二束三文に買い叩かれる」

「足りない資金は銀行から借りる」

「また銀行かよ。おまえは銀行を儲けさせるために借金すんのか。いい加減にしろ」

鉄治は小指で耳孔をほじくり、耳垢をズボンにこすりつけた。

「おまえも銀行からしょっちゅう借金してるだろう。欲しい物があると、すぐに銀行から金を借りて買うくせに、人のことをとやかく言えた義理か」

「おれの買い物はたかがしれてる。おまえの買い物は億単位だ。しかも赤字とくる。そのうち、この『龍門』も売り飛ばす気か」

「女に金をつぎ込むよりましだぜ」

「よく言うぜ。おまえもくだらねえ女のどつぼにはまって泣きをみてるくせに」

いつもの口論がはじまった。そしてなぜか二人が口論しているときにタマゴが現れるのである。

「また喧嘩してるの」

タマゴは両手に買い物袋を提げている。娘の希美子の両手にも買い物袋が提げられていた。

タマゴは買い物袋を事務所の隅に置くと、

「希美子をみててね。あたしはこれから美容院に行って、その足で店に出るから」

と言って娘を鉄治に預けて事務所を出ていった。

鉄治はうんざりしながらも、

「こっちへおいで」

と娘を呼んで抱き寄せると太鼓腹の上に乗せ、

「今日は何を買ってきたんだ」

と訊いた。

「あのね、今日はね、ふりふりのついたパンティとビキニの水着とドレスとスニーカーを買ったの。ママはね、クロエのバッグを買った」

まだ四歳だが、ファッションに関してはすでに一家言を持っていた。

「買ったのはそれだけか」

タマゴの買い物には、いつも内緒の物がある。

「あのね、パパに言っちゃいけないと言われたけど、ママはね、ボッテガヴェネタのクロコダイルのバッグを買ったよ。凄くいいの。二百五十万円だって」

パパっ子の娘はなんでも鉄治に報告してしまう。この前もタマゴが道で出くわした店の常連客と抱き合ってながながとキスをしていた様子を娘は父親に話していた。

「何、ボデギが二百五十万円？」

ボデギとは済州島《チェジュとう》語でオマンコという意味である。

「ちがうってば。ボッテガヴェネタ」

娘が舌の回らない父親の発音を修正した。

「あの野郎、とんでもない買い物をしやがって」

往来の真ん中で店の常連客とキスをするのは許せるが、二百五十万円のバッグを買ったのは許せなかった。

「でもママは、パパだって高い物を買ってるって言ってたよ」

タマゴは娘を巧みに手なずけて鉄治を牽制《けんせい》しているのだった。

「そうだよな。パパはめちゃ高い物を買うんだ。二百五十万円くらいめじゃないよな」

学英はタマゴを援護するように皮肉った。

いらだってきた鉄治は葉巻をぷかぷかふかし、ついに床に投げ捨て踏み潰した。

「おれは行くぜ」

学英は腰を上げた。これ以上いると鉄治に何を言われるかわからない。

休憩時間を挟んで六時の開店が近づいている店内で、部長の池沢国夫は従業員に掃除やテーブルクロスの入れ替えを急がせていた。

「お帰りですか」

と池沢国夫が言った。

「あとでまたくる。たまにはテツに店を手伝わせろ」

学英が言うと、

「そんなこと言ったら張り倒されますよ」

と池沢国夫は頭を掻《か》いた。

池沢国夫は元暴走族のリーダーだったが、恐喝と傷害をくり返し、少年院を出たり入ったりしていた。就職しても三カ月と続かず、成人してからは二回刑務所に入っている。その前科二犯の池沢国夫を拾ったのが鉄治だった。新宿のある飲み屋で酔って暴れていた池沢を殴り倒し、それから面倒を見ている。鉄治と学英が横浜から新宿へ進出してきた同じ民族学校出身の高奉桂のグループと縄張り争いをくりひろげていたとき、池沢は体を張って闘ったのだった。また暴力団とのビル乗っ取りをめぐる抗争のときも池沢は修羅場を経験させられた。鉄治と学英から在日コリアンの激烈な生きざまを見せつけられ、池沢は日本人として安穏と生きていた自分を恥じたのだった。池沢にとって鉄治と学英はヒーローなのである。

夜の帳《とばり》が下りてきた。美容院で髪をセットし、派手な衣装を着て厚化粧をしたホステスたちが歌舞伎町界隈に出勤してくる。学英が歌舞伎町を歩いていると、

「お早《は》よう」

と出勤途中のホステスが挨拶をしてくる。

「オッス！」

学英は手を軽く上げた。

Ｇ組の下っ端のポン引きが、

「ガクさん、この前、おれの兄貴が『女王蜂』に飲みに行ったら、ぼったくられたと言って怒ってましたぜ」

と言った。

「当り前だろう。おれの店は極道のくる店じゃねえんだ。よく言っておけ」

極道の経営する店でぼったくられる話はよく聞くが、素人の経営する店で極道がぼったくられるのは珍しい。学英は『女王蜂』への暴力団の出入りを固く禁じていた。もし暴力団が来店したときは、破格の高い値段を請求するようタマゴにいいつけてあった。ぼったくられた極道が店に因縁をつけにこないところをみると、学英と鉄治をけむたがっているのだろう。

「女王蜂」に行くと、マネージャーとカウンターの二人のボーイが掃除をしていた。厨房ではチーフが仕込みをしている。

「お早《は》ようございます」

マネージャーと二人のボーイが挨拶した。

「お早よう」

学英は事務所に入り、六本木の不動産屋で確かめた店舗の相場のひかえをあらためて見たが、気に入った物件はなかった。「女王蜂」を売るにしても鉄治の言うように買い叩かれるだろう。六本木に移転すべきか、「女王蜂」を改装して、思いきって居酒屋に転換すべきか迷っていた。しかし、いずれも勝算がない。いっそ水商売から足を洗って別の商売をやろうかとも考えたが、やることがないのである。

そこへ美容院で髪を渦巻き状にセットしたタマゴがすけすけのピンク色のレースのドレスを着て現れた。タマゴの奇抜なファッションを見あきている学英は視線をそらせた。そもそもそのようなファッションで街を歩いて出勤してくるタマゴの神経を疑った。

「ちょっと話があるんだけど……」

タマゴは椅子に座って脚を組み、バッグから手鏡を取り出して化粧を直しながら煙草に火を点けた。なんともせわしない動作だが、手鏡と煙草を取り出したバッグは伊勢丹で買ったばかりのボッテガヴェネタのクロコダイルのバッグだった。淡い金色にまぶしたクロコダイルに大きな金具が飾られている。見るからに高そうだった。

「あゆみが、何人もの客と寝てるらしいわよ。客を奪われたって、他の女の子からブーイングが起こってるのよ。一度、それとなく注意したんだけど確証がないから強く言えなかったんだけど、ガクからはっきり言ってくれない。ガクは経営者だからさ」

あゆみは韓国から日本のJ大学に留学してきた二十二歳になるホステスである。

「本当か？」

学英の目の色が変った。

「たぶん本当だと思う」

「あれほど、この店では客と寝るのは御法度だと言ってあるのに、本当だとすれば馘だ」

学英は語気を強めた。

「だからさ、閉店のとき、あゆみに聞いてほしいのよ。もし本当だったら『女王蜂』の面汚しだよ」

脚を組んでいるタマゴの股間が黒ずんで見える。タマゴはノーパンだった。

3

客と寝るのは店の面汚しであると言っておきながら、タマゴはすけすけのピンクのドレスにノーパンなのだ。身も心も女になっているとはいえ、元男のタマゴは裸身を晒《さら》すことに、それほどの抵抗感がないのである。

学英は脚を組んでいるタマゴの股間から視線をそらせて、

「パンティくらいはいたらどうだ」

と言った。

「あら、気になるの。あたしのオマンコに興味があるの。興味があるんだったら、いくらでも見せてあげるわよ」

タマゴはこれ見よがしに組んでいた脚を開いた。

「ホステスには客と寝るなと言っておきながら、ママのおまえがノーパンじゃあ、洒落にもならないぜ」

「ノーパンくらい、いいじゃない。客の目の保養になるのよ。客があたしのあそこを触ろうと這《は》わせてくる手をポンと軽く叩いてウインクすると、客は興奮してボトルを注文するのよ。売上げが上がるのよ。わかる？　ガクには興味ないかもしれないけど、サラリーマンにはすごく興味があるの。すべては売上げのためなのよ。この店を潰すわけにはいかないでしょ」

本当は売上げのためにノーパンになっているのではなく、タマゴはもともと露出趣味があり、目立ちたがりやなのだ。奇抜で派手なファッションで街を闊歩《かっぽ》しているのも、タマゴの性癖なのだ。学英はそう思っている。

「あたしはテツと一緒になってから他の男と寝たことないわよ。テツは手当たり次第に女と寝てるけど、あたしはテツ一筋なんだから」

テツ以外の男と寝ずに操《みさお》を守っているというのは、タマゴの建て前であった。

「とにかく今夜、店が終ってから、あゆみに訊いてみる」

ノーパンを注意したところで、タマゴはどこ吹く風である。

店は午前零時に終った。ロッカー室で帰り支度をしているあゆみに、マネージャーが、

「社長がお呼びだ」

と声を掛けた。

普段着に着替えたあゆみは事務所に入ってきて、

「お客さんと食事に行くんですけど」

と社長の学英を牽制するように言った。

「おまえに話がある。客は待たせとけ」

学英はあゆみが言い逃れしようとしている腹の底を見抜いていた。タマゴも椅子に座って煙草をふかしている。険悪な雰囲気を察知したあゆみは時間を気にするようにしきりに腕時計を見ていた。金無垢《きんむく》のコンックスをはめている。店の収入だけでは買えない代物だ。

あゆみを椅子に座らせ、学英は鋭い眼で見すえて、

「単刀直入に訊くけどよ、おまえは客と寝てるらしいな」

と訊いた。

「そんなこと、知りません」

動揺したあゆみは、ちぐはぐな言葉になり、顔色を変えた。

「他のホステスがおまえに客を取られてると言ってるんだ。馴染みの客を寝取られたと言ってる。おれの店は客と寝るのは御法度なんだ。それはおまえも知ってるはずだ」

「わたしは寝てません」

あゆみは否定した。

「嘘つくんじゃないよ」

タマゴが厳しい口調になった。

「恋愛は自由でしょ」

追い詰められたあゆみは、あまりにも見えすいた嘘をつくのだった。

「恋愛は自由だけど、おまえは何人もの男と同時に恋愛してるのか。いい加減なことを言うんじゃねえ！」

学英は声を荒らげた。

カウンターで洗い物をしているバーテンが耳をそばだてている。

学英の怒声にあゆみは体をびくつかせてうつむいた。

「時給は新宿・大久保界隈で一番高く出してるつもりだ。生活は充分やっていけるはずだ。それなのに、どうして客と寝るんだ。そんなに金が必要なのか」

時給三千円、六時間勤務で一日一万八千円になる。一ヵ月二十日として三十六万円、所得税を差引いても三十万円は稼いでいる。韓国からの留学生としては高収入といえる。

「アメリカに留学したいんです」

あゆみが本音をのぞかせた。

「アメリカに留学したい？　おまえは日本の有名私大に留学してるじゃないか」

「日本の大学に留学しても韓国では通用しません。アメリカの大学に留学しないと、韓国の一流企業には就職できません」

「なるほど、アメリカの大学に留学して、おまえはいったい何をやりたいんだ」

「ＩＴ関係の仕事です」

「ＩＴ関係の仕事か。いまの若い奴は猫も杓子《しゃくし》もＩＴ関係の仕事をしたいと言うが、おまえは体を売ってまでアメリカの大学に留学してＩＴ関係の仕事をやりたいわけか」

あゆみは反論できずに黙って自分の足元を見つめていた。

「あゆみには恋人がいるんでしょ」

店のホステスの誰かから、あゆみには恋人がいると聞いたことがある。タマゴは問い質《ただ》してみた。

しばらく黙っていたが、

「います……」

と答えた。

「恋人はあゆみが体を売ってること知ってるの？」

タマゴは一歩踏み込んで訊いた。

またしばらく黙っていたが、

「知ってます」

と答えた。

「けっ！　よくやるよ、おまえたちは。似た者同士の恋人だぜ」

学英は嫌悪をあらわにした。

「わたしたちは二人でアメリカに留学するつもりです。それがいけないのですか」

軽蔑しきった学英の態度に、あゆみは反発して喰ってかかった。

「おまえたちの勝手だけどよ、これだけは断言しておく。おまえたちがアメリカに留学して韓国に帰ったとき、おまえは男に捨てられる」

あゆみがわっと泣きだし、

「帰ります」

と言って事務所を出て行った。

「何もそこまで言わなくったっていいじゃない。言いすぎよ」

さすがのタマゴも学英のあからさまな暴言に眉《まゆ》をひそめた。

「あれぐらい言わないとわからねえんだ。あゆみは恋人と一緒になれると思ってるらしいが、韓国の男は、体を売っている女を女房にするわけがない。おれの知ってる韓国家庭料理店があるけどよ、その店には韓国から出稼ぎにきている若い女の子が三、四人いたんだ。みんな可愛い子だった。その店に夜十時から午前二時までアルバイトをしている二十九歳になる韓国からの留学生がいた。愛嬌《あいきょう》のあるいい奴だったが、まだ独身だったので、店には若くて可愛い女の子が三、四人いるから、その中の気に入った女の子を嫁にしたらどうかとおれは冗談半分で言ったんだ。そしたら、そいつは『ガクさん、こんな店で働いてる女はろくなもんじゃないです。嫁になんかできません』とぬかすんだ。たとえウエイトレスであろうと、汚らわしいってわけだ。韓国は民主化したとか言うけど、韓国の男には儒教の男尊女卑の思想が体にしみついてるんだ。あゆみの男も例外ではないと思う。だからおれは、あゆみに目を覚まさせるために言ったんだ」

あゆみに侮辱的な言葉を浴びせた言いわけを、学英はながながと釈明した。

「あらそう。でもガクも韓国人でしょ」

タマゴは学英の自己矛盾を突いた。

「おれは在日コリアンだ。韓国野郎とはちがう」

「どこがどうちがうのよ。ガクの体の中には韓国人の血がたっぷり流れてるじゃない。テツもそうよ。二人には儒教の男尊女卑の思想が体にしみついてるわよ。二人は女が穴にしか見えないんでしょ」

元男でニューハーフのタマゴから言われると実感があった。

「おれとテツを一緒にしないでくれ。テツは女を穴としてしか見てないが、おれはちゃんと手順を踏んで口説いてる」

「よく言うよ。ガクとテツは性格がちがうだけで、女を見る目は同じよ」

タマゴに決めつけられて、学英は肩をすぼめた。

「あゆみはどうすんのよ」

とタマゴが言った。

「馘だ。どのみち明日からはこないだろう」

学英にさんざんなじられて泣きながら事務所を出て行ったあゆみは翌日から出勤しなくなった。

あゆみが辞めてから一週間後、「女王蜂」は警察にガサ入れされた。店のホステスが売春行為をしているという理由だった。担当の刑事に捜索令状を見せられ、

「冗談じゃねえ！　従業員に売春は固く禁じてんだ。暴力団の出入りも禁止してる。言いがかりも甚だしい！」

学英は捜査官に喰ってかかったが、とり合ってもらえなかった。

その後の警察の調査で、十二人のホステスの中の三人が客と売春行為をしていることが判明した。学英は警察に何度も出頭して調書を取られ、書類送検されて、店は一カ月の営業停止になった。

「うかつだった。学英になじられて店を辞めたあゆみが、腹いせに警察に密告したのである。

学英は自分の甘さを反省した。ホステスたちを売春に誘ったのは店の常連客であった。週に一度、若い男を二、三人連れて飲みにくる四十過ぎの女だった。エルメスの衣装にエルメスのバッグを持ち、ハリーウィンストンのダイヤの指輪とネックレスをしていて、ホステスたちの羨望《せんぼう》の的だった。ホステスたちはその女にアルバイトをしないかと誘われたのである。

そして女は何人もの男を店に連れてきて、ホステスたちに紹介したのだった。

「おまえが側にいながら気付かなかったとは、頓馬《とんま》な話だぜ」

学英はママのタマゴを責めた。

「あの女は上客だったから、まさかあんなことしてるなんて、知らなかったわよ」

タマゴはむくれていた。

店が終って女から食事に誘われたホステスたちは喜々としてついて行った。そして待ち合わせていた男とホテルに直行していたのだ。

「おまえは誘われなかったのか」

学英が訊いた。

「誘われなかったわ」

「おかしいと思わなかったのか」

「思わなかった。だってあたしはママだもん」

女は周到にママやマネージャーの目を誤魔化《ごまか》していたのだ。

その後の警察の調査によると、女は池袋、新宿、渋谷から、赤坂、六本木、銀座にいたるまで、クラブやバーのホステスを巧みに誘い、売春させていたのである。男なら警戒したかもしれないが、女に誘われたホステスはつい気を許し、女の口車に乗せられたらしい。三年間で女が稼いだ金額は三億円になるといわれている。女はS組の幹部の情婦で、凄腕のハンターだった。

「どうすんだよ、一カ月も営業停止を喰らって」

膝に娘の希美子を乗せ、貧乏ゆすりをしている鉄治が訊いた。

「店を売るしかねえ」

「聞きあきたぜ。営業停止を喰らった店を買う奴がいるのかよ。二足三文に買い叩かれる」

鉄治の貧乏ゆすりが激しくなり、娘の希美子が膝の上で踊っているようだった。

「貧乏ゆすりはやめてよ。お金がどんどん落ちていくでしょ」

タマゴがヒステリックに言った。

「店がうまくいかないのは、おれのせいだと言うのか。冗談じゃねえ。おれの貧乏ゆすりは運動なんだ」

鉄治は強弁した。

「当てがある。店を買ってくれる奴が一人いる」

学英が思い出したように言った。

「当てがある？　誰なんだ」

「横浜でパチンコ店をやってる高奉桂だ」

「高奉桂……。横浜民族学校に行ってた奴か」

「そうだ。先日、『女王蜂』に飲みにきたとき、少し話し合ったんだ」

高奉桂が「女王蜂」へ飲みにきていたのを学英は鉄治に話していなかった。

「あいつはおれたちと対立していたグループだ。横浜から新宿に進出してきて、おれたちの縄張りを荒らそうとした奴だ。そんな奴と話し合ったのか」

八年前、一時カジノが流行っていたころ、高奉桂のグループが新宿で学英と鉄治に対抗するような形でカジノの店をたて続けに数店舗拡張していき、ついには激しい抗争になった。そして高奉桂のグループがさし向けたと思われる刺客に学英と鉄治は襲われ、学英は腕と胸に軽傷を負い、鉄治は腹部を匕首《あいくち》で深く刺され、危うく一命を落とすところだった。その傷跡が鉄治の太鼓腹にいまも残っている。

「もう八年前のことだ。それに高奉桂はパチンコ店を十二店舗経営している大金持だ。この前も、おれたちと抗争していたころを懐かしく話していた。『女王蜂』が経営不振に陥って、売り出そうとしている噂を聞いて、店を見にきたと言ってた」

学英は鉄治を刺激しないよう、さりげなく言った。

「奴はそんな話を誰から聞いたんだ」

鉄治は納得せずに、昔の件にこだわっている。

「奴は地獄耳だ。噂っていうのは、ひろがってないようでひろがってるものだ。奴は池袋と高田馬場にもパチンコ店を持ってる」

高奉桂は横浜に住んでいるが、新宿界隈にも頻繁に出入りしていると学英は言った。

鉄治は思い出すと怒りがこみ上げ、古傷が痛むのだったが、背に腹は代えられないとも思っていた。学英も同じ気持なのだろう。

問題は「女王蜂」をいくらで取引するかであった。したたかな高奉桂が、こちらのいい値で取引するとは思えない。むしろ足元を見て買い叩くにちがいない。

「おれは反対だが、おまえが奴と取引したいと言うなら、口出ししない。ただし条件は絶対に譲るな」

とはいえ、「女王蜂」を一日も早く処分しなければ、鉄治と学英が共同経営している「龍門」に影響をおよぼすのは必至であった。

学英は名刺入れから高奉桂の名刺を取り出し、鉄治の目の前で電話を掛けた。電話のベルが三、四回鳴って相手が出た。

「もしもし、宝栄物産ですか」

学英はいつになく慎重な声で言った。

相手が返事をしたので、

「高奉桂社長はいらっしゃいませんか」

と丁寧《ていねい》な口調で聞いた。

電話に出たのは高奉桂自身だった。

「先日はどうも。近々会いたいのですが、時間をつくってもらえませんか」

高奉桂社長との通話は二、三分で終り、学英は電話を切った。

側で電話を聞いていた鉄治は、いつになく丁寧な話し方をしている学英が気に喰わなかった。相手に媚《こ》びを売っているように映った。

「なんだよ、丁寧な言葉遣いしやがって。あいつはおれたちに刺客を送り込んできた奴なんだ。おまえは腕と胸を斬られ、おれは匕首でどてっ腹を刺されたんだ。本来ならあの野郎は刑務所に三、四年ぶち込まれてるはずなんだが、おれたちが警察に喋らなかったから臭い飯を喰わずにすんだんだ。それを考えると、あいつはおれたちに土下座してもいいくらいだ。それなのに、おまえは丁寧な言葉遣いで、へり下りやがって、聞いちゃいられねえよ」

たとえ命を狙われても、裏の社会の出来事を表沙汰にするのは仁義に反すると鉄治と学英は思っていた。だが、それは鉄治と学英の思い込みであって、裏社会では金のためならどんな汚い手でも使い、裏切るのが常なのだった。

「取引相手に横柄な態度をとってもしょうがねえだろう。ここは冷静に交渉するしかねえ。高奉桂との取引に失敗すると、『女王蜂』はいつ売れるかわからない」

過去を思い出すとはらわたの煮えくり返る思いだが、現状を打開するためには感情的になるのは得策ではなかった。

一週間後の午後二時過ぎ、高奉桂は三十歳前後の部下を二人連れて「龍門」にやってきた。店は休憩時間に入っていた。「龍門」に入ってきた高奉桂は昇り竜を彫刻してある中央の朱

色の太い柱と天井の梁《はり》にうねっている竜の彫刻を見上げ、

「見事な竜だな」

と言った。

「いい店だ。歌舞伎町のど真ん中に、これだけ立派な店を所有してるとは、たいしたもんだ」

以前から噂は聞いていたが、高奉桂にとって「龍門」は垂涎《すいぜん》の的だった。

池沢国夫と高永吉は、高奉桂が連れてきた二人の部下を遠まきに監視していた。

学英が高奉桂を左奥のテーブルに案内して座ると、間もなく事務所にいた鉄治がやってきて、椅子に座っている高奉桂を睨《にら》みつけた。

「久しぶりだな、テツ。元気そうじゃないか」

鉄治に睨みつけられた高奉桂は冷笑を浮かべた。

「一度あの世へ行きかけたけどよ、閻魔《えんま》大王にもう少しシャバにいろと言われてもどってきたんだ」

鉄治は暗に、腹を刺されたことをほのめかした。

「そいつはよかった。閻魔大王には、おれからも礼を言っとくよ」

高奉桂は軽く受け流した。

「このつぎは、おまえを手土産に閻魔大王に会いに行くぜ」

鉄治はいまにも高奉桂に挑みかかろうとしている気配だった。

「まあ、座れ」

学英は鉄治を自分の隣の椅子に座らせた。

不穏な空気がみなぎり、高奉桂が連れてきた二人の部下が鉄治を警戒していた。

「もう八年も前のことだ。お互いに若かったし、水に流そう」

高奉桂は大人然《たいじん》とした態度で鉄治をあしらった。

「忘れようと思っても、おれのどてっ腹がときどき、シクシクと痛むんだ」

そう言って鉄治はベルトをゆるめてパンツを下ろし、太鼓腹を晒した。匕首で刺された傷跡がケロイド状に盛り上がっている。高奉桂は視線をそらせた。

「やめろ、テツ。今日は取引の話にきてるんだ」

学英は池沢国夫を呼び、ビールと料理を注文した。

「昔の話をむし返すつもりはない。お互い商売人だ。取引の話に入ろう」

鉄治の感情が爆発する前に取引したいと学英は考えた。

「おれのみたところ、あの場所でクラブを続けるのは難しい。だから売りに出しているんだと思うが、いいとこ六千万円だ」

高奉桂には足元を見られて値踏みされるとは思っていたが、六千万円とは学英の予想をはるかに下まわっていた。

「冗談だろう。あの店は一億八千万円かかってるんだ」

高奉桂の貪欲な顔が歪《ゆが》んでいる。八年前、横浜の事務所に一人で殴り込みを掛けた鉄治のチェーンで顔をめった打ちされた額の傷が無数の皺のようになっている。その傷の皺が不気味だった。

「昔のよしみで七千万円で買おう」

ウエイトレスが運んできたビールを学英が高奉桂のグラスにゆっくりついだ。そのビールを飲みながら高奉桂は鉄治の反応を確かめた。

鉄治は独酌でグラスにビールをつぎ、ひと口で飲み干すと、

「一億五千万以下では絶対に売らない。特にてめえには売りたくねえんだ。一億五千万で買いたくなかったら、さっさと帰れ！」

興奮してきた鉄治は独酌でたて続けにビールを三杯あおった。

「この店を売る気はないか。この店と大久保の店を十億でどうだ。十億なら悪くない話だと思うが……」

興奮している鉄治をさらに刺激するように、高奉桂は「龍門」とクラブ「女王蜂」を合わ

せて十億円で買いたいと言うのだった。

「なんだと。てめえの魂胆は見え透いている。てめえはこの店が欲しいんだろう。この店が欲しかったら、二十億積め！」

鉄治は高奉桂を挑発するように言った。

「相変らず強気だな」

とりつく島もない鉄治の悪態に高奉桂は唇の端に笑みを浮かべて、

「気が変ったら連絡してくれ」

と言ってテーブルの上に名刺を置いて席を立った。

その名刺を鉄治は高奉桂の目の前で破り捨てた。

高奉桂が店を出たあと、

「満足したか。これで高との交渉もパアだ。『女王蜂』は当分売れないぜ」

と学英が言った。

「あの野郎に売るくらいだったら、空き家にしておいた方がましだ」

しかし、「女王蜂」を閉店して空き家にしておくわけにはいかなかった。銀行への支払いは待ったなしであり、支払いがとどこおると差し押さえられて競売に掛けられる可能性がある。そうなると高奉桂がプロの競売人を雇って最低限の値で入札するかもしれない。

学英は破り捨てられた高奉桂の名刺を拾った。

「おまえはまだあいつと交渉するつもりか」

と鉄治が言った。

「このつぎは、おれ一人で交渉する。おまえがいると、取引できる話も潰れちまう」

「あんな奴と交渉しようとするおまえの気がしれねえ。あいつはおれたちに殺し屋を送り込んできた奴だ。八年が過ぎたから時効になったとでも言うのか。あいつの腐ったはらわたは、いまも変らねえ。あいつの体からは、悪臭がぷんぷん臭うぜ。臆面もなく『龍門』を売れとぬかしやがる。おれたちを馬鹿にしてるんだ。おれたちはあいつに舐《な》められてんだよ。それがおまえにはわからないのか」

腹の虫がおさまらない鉄治はビールをがぶ飲みしながら、

「国夫、ビール持ってこい」

と注文した。鉄治はすでにビールを五本空けていた。

娘の希美子の手を引いてタマゴが友人の朴美順とともに店に入ってきた。

「お腹が空いた。朝から何も食べてないのよ」

タマゴは鉄治の隣のテーブルに着いた。

「お久しぶりです」

朴美順が伏し目になって鉄治に挨拶した。鉄治は黙って頷いた。

タマゴと朴美順は目を泣きはらしている。たぶん韓国の巫女《みこ》のところへ行き、祈禱《きとう》と憑依《ひょうい》によるあの世とこの世の交信をして泣いたのだろう。二人はいまでも週に一度の割り合いで、韓国の巫女のところや道教の碧鳳宮《へきほうぐう》や韓国教会に通っていた。さまざまな宗派の信仰によって娘の希美子をさずかったとタマゴは信じているのだった。

「別れなさいよ」

タマゴは朴美順に言った。

朴美順は鉄治と学英をちらと見た。鉄治はタマゴと朴美順の様子を察知し、希美子を連れて腰を上げた。鉄治は事務所に行き、学英は店を出た。

「別れられないのよ」

朴美順が未練がましく言う。

「どうして？　暴力を振るわれてるんでしょ。あたしだったら、一日として我慢できないわ」

タマゴは未練がましい朴美順を責めるように言った。

朴美順は同棲している十歳年下の若い男に暴力を振るわれているので、どうすればいいのかをタマゴに相談しているのだった。同棲している若い男から、浮気などしていない朴美順が浮気していると言いがかりをつけられて、衣装を鋏《はさみ》で切り刻まれ、ライターの火で腕や脚を焼かれ、髪の毛を引きずられて殴る蹴るの暴行を受けていた。朴美順の顔や腕や脚には虐待の跡の痣《あざ》ができている。さらに若い男は若い女を部屋に連れ込み、朴美順の前でセックスをして、朴美順にも乱交を強要するのだそうだ。

「変質者よ。そのうち殺されるかもしれないわよ。部屋から追い出せばいいのよ。どうして追い出せないの」

タマゴは優柔不断な朴美順にいらだった。

「何回も追い出したわ。でも一週間もすると帰ってきて、二日間何も食べていないとか、公園で野宿したとか言われると、つい可哀相になって許してしまうのよ」

昔、大阪で同棲していた十五歳の家出少年の美しい瞳に似ていると言うのだった。そのときは少年の両親から未成年者誘拐罪として警察に訴えられ、泣く泣く少年と別れたのだった。その惜別の思いが、いまも朴美順の胸の奥で疼《うず》いていた。

「どのみちあなたは捨てられるわよ。絞るだけ絞り取られて。いまの若い男の子って、世間知らずで、利己的で、すぐにぶち切れて、残酷なところがあるのよ。なんだったらテツに頼んで、そいつが二度と、あなたの部屋にこられないようにヤキを入れてもらってもいいわよ」

若い男とケリをつけたいのなら、鉄治に頼んでもいいとタマゴは言った。鉄治なら若い男を追い出すことくらい朝飯前だろう。

「そんなことしないで。あの子は本当は気の弱い優しい子なのよ」

朴美順は若い男をかばうのだった。

「外見だけよ。心の中は真っ暗闇。自分がどこにいるのかわからない。自分より弱い者をいじめることしか能がないのよ。最低最悪だわ」

タマゴは運ばれてきたチャーハンをがつがつ食べながら言った。朴美順は食欲がないのか、チャーハンに箸《はし》をつけなかった。

「あなたが決断しなければ、別れるのは無理ね。だってあなたは虐待されても別れる気はないんでしょ」

同じニューハーフの友達としてタマゴは朴美順の力になりたかったが、未練を引きずっている朴美順の態度は煮えきらなかった。

「昔、大阪で愛した少年のことが忘れられないの」

暴力に怯え、傷ついている朴美順の痩せた顔が老けて見えた。

「それは昔のことでしょ。いつまで昔のことにこだわってるのよ。昔の少年といまの若い男とはちがうの。わかる？　暴力はだんだんエスカレートしていくわよ。逃げようと思っても、そのときは遅いかもしれない。いまならまだ間に合うと思うわ。なんだったら、この店の三階に部屋があるから、一時、その部屋に避難したら？　この店の部屋だったら、テツもいるしガクもいるし、池沢や永吉もいるから安心よ。暴力団だって手出しできないから」

タマゴは安全を保障するからと勧めたが、朴美順は首を縦に振らなかった。

4

これ以上、何を言っても無駄だった。電話で相談があると言っておきながら、会って話してみると、朴美順は若い男と別れる気はないのだった。

「わたしには誰かが必要なの」

三十三歳になる朴美順は弱々しい声で不安をのぞかせた。

「虐待されても必要だって言うの？」

「いつかわかってくれると思う。あの子にはわたしが必要だってことが」

わたしには誰かが必要だと言いながら、いつか相手も自分を必要としていることに気付くだろうと言う。朴美順は深い自家撞着《じかどうちやく》に陥っていた。

「あきれた。そんなことあり得ないと思う。そいつは、あなたを喰い物にしてるだけよ」

「あなたにはテツがいるからいいけど、わたしが道信と別れたら、一人ぼっちなのよ。ニューハーフだから身内から見捨てられ、世間からも見捨てられ、そのうえわたしは在日コリアンだから二重の差別を受けてる。ときどき死にたいと思ったりする」

涙ぐんでいる朴美順の心の病はかなり重症で鬱《うつ》病ではないかと思えた。

「どうしてそんなふうに自分を責めるのよ。あなたは何も悪いことしてないじゃない」

これほど落ち込んでいる朴美順を見るのははじめてだった。朴美順をここまで追い詰めている道信という男にタマゴは憎しみを覚えた。

腕時計をちらと見た朴美順が急にそわそわして、

「帰らなくちゃ。帰りが遅いと道信に疑われるわ」

と腰を上げた。

「何かあったら、すぐ連絡して。あなたにはわたしがついてるから、それを忘れないで」

タマゴは朴美順を励ました。

「ありがとう」

朴美順は寂しそうにほほえんで店を出た。その後ろ姿が妙に気になった。

タマゴは事務所にいる鉄治に朴美順の置かれている状況を説明して、道信という若い男と別れさせる方法はないものか相談した。

するとソファに寝そべって娘の希美子を太鼓腹に乗せている鉄治は、

「放《ほ》っときゃあいいんだよ。世間にはそういうカップルがごまんといる。殴られようが蹴られようが、好きなんだから、しょうがねえだろう」

と一蹴《いっしゅう》した。

「殺されるかもしれないのよ。殺されてどこかに捨てられるかもしれない。最近、そういう事件がよくあるでしょ」

タマゴは無関心な鉄治の意識を喚起した。

「考えすぎだよ、おまえは。別れるときがくれば別れるさ」

鉄治が面倒臭そうに言うと、

「あらそう。あたしたちも、別れるときがくれば別れるの？」

とタマゴは揚げ足を取るように言った。

「どうしておまえは、話をすり替えるんだ。おれとおまえに問題があるって言うのか」

寝そべっていた鉄治ががばっと起きると、太鼓腹の上に乗せていた希美子が床に落ちてテーブルに頭を打った。

「痛い！」

と言って希美子は打った頭を手で押さえて泣きそうな顔になって我慢していた。

「くだらねえことを言うんじゃねえ。そんな暇があったら、少しは娘のことを心配しろ！希美子のベビーシッターはくるのか、こないのか、どっちなんだ！」

とうとう鉄治はぶち切れて声を張り上げた。

「今夜六時にくるわよ。なにさ、飲みに行くことしか頭にないんだから」

「なんだと、娘をおれに押しつけてるくせに母親面するんじゃねえ！」

娘を自分が出産したと信じてやまないタマゴに対して「母親面」という言葉はタブーだった。

「それがテツの本音なんでしょ。あたしは希美子を神様から授かったんだからね。それを否定する気！」

タマゴの気迫に圧倒されて鉄治は返す言葉を失った。

一週間ほど前から、タマゴは新聞広告でベビーシッターを募集していた。月給三十万円という好条件だったので七人の女性が応募してきて、その中から二十五歳になる独身女性を選び、今夜からきてもらうことになっていた。

タマゴは希美子の手を取って、「行きましょ」と言って事務所を出た。

六時十分前に、ベビーシッターの長沼友子がマンションの部屋にやってきた。タマゴは長沼友子を部屋に通し、

「希美子、今夜から、このお姉さんがあなたの面倒を見てくれるから、お姉さんの言うことを聞くのよ」

と言い聞かせた。

だが、希美子は、

「いやだ。パパと飲みに行く」

と拒否するのだった。

「駄目よ、パパと飲みに行ったら、お巡りさんに逮捕されるのよ」

タマゴは諭《さと》すように言ったが、娘の希美子はかたくなに拒否する。

「お姉さんと遊びましょ」

ほほえみかける長沼友子をじっと見つめていた希美子が、

「お姉ちゃんは美人だから、パパに口説かれるよ」

と言った。

長沼友子は赤面した。

「馬鹿なこと言わないで。パパはお姉さんのこと口説いたりしないから」

日頃からクラブで父親の言動を見ている娘は鉄治の意識を反映していた。

「だってパパは、いつもお姉ちゃんを口説いてるよ」

希美子の無邪気な言葉は笑いを誘うが、内心、タマゴは笑っていられなかった。鉄治ならやりかねないからである。

「子供はそういうことを言わないの。お姉さんの言うことをよく聞いて、お留守番してなさい」

タマゴは厳しい口調で娘の希美子をたしなめた。それから寝室に入って衣装に着替えた。一時間近くかけて化粧し、衣装をまとって寝室から出てきたタマゴの姿に長沼友子は啞然《あぜん》とした。紫色のカツラをかぶり、ほとんど中が透けて見える淡いグリーンの絹のドレスを着ていた。瞼《まぶた》を金粉でまぶし、黒いアイシャドーで縁どった目が猛禽類《もうきんるい》に似ている。真っ赤な口紅は白い歯をきわだたせ、異様な雰囲気をかもしている。形のいい乳房と下半身がドレスの皺で見え隠れしてあまりにも挑発的であった。長沼友子は、その異様な美しさとエロスに圧倒された。

「ママはこれからお店に行くからね。おとなしくしてるのよ」

タマゴが娘の頰に軽くキスすると、変身したタマゴをうっとり見ていた希美子は素直に「うん」と頷いた。

「それじゃあ、お願いね。九時には寝かせてちょうだい。娘が寝たあと、あなたは二時間後に帰っていいわ」

そう言い残して、タマゴはボッテガヴェネタのクロコダイルのバッグを持って出掛けた。

「女王蜂」に着くと、事務所で学英と高奉桂が話していた。高奉桂は事務所に入ってきたタマゴを珍獣でも見るような目で見た。

「お早《は》よう」

タマゴは二人から視線をそらして挨拶したが、

「内緒話はよそでしてくれない」

と突慳貪《つっけんどん》に言った。高奉桂に対して露骨に嫌悪をあらわにした。

タマゴの容姿に目線のやり場に困った高奉桂は、

「それじゃあ、また……」

と腰を上げて事務所を出た。

「あいつに店を売るのは反対よ。テツが怒るのも無理ないと思うわ。あいつはテツとガクに刺客を送ってきた張本人でしょ。どうしてあんなハイエナ野郎に店を売るのよ」

タマゴはバッグから煙草を取り出して火を点け、ぷかぷかとふかした。

「おれもあいつには売りたくねえけど、店を買ってくれる相手がいないんだ」

「それであいつの言いなりになるの。ガクにはプライドってものがないの？」

「あるさ。いまを乗り切ることがプライドなんだ。おまえの言うプライドとは意味がちがうんだ」

「言いわけはやめてよ。ガクらしくもない。プライドを捨てると、だんだんみじめになっていくだけよ。あいつは金持だけど、あいつにプライドなんかないわ。金がすべてなんだから。金のためなら、なんでもやる奴よ。あいつの目を見たでしょ。狡猾《こうかつ》でいやしい凶悪な目をしてる。一瞬、目線が合ったとき、あたしは背筋がぞっとした。だからあたしは視線をそらしたけど、あいつは何を考えてるのかわからないわ」

「おれがあいつにビビッてるとでも言うのか。おれはいつでも戦う用意はできている」

「それはそうね。ガクとテツは、いつも死ぬ気だもんね」

生きることは死ぬことであり、死ぬことは生きることである。それが学英と鉄治の哲学だった。

「あいつは一億出すと言ってる。おれは一億二千万円を譲らないつもりだ」

言い出したら後へは引かない学英の性格を知っているタマゴは溜め息をついた。

「このファックスを見てくれ。六本木界隈の不動産屋から送られてきた物件だ」

学英は数枚のファックスをタマゴに見せた。

「一軒だけ、おれの考えている条件に合う物件がある」

その物件は六本木の鳥居坂を下りて一ノ橋に向かう途中にあるビルの一階だった。

「N自動車会社の展示場に使っていた物件だ。四十坪ある。通りに面しているので立地条件としては悪くない」

学英はかなり乗り気だった。というより内心、決めているようだった。

「でも人通りが少ないじゃない。人が集まるの？」

物件の場所はタマゴにもおおよその見当がついたが、人通りが少なすぎると思った。

「集まるさ。集まるように仕掛けるんだ。六本木ヒルズも近いし、麻布十番商店街も近い」

思い込みの強い学英は、すでに店のイメージを描いているようだった。

「カフェ・バーにする。だから内装は十日ぐらいでできる」

「カフェ・バー！　こんな場所でカフェ・バーをやっていけるの……」

学英はいったい何を考えているのだろう。タマゴはあきれていた。

「カフェ・バーといっても居酒屋じゃない。若い男女が気楽に飲める洒落た開放的な店作りをするんだ。ジャズも生演奏する」

「また生バンドを使うの。あきれた。ガクはいまだに沙織の亡霊にとり憑《つ》かれてるのね」

タマゴにはそうとしか思えなかった。

クラブ「女王蜂」をはじめたのも今西沙織をジャズシンガーとして使い、売り出すための口実だったと周囲の者は思っている。今西沙織が死んだあとも、学英は今西沙織の追憶にふけっていた。今西沙織には男がいたが、それでも学英は彼女を愛していた。そして最後に裏切られるのだが、それがかえって今西沙織への思いを強くしているのかもしれない。

「沙織のことはとっくに忘れた。おれはジャズが好きなんだ。ただそれだけだ」

学英はしらばっくれたが、タマゴは納得しなかった。

「それじゃあ、あたしはお払い箱ね」

タマゴは諦めるように言った。

「おまえには手伝ってもらいたい。店をしきる者が必要だ。おまえは六本木に似合う」

学英には気心の知れた協力者が必要だった。

「六本木でカフェ・バーをやっても採算がとれるとは思えないけど」

クラブに比べて客単価は八分の一くらいだろう。家賃の高い六本木で客単価の低いカフェ・バーをやっていけるとは思えなかった。

「クラブの人件費は経費の六十パーセントを占めている。暇なときでも人件費は変らない。その点、カフェ・バーは従業員も少なく、人件費も安い。場所柄、営業時間を午後八時から午前五時に設定する。勤務時間は交替制にして、遅番の従業員は始発電車で帰ってもらう。客も始発電車までねばるはずだ。人が集まれば売上げも上がる」

自信ありげな学英の説明を聞いていると、うまくいきそうな気がしてくる。

「でも、そんなにうまくいくかしら」

タマゴは疑問を呈した。

「案ずるよりは産むが易しだ。やってみなければわからない」

クラブ「女王蜂」をはじめるときも同じようなことを聞いた気がする。要するに、学英はいったん思い立つと、なにがなんでもやらずにはいられないのだ。

ホステスたちが出勤してきた。タマゴは笑顔でホステスたちと挨拶を交しながらホールに出た。ボックスや装飾品や花壇の位置は以前と変らないが、なぜか色がくすみ、気のせいか店全体に活気がない。マネージャーやボーイの姿勢や歩き方にも客を迎え入れる気迫が欠けている。凋落《ちょうらく》していく店に共通している陰気な雰囲気が漂っていた。

高奉桂と交渉を続けていた学英は一カ月後、一億一千万円で「女王蜂」の売却を決めた。そして従業員たちを集めて事情を説明し、一カ月分の給与を支払うことで決着した。

資金はまったく足りなかったが、学英はとりあえず物件を押さえるために五千万円の手金を打った。そしてさらに、鉄治に相談もせずに「龍門」を担保に高奉桂から一億五千万円を借り入れた。

賽《さい》は投げられた。凶と出るか吉と出るかは学英の才覚しだいである。

昔からそうだった。学英も鉄治も一か八か、のるかそるかの出たとこ勝負に賭けてきた。

計画性などないのだった。運を天にまかせて可能性を追い求めてきたのだ。二人に共通しているのは、つねにゼロからの出発であった。在日コリアンはゼロからの出発なのだ。ゼロにはすべての数値が——可能性が含まれている。

「この店を失敗したら、おれは建設現場で働く」

学英は店に賭けた覚悟のほどを示した。

「よく言うぜ。いまさらおまえが建設現場で働けるわけねえだろう。おまえにはジゴロが似合いだよ」

葉巻をふかしている鉄治がせせら笑った。

「あたしは午前五時まで働けないわよ。娘がいるんだから」

新しい店には反対しているタマゴは午前五時までの勤務を拒否した。しかし内心、店が成功するのを期待していた。そのためにできるだけのことはしようと考えていた。学英一人にまかせてはいられないのだ。

タマゴは自分から現地を見たいと言いだした。そして渋る鉄治を強引に誘って三人は物件を見に行った。高永吉が運転するベンツが六本木通りの下のトンネルをくぐり、鳥居坂下から一ノ橋に向かって五十メートルほど先で止まった。車から降りた鉄治とタマゴはあたりを見渡した。

森タワーを見上げていた鉄治が、

「大久保より立地条件はいいな」

と言った。

「周りの建物が新しいわね。テレビ朝日もあるし」

タマゴが言うと、

「テレビ朝日……どこなんだ」

と鉄治は目をきょろきょろさせてテレビ朝日の建物を探した。

「あそこよ」

タマゴが指差した方向を見て、

「テレビ朝日か、いいね、人が集まってくるんじゃないか」

と鉄治はとたんに態度を変えるのだった。

「立地条件は悪くないだろう。普段人通りは少ないが、土曜、日曜になると人が集まってくる。この場所に店を作ると、人の流れも変ってくる」

それまで反対していた鉄治とタマゴの反応に変化が現れたので、学英は自分の目のつけどころを強調した。

「この場所なら、クラブをやってもいいんじゃないか」

あれほど出店に反対していた鉄治の意見が急に変りだした。

「クラブはやりたくない。おれは地道に細く長くやりたいんだ」

学英の真面目くさったいい草に、

「何が細く長くだ。おまえが細く長く続けられるわけねえだろう」

と鉄治は見透かすように言った。

「そうね、この場所なら、イタリアン・レストランも悪くないわね」

タマゴも乗り気である。

「よし、これで決まりだ」

立地条件に対する鉄治とタマゴの意見がおおむね好評だったので、学英は意を強くした。

「これから家主に挨拶に行く。おまえたちも一緒に行かないか」

家主に挨拶に行くと言われて、

「近くに住んでるの?」

とタマゴが訊いた。

「この建物の五階に住んでいる」

学英が建物の五階を見上げた。

一階が店舗で、二階から四階までは事務所だが、五階はペントハウスになっている。学英は携帯電話で家主に連絡を取った。

「きてもいいそうだ」

三人はビルに入ってエレベーターに乗った。

五階に着くとエレベーターを出た学英がドアのチャイムを押した。エレベーターにも入口にも監視カメラがついている。

学英が携帯電話で連絡を取っていたので家主はドアをすぐに開けてくれた。花柄のエルメスのブラウスに黒のパンツをはいた六十歳前後の女が笑顔で三人を迎えた。学英が家主と会うのは三回目である。

「失礼します」

いつになく丁重な口調で学英は大理石の玄関に入った。

広い玄関と廊下の壁には四点の絵が飾ってある。もちろん三人は、その絵がどういう絵なのかわかるはずもない。絨毯《じゅうたん》を敷きつめた三十畳ほどのリビングに通された鉄治とタマゴは、豪華なソファや調度品に目を見張った。

「ぼくの親友の金鉄治と店を手伝ってくれる花井静香です。通称、テツ、タマゴと呼んでいます」

神妙な表情の鉄治と好奇心にかられているタマゴがこっくり頷いた。

「タマゴ？　可愛い呼び方ね。美人でスタイルもいいし、ファッションの感覚も素晴しいわ」

家主はタマゴがいたく気に入ったらしく目を細めた。そういえば家主とタマゴはファッション感覚が似ているところがある。

「ありがとうございます」

タマゴはしおらしくなって、はにかんでみせた。奇抜なファッションで周囲から顰蹙《ひんしゅく》をかうこともあるタマゴが褒《ほ》められるのは珍しいことであった。

「コーヒーがいいかしら、紅茶がいいかしら。それとも外はまだ明るいけど、ワインはどう……」

家主から飲み物を勧められて、

「ワインがいいです」

とタマゴが言った。

「わたしもワインを飲みたい気分だったの」

家主は席を立ち、飾棚からワイングラスを四つ持ってくると、今度は人間が二人入れそうな大きなワインセラーから一本のワインを取り出した。

「このワインは二〇〇一年の『ロマネコンティ』で、たぶん日本にはこの一本しかないのよ。

気に入ってもらえると思うわ」

二〇〇一年の「ロマネコンティ」は一本四十三、四万円するが、ワインに興味のないタマゴと鉄治は、その価値を知るよしもなかった。

家主が四つのグラスにワインをつぐと、鉄治はビールでも飲むようにいっきに飲み干し、

「葉巻吸っていいですか」

と訊いた。

「いいですよ。わたしも煙草を吸いますから」

と家主はにこやかに答えた。

鉄治は内ポケットから葉巻を取り出してライターで火を点け、大きく吸って鼻から煙を吐き出した。

「二人は逞《たくま》しそうね。わたしは一人暮らしだから、若い逞しい二人がいると、なんだか安心だわ」

家主が一人暮らしとは学英も知らなかった。

「お一人ですか?」

タマゴがあらためて訊いた。

「ええ一人なの。主人は三年前、心臓発作で亡くなって……。わたしたち夫婦には子供がい

なかったので犬を飼ってたんだけど、その犬も主人のあとを追うように去年死んじゃったの。本当にショックだった」

家主は泣きそうな声で言った。

「それはどうも、御愁傷様です」

鉄治は相手を慰めるつもりで言ったのだが、いささか見当ちがいな言葉に場が白けて会話が途切れた。

「もう一杯いかが」

家主が鉄治にワインをついだ。

鉄治は遠慮がちにつがれたワインをまたいっきに飲み干した。そして葉巻をふかすのだった。

「三日後に店の改装工事をしようと思ってます。一週間から十日くらいで工事は終ります。何か注意すべき点がありましたら教えて下さい」

学英のひかえめな態度に家主は気をよくしたのか、

「この建物は築二十五年になるので、改装のとき、柱や基礎に問題があったら補修してくれるとありがたいわ。その費用はわたしが支払います」

と言った。

「わかりました。ついでにもう一つご相談があるのですが、二階に事務所が空いてますね。入居予定者がいないのでしたら、貸していただけるとありがたいのですが」

二階には二十五坪の事務所と十坪の事務所がある。二十五坪の事務所は、ある芸能プロダクションが使っており、十坪の事務所は空室になっている。

「十坪の事務所が空いてるわ。以前、街金とかアパレル関係の人に貸してたんだけど、家賃を未納のまま消えちゃったのよ。不動産屋から引きはあるんだけど、素性のわからない人には貸したくなくて、そのままにしてるの」

素性がわからないという点では学英と鉄治はいかにも怪しい。それなのに家主はなぜ学英に貸したのだろう、とタマゴは思った。

「そうね、あなたになら貸してもいいわ。一階を貸してることだし、敷金なしで、一カ月五万円でいいわ」

破格の安さである。

学英は驚いて、

「ありがとうございます」

と頭を下げた。

鉄治とタマゴは終始、寡黙《かもく》だった。今日は物件を見るためにだけきたという意識が働いていた。

「あなたたちは在日コリアンですか」

家主の唐突な質問に学英と鉄治は戸惑った。

戸惑いながら学英は、

「そうです」

と答えた。

家主はためらいがちに、しかし何かの衝動にかられたように、

「誰にも言ったことがないんだけど、じつは、わたしも在日なんです」

と素性を明かした。

「えっ、在日なんですか？」

突然、秘密を打ち明けられて学英と鉄治は驚いた。

在日コリアン同士は初対面でもそれとなくわかるものだが、家主は言葉遣いも身だしなみも振る舞いも在日コリアンの微妙な雰囲気を感じさせなかった。表札も「加藤」になっていたので、学英も鉄治もてっきり日本人と思っていた。

三人は家主の顔をまじまじと見た。

「驚いたでしょ。自分でも驚いてます。長い間、誰にも言わなかったのに、あなたたちに告

白するなんて、わたし自身、ついさっきまで考えていませんでした。でも若いあなたたちが堂々と本名を名乗っていることに感激して、本名を隠している自分が恥かしくなったのです」

　不思議なことに、在日コリアンであることを打ち明けた家主の表情から灰汁《あく》のような陰影が消えているように感じられた。長年、隠し続けてきた在日コリアンというアイデンティティは、六十歳前後になる彼女にとって重い枷《かせ》であったにちがいない。

「驚きました。でも、おれたちにとって、在日コリアンであろうとなかろうと、どうでもいいんです。おれたちのダチ公の中には日本人も何人かいますし、何度も殴り合いの喧嘩をしましたが、いまでは仲がいいですよ。お互いに差別し合ってます。本音で語り合えば、理解できるんです」

　学英の話を聞いていた家主は、

「羨《うらや》ましいわ。そんなふうに言えるなんて。時代が変ったのね」

　としみじみと言った。

「本名はなんて言うんですか」

　タマゴが訊いた。

「李明淑《イミヨンスク》です。本名を口にしたのは何年ぶりかしら。日本国籍に変えて以来だから、三十五、六年ぶりね。あなたたちと会わなかったら、本名を忘れていたかもしれない。でも胸の奥には自分が韓国人だってことが痼《しこ》りのように残っている。昔、亡くなった主人もわたしも日本人から差別されていじめられた。馬鹿にされ、ときには殴られたこともあった。それが長い間、トラウマになっていて、韓国人であることが恥かしくて、いやでいやでたまらなかった。だから、あなたたちを見てると眩《まぶ》しいの」

自己卑下をしている彼女の失ったものに対する思い入れの強さを若い三人は理解し難かった。

「失礼だけど、タマゴさんは女性なの？　声がちょっとちがうけど」

タマゴの外見は普通の女性よりはるかに美しくファッショナブルだったが、声に違和感を覚えた李明淑は好奇心にかられて訊いた。

「ニューハーフです」

とタマゴは悪びれる様子もなく答えた。

「ニューハーフ……。ああ、そうですか」

李明淑は納得したようなしないような表情をした。

「テツはあたしの旦那なんです」

タマゴは得意そうに言った。

「あら、そうなの。結婚してるの」

「結婚はしてないけど、娘が一人います」

「えっ、娘が……あなたの？」

「ええ、わたしが産んだんです」

「本当ですか。信じられない」

李明淑の目が驚きのあまり見開かれたままになっている。

「余計なこと言うんじゃねえ。こいつが子供産めるわけないでしょ。男なんだから」

真実と虚偽がないまぜになって限りなく倒錯していくタマゴの喋りに歯止めをかけようと鉄治ははっきり否定した。

「なに言ってんのよ。希美子はあたしが産んだんだから。神様からの授り物なんだから。それはガクも認めるでしょ」

承認を求められて学英は返事に窮し、

「まあね」

と曖昧な返事をした。

「それみなさい。ガクは認めてるじゃない。テツはいつまでたっても認めようとしないんだから」

タマゴは勝ち誇ったように言った。

「面白い方たちね」

李明淑はまるで未知の世界を見るように三人を見た。

5

腕時計をちらと見た学英が、

「それでは、これで失礼します。ながながとお邪魔しました」

と腰を上げた。

「もうお帰りですか。わたしは年寄りの一人暮らしで暇を持てあましてますから、いつでもまたいらして下さい。あなた方のような若くてユニークな人たちは大歓迎よ。あなた方と話してると元気が出ますわ」

玄関まで三人を送ってきた李明淑は上機嫌で言った。

部屋にきたときから気になっていたらしく鉄治は廊下に飾ってある四点の絵の前で、

「この絵の画家は、なんて人ですか？」

と柄にもなく絵画に興味を示した。

「モネです。パリに旅行したとき、ある画廊で買いました。主人は絵が大好きだったものですから」

李明淑は懐かしそうに言った。

どこかで聞いたような名前だったが、鉄治は無知丸出しの顔で、

「この絵はいくらくらいの価値があるんですか」

と訊いた。

要するに鉄治の関心は金銭的な価値であった。

「確か、二億くらいだったと思います」

李明淑は涼しい顔で言った。

「えっ、二億？」

鉄治は想像をはるかに超えている絵画の価値に驚愕した。

続いて鉄治はモネの絵の向かいに飾ってある絵を指さして、

「この絵は、いくらするんですか」

と訊いた。

「その絵はビュッフェです。一億くらいです」

李明淑の口から億単位の金額が当り前のように出るので鉄治はショックを受けていた。

「テツ、いい加減にしなさいよ。そんなこと訊いてどうすんのよ。家主さんとあたしたちと

では身分がちがうのよ」

タマゴにたしなめられて鉄治は肩を落としてしょげ返った。

家主の部屋を出てエレベーターで一階に着くまで鉄治は黙っていたが、外に出ると大きな溜め息をついて、

「リビングにも五点の絵が飾ってあった。他にもあるんじゃねえのか。いったい、いくらになるんだろう」

と言った。

「金はあるところにはあるんだ」

学英も驚いていた。

「盗まれるんじゃねえのか。一点が一億以上するからよ、おれだって盗みたくなるぜ」

つい本音をもらした鉄治に、

「馬鹿じゃないの。あの絵が本物かどうかなんてわかんないわよ」

とタマゴが言った。

「贋物《にせもの》だって言うのか」

「本物は別の場所に保管してコピーを飾っておくものよ。あたしの知ってる大金持の奥さんは二億円もする六カラットのダイヤの指輪を持ってるけど、本物は銀行の金庫に預けて、レ

プリカの指輪をはめてるわ。金持って、そういうものなのよ。持ってるだけで満足なの。わかる？」

だが、鉄治には理解できなかった。

「それにしても、家主が在日とは驚いた」

学英が話題を変えた。

新宿や大久保界隈には多くの在日コリアンが暮らしているが、六本木という場所に暮らしているのは意外だった。

「隠れ在日は、あちこちにいる」

と鉄治が言った。

「国籍は日本だけど、心は韓国人ってわけだ。おれたちは国籍は韓国だけどよ、心は日本人でもない、韓国人でもない」

学英が皮肉を込めて言った。

「在日だよ。在日コリアンだ」

鉄治はあえて在日を強調するのだった。

一週間後に店の改装工事がはじまった。設計段階ではあまり金をかけず簡素な店にするつもりだったが、工事がはじまると学英は気が変り、つぎつぎと変更していくのだった。六本木という場所柄と他の店に見劣りしたくないという虚栄心が頭をもたげ、客席と厨房が一体になっている目につき易いところはふんだんに大理石を使用したり、カウンターやテーブルをわざわざイタリアから取り寄せたりして、開店日は大幅に遅れた。

「ガクの凝《こ》り性は病気ね。要するに見栄っ張りなのよ」

遅々として進まない工事にタマゴはうんざりした。

「客単価四、五千円の店なのに、なんでこんなに豪華な内装をしなきゃならないんだ。元は取れないぜ」

施工費は予算の三倍以上に膨れ上がり、その分、銀行からの借入金も増える一方なので、鉄治は渋い顔をしていたが、学英はおかまいなしだった。

「いちいち文句を言うんじゃねえ。気の小さい野郎だ。好き勝手なことをしてるのは、おまえの方じゃねえのか」

学英は逆ぎれする始末だった。

一週間で終るはずの工事は、結局一カ月以上かかった。出来上がった店は一流ホテルのレストランに引けをとらない豪華な内装だった。入口のドアは幅二・五メートル、高さ三メートルの観音開きで、表面には花のモザイク模様をほどこした真鍮《しんちゅう》がはめ込まれている。通りに面したガラス張りの扉は六面に折りたたむことができ、屋根は自動開閉式になっている。雨が降るとテラス席を屋根がおおい客は雨に濡れる心配がないのである。店の中央には二十人ほど座れる大きなテーブルが置いてある。ミラノのある居酒屋で百年以上使われていたテーブルをわざわざ交渉して高値で譲ってもらい船で運んできた。厨房のカウンターと店のカウンターは大理石が使われている。天井には太い梁《はり》が六本あり、実物のゴンドラが吊してあった。そして客席のどの角度からでも見える場所にステージを造り、「女王蜂」で使っていたグランドピアノとドラムセットを設置した。店の名前は「サンタ・マリア」とした。

オープニングパーティの日、友人、知人、クラブに勤めていたホステスたちを招待した。百名ほど集まってきた招待客は、豪華な内装に圧倒されていた。料理は、海の幸のマリネ、仔牛のチーズカツレツ、生ハムのサラダ、鮪《まぐろ》のカルパッチョ、パスタ類など、簡単なものだったが、ビールとワインの種類は豊富だった。特別に設《しつら》えたガラス張りのワインクーラーの中に五百本のワインが並べられ、圧観だった。学英は一本五万円、十万円もするワインを惜しげもなく招待客にふるまっていた。ピンクのランジェリーにグリーンのキャミソールを着て網タイツをはいているタマゴは腰をくねらせ、愛嬌をふりまきながら招待客の間をねり歩いている。店内には軽快なジャズの生演奏が流れ、パーティは盛り上がっていた。

二人の若衆を連れた高奉桂が受付に紫の風呂敷に包んだ御祝儀を置いて店内に入ってきた。

受付を担当していた池沢国夫が風呂敷を開けてみると、銀行専用の帯で封印してある一千万円が包まれていた。

さすがの池沢国夫も驚き、受け取っていいものかどうか学英に話すと、学英はにんまりして高奉桂に近づき、手をさし延べて、

「よくきてくれた」

と握手した。

「招待してくれて感謝する」

高奉桂は学英に案内されて席に着いた。

席に着いた高奉桂は店内を見回し、

「いい店じゃないか。さすがだな」

と学英のセンスを評価した。

「もう少しやりたいことがあったが、予算が足りなくてできなかった」

学英は満足していなかった。

「また金が必要なときは相談してくれ。いつでも用だてる」

高奉桂は獲物を狙う猛禽類のような眼で言った。

「そうならないように頑張るぜ」

学英が言うと高奉桂は声をあげて笑った。

その笑い声に、少し離れた席に座っていた鉄治が不快感をあらわにして高奉桂を見やった。十分ほど高奉桂と話し込んで鉄治の席にきた学英に、

「なんであんな奴を招待したんだ」

と鉄治は高奉桂に聞こえよがしに言った。

「義理をたてねえと、あとでもめるからよ」

と学英が弁明した。

「あんな奴に義理もくそもあるもんか。あいつはおまえと組みたいらしいな」

鉄治はまるで嫉妬《しっと》でもするように言った。

「そうカッカするな。戦争は終ったんだ」

学英は、いつまでもかつての抗争にこだわる鉄治をなだめようとするが、鉄治は高奉桂をまったく信用していなかった。

家主の李明淑が入ってきた。白のドレスを着て、胸にはダイヤをちりばめたネックレスが光っている。左の薬指にも大きなダイヤの指輪が光っていた。そして二十五、六になる美しい女性を連れていた。李明淑が入ってくると、店内にいるみんなの視線が、李明淑の連れの女性に集まった。面長な顔に鼻筋が通り情熱的な瞳と肉感的な唇がセクシーだった。張り出

した胸から腰にかけて絞り込まれた曲線がヒップで盛り上がり、細長い脚線美を強調している。

椅子に座っていた学英が思わず立ち上がり、入口まで行って李明淑を出迎え、

「ようこそ、わざわざ開店祝いのお花をありがとうございます」

といつになく丁重な挨拶をした。

「開店おめでとう。素晴しいお店だわ。自分のことのように嬉しいわ」

李明淑は店内を見回し、満面の笑みを浮かべて、

「わたしの姪《めい》です」

と連れの女性を紹介した。

「はじめまして。李学英です」

学英は軽く会釈して李明淑の姪の気の強そうな黒い瞳をちらと見た。

「加藤知美です」

まろやかだが、自分の美しさを意識した声だった。

李明淑の姪ということだったが、彼女は日本名を名乗っていた。

学英は二人を鉄治のいるテーブルに案内した。二人がくると、脚を組み、葉巻をふかしていた鉄治が崩していた姿勢を正して、

「金鉄治です」

と急に真顔になって加藤知美に挨拶した。

タマゴがやってきて鉄治の隣に座った。

「この方はね、鉄治さんの奥さんなの」

李明淑から唐突に紹介されて、加藤知美がえっという表情をしてタマゴと鉄治をまじまじと見つめた。

「金鉄治の妻でございます。お美しい方ね」

タマゴはニューハーフ独特のいい回しで自己紹介すると同時に加藤知美を牽制した。

女にはない一種異様なタマゴの美しさと大胆なスタイルに加藤知美は圧倒された。

「この店なら、わたしも一人でこれそうだわ。マスターもいることだし」

と李明淑が言った。

「わたしは午後六時から午前十二時までいます。店は午前五時まで営業してますけど」

学英は必ずしも店にいるとは限らないが、タマゴは責任者として午前十二時までいると言った。

「そんなに遅くまで営業してるんですか？」

と加藤知美が訊いた。

「六本木は午前零時から始まるといいますからね。気長にやるつもりです」

　学英が言った。

　鉄治は退屈そうにしていた。ひたすらビールを飲み、葉巻をふかしている。そして大きな欠伸《あくび》をして、

「おれは帰るぜ」

　と言って席を立った。

「それじゃ失礼します」

李明淑と加藤知美に別れの挨拶をした鉄治は高奉桂の席を睨むようにして入口に向かった。

「何か魂胆があるはずだ。でないと、わざわざオープニングパーティにくるわけがねえ」

入口まで見送ってきた学英に、鉄治は高奉桂に対する猜疑心《さいぎしん》を伝えようとした。

「考えすぎだ。何の魂胆があるというんだ」

鉄治の警戒心を払拭するように学英は言った。

「わからねえ。だから用心しろと言ってんだ」

いつもなら学英が無頓着な鉄治に釘《くぎ》をさしていたが、今度は反対だった。

鉄治は高永吉の運転するベンツに乗って帰って行った。

李明淑と加藤知美の席にもどってくると、タマゴが一人で喋り続けていた。

そしてもどってきた学英に、

「ねえ、ガク、知美さんは独身だって。彼女ほどの美人を放《ほ》っとくなんて、男は馬鹿よね」

と学英の顔を見ながら言った。

「いまのわたしは仕事に夢中ですから」

加藤知美はいまのところ結婚の意思がないことをほのめかした。

「仕事って、どういう仕事なの？」

タマゴが好奇心をつのらせて訊く。

「アパレル関係の仕事をしてるの」

李明淑が代弁した。

「アパレル関係……ファッションモデルなの？」

背が高くて美しい加藤知美の容姿はファッションモデルや女優といっても通用するだろう。

「フランスやイタリアに行って、ブランドの衣服や雑貨を仕入れてきて、それを個別販売してるのよ。わたしの衣服も知美から買ってるの」

李明淑が説明した。加藤知美はほほえんでいる。その表情が優雅だった。

「個別販売って、あたしも買えるの？」

ブランド物に目のないタマゴは俄然《がぜん》、興味をつのらせた。

「ええ、買えますよ。ただし会員制になっているので招待されないと買えませんけど」

叔母の李明淑は営業担当者のように言う。

「あたしもぜひ、招待されたいわ。事務所はどちらなんですか？」

「南青山、ここから歩いて行けます」

「お店を出してるんですか？」

「店は出していません。個別販売ですから。事務所が会場になってます。お値段は定価の三十パーセントから七十パーセントくらい安いですよ」

「えーっ、そんなに安いの。明日さっそく行きます」

喜々としているタマゴの様子を見ながら学英はビールをあおった。はしゃいでいるタマゴに対して加藤知美は落着いていた。二十五、六歳だが大人の香りが漂っていた。それなりに男を知っている感じがした。

高奉桂が帰るところだった。学英は高奉桂を外まで見送った。

「東京にきたときは寄るよ。これだけいい店なら、うまくいくような気がする。それからテツに言っといてくれ。あまりおれをいらだたせるなって。おれにも面子《メンツ》がある」

人前であろうと挑発的な態度を取る怖いもの知らずの鉄治に高奉桂はいささか頭にきているらしかった。

「言っとくよ。しかし、おれもテツを止めることはできない」

学英の穏やかな口調には敵愾心《てきがいしん》がこもっていた。

「おまえはテツより話のわかる奴だと思ってる。おれと組めば、金は稼げる。同じ在日だ。悪いようにはしない」

高奉桂は在日同胞という共通の利害関係を持ち出した。

「在日同胞が協力し合った話など聞いたことがねえ。いがみ合ってる話はいくらでも聞いてる。おれとテツは一匹狼でやってきた。それはこれからも変らない」

お互いにはらの探り合いをしていたが、

「昔のことに、まだこだわってるようだな」

と高奉桂は言った。

「おれは忘れたが、テツの体の傷が憶えてるんだ」

そう言われると、高奉桂は返す言葉がなかった。

高奉桂は黙って、迎えにきた車に乗って帰って行った。あと味の悪い思いが残り、学英は高奉桂を招待するのではなかったと後悔した。

招待客が帰りはじめた。

学英が席にもどると、李明淑と加藤知美が帰ろうとしていた。

「わたしたちは帰ります。知美はこれから仕事があるんですって。夜遅くまで仕事をしなくたっていいでしょ、と言うんだけど、今日のことは今日中に片づけないと駄目なんですって。恋人がいると仕事の量も少しは減ると思うんだけど」

李明淑は暗に姪が早く結婚してくれることを望んでいるようだった。

「馬鹿なこと言わないで。わたしは仕事が好きなの」

加藤知美は娘の結婚を心配している母親のような李明淑の言葉を軽く受け流して、

「ご馳走さまでした」

と礼を述べ、しかし学英の視線を避けて店を出た。

「気が向いたらきて下さい」

学英は加藤知美の反応を確かめるように言った。

「明日、事務所に行くわ」

タマゴはブランド物を見たいという期待をふくらませて言った。

「お待ちしてます」

加藤知美はタマゴを振り返ったとき、学英をちらと見た。そして学英の熱い眼差しに目を伏せた。

店内には数人の招待客が残っていた。何組かが帰りだすと、つぎつぎと帰って行った。

学英とタマゴはカウンターのとまり木に腰掛けて飲み直した。

「彼女に気があるんでしょ」

タマゴは学英の気持を見抜くように言った。

「冗談じゃねえ。おれの好みじゃない」

学英は否定した。

「そうかしら。彼女を見る目がちがってたわ」

「どうちがってたんだ」

「今西沙織を見ていたときと同じ目よ」

亡くなった今西沙織の名前を出されて、

「馬鹿なことを言うんじゃねえ」

と学英はむくれた。何かにつけて今西沙織を引き合いに出されるのがいやだった。今西沙織を愛していたのは事実だが、最後は裏切ってまで、同棲していた男を選び、事件に巻き込まれて死んだのだった。今西沙織を怨むつもりはないが、学英は女の業の深さを思い知らされた。

「女は魔物だ」

ブランデーをかたむけていた学英がひとりごちた。

「どこかで聞いたようなセリフね。彼女に惹《ひ》かれてる証拠だわ」

タマゴはほくそえんだ。

閉店後、学英は明日からの開店にそなえて十二人の従業員に接客態度や厨房の対応や、その他の注意事項を述べた。学英の話を受けて、責任者のタマゴが気付いたことについて、こまごまとした注意をした。

「今日はお客さんが多かったしオープニングパーティだったから仕方ない面もあるけど、もう少し早く注文の品を出さないと、お客様からクレームがつくと思うわ。テーブルに着いたお客様を何分もそのまま待たせて、注文を取りに行かないのも問題ね。あたしだったら、さっさと帰ってしまう。この店の従業員はやる気がないんだって思われるわよ。どんなに忙しくても、お客様に誠意を見せなくちゃ駄目なのよ。料理の味も大事だけど、接客態度も料理の一部なのよ。同じ料理、同じ飲み物でも、接客態度で味が変るの。わかる？　お客様は気分よく過ごしたいのよ。そうすれば売上げも上がるし、お客様はまたきてくれるの。あなたたちもレストランで食事をしたり、飲みに行ったりするでしょ。彼氏や彼女と一緒に飲みに行った店の雰囲気がよかったら、その気になるでしょ。気分のいいときは快感を求めて、セックスしたくなるのよ」

タマゴの話に従業員の一人が笑った。

「笑ってる場合じゃないわよ。笑ってる君……」

タマゴは笑った従業員の胸についている名札を見て、

「広田君、君はセックスしたくないの」

と、あけすけに訊くのだった。

タマゴに訊かれた二十歳くらいの従業員は返答に窮して黙った。

「この中で、セックスしたくない人いる？」

タマゴの話はしだいに逸脱していくのだった。

誰も返事をしなかった。

「いないでしょ。みんなセックスしたいでしょ。だったらセックスしたくなるような雰囲気をつくりなさいよ」

従業員の半数は若い女性である。彼女たちは赤面していた。

胸を露出してキャミソールにパンティが見えそうなミニスカートをはいているタマゴの恰好は、あまりにも場ちがいな印象を与える。しかも店の営業とは何の関係もないタマゴのセックス論に従業員は困惑していた。

厨房を担当している二十五、六歳の従業員が挙手した。

「なんなの？」

タマゴは威嚇するように、その従業員を睨みつけた。

「店の営業とセックスとは関係ないと思いますが……」

当然の質問だったが、

「君にはあとで、あたしがセックスを教えてあげる。あたしとセックスしたい？　したくない？」

とタマゴが問い詰めた。

「したくないです」

厨房の従業員は興奮気味に答えた。

「君はインポなの？」

容姿に自信のあるタマゴは自尊心を傷つけられて立つ瀬がなかった。

しかし、みんながゲラゲラ笑ったので、タマゴは調子に乗って、ライオンやオットセイや、はてはカマキリまで引き合いに出してセックス論を展開する始末だった。

見かねた学英は、

「今日はこれまで。明日から本番だから、お互いの持ち場を確認し合って、お客様の評価を得られるよう頑張ってくれ。解散！」

とミーティングを終らせた。

話の腰を折られたタマゴは、

「どうして話の途中に割り込んできて、ミーティングを終らせるのよ。これからが本題なのに」

と学英に抗議した。

「おまえは自分が何を喋ってるのか、わかってるのか。ライオンだとかオットセイだとかカマキリだとか、馬鹿じゃねえのか。恥かしくて聞いてられなかったよ。何考えてんだ」

学英は先が思いやられると思った。

「みんなセックスに無知だから教えてやったのよ」

タマゴはあくまで自分の正しさを主張して引き下がろうとしない。

「ニューハーフのセックスは普通じゃねえんだ」

つい口が滑ったとはいえ、タマゴの怒りを買うのは必至だった。

「どういう意味なの。あたしを差別する気。なにさ、韓国人のくせに！」

売り言葉に買い言葉である。

二人の感情はいっきに険悪になった。

「韓国人だって……。そうか、おまえははらの中でテツやおれを差別してたんだ。よくわかったぜ」

学英は床に唾を吐いた。

「何がよくわかったのよ。ガクの方こそはらの中であたしを差別してたんでしょ。差別されてる人間が別の人間を差別するのは二重の差別になるのよ、わかる？」

タマゴは学英が床に吐いた唾を踏みにじりながら喰ってかかった。

そのとき、二人の若い男性従業員がきて、

「すみません、ぼくたちにセックスを教えて下さい」

とタマゴに教えを乞うのだった。

タマゴはあきれ顔になって、

「君たち、馬鹿じゃないの。たとえ話を真に受けるなんて。せんずりでもかいてなさいよ」

と言って、これ見よがしに腰を振って店を出た。

翌日の午後五時、タマゴが大きなビニール袋を二つかかえて店の二階の事務所に出勤してきた。ビニール袋の中には多数の衣服が詰め込まれている。

「店に来る前、知美さんの事務所に寄ってきたの。事務所と別の場所に三十坪くらいの会場があって、そこにブランド物が千点くらい展示されてるのよ。中高年のおばさんや若い女の子が四、五十人いて、目の色を変えて商品を漁《あさ》ってた。このディオールのドレスは定価四十八万円だけど、十二万円なのよ。このマックスマーラのパンティは七十パーセント引きで一万二千円、このタンクトップはたったの四千円、めちゃ安いのよ。去年の物もあるけど、今年の物もあるのよ。中高年のおばさんと若い女の子がキャミソールを奪い合って破っちゃったわ。誰が弁償するのかしら」

タマゴはビニール袋に入っている衣服を一枚一枚取り出し、興奮しながら喋っていた。

「知美さんは社員二十三人の会社の社長で、年商八億だって。凄腕の女社長なのよ。早稲田の政経に在学中から、この商売をはじめたらしいわよ。あれだけいい女だから、取引先の男も、つい甘くなっちゃうんじゃない。今度、接待に、この店を使いたいと言ってた。学英さんによろしくって。彼女はさ、ガクとかテツのようなタイプの男を知らないから、興味があるのかもしれない。女は潜在的に強い男に憧れるのよ。強い男に抱いてほしいと思うの。テツはどうしようもないところがあるけど、いざというとき、絶対あたしを守ってくれるじゃない。だから愛してるの」

それからタマゴは黒のTバックをかかげて、

「どう、いいでしょ」

と言った。
十五、六枚の衣類を机の上にひろげて喋り続けるタマゴに、
「はやく片づけろ、商売やる気か」

と学英はうんざりしていた。

「テツが言ってた。高奉桂は何か仕掛けてくるにちがいないって。まさかガクは高奉桂から金を借りてるんじゃないでしょうね」

タマゴは鉄治から探りを入れるよう言われたのかもしれない。

「おれが高奉桂から金を借りるわけねえだろう。銀行以外から、金は借りてねえ」

「でも、資金操りに困ったら、高奉桂から金を借りるんじゃない？」

「心配すんな。そのときは『龍門』を売り飛ばすさ」

「だからテツは心配してんのよ。『龍門』はあたしたちの唯一のよりどころよ」

タマゴは衣類をビニール袋にしまいながら学英の気持を測りかねた。それには理由があった。店を開店する前から、鉄治は学英に帳簿の開示を求めていたが、学英は拒否していたのである。したがって、学英がいくらの負債をかかえているのか判然としないのだ。おそらく学英自身もよくわかっていないのではないかと思われた。以前は鉄治が学英から、杜撰《ずさん》な経理を再三指摘されていたが、いまでは逆になっていた。帳簿が見せられないのは、見せられない理由があるのではないかと鉄治は疑っているのだった。

「テツに言っとけ。おれたちは運命共同体だ。死ぬときは一緒だと」

学英の脅迫じみた言葉にタマゴは黙ってしまった。

6

タマゴは少しひかえめなブルーのスーツに着替え、

「どう……」

と女性事務員の近藤美佐子に見せた。

「すごく上品で、よくお似合いです」

と近藤美佐子はゴマをするように言った。

「そう……似合う！」

タマゴは気をよくして事務所の片隅にある全身鏡の前で何度も前後左右の容姿を点検し、鏡に顔を近づけて化粧を直した。

「何度見たって同じだよ。行くぜ」

化粧に時間を掛けるタマゴに痺《しび》れを切らせた学英が先に事務所を出た。タマゴは学英を追うように「サンタ・マリア」へ降りていった。

臨時のマネージャーを務めている池沢国夫の指示にしたがって従業員が清掃している。厨房に四人、ホールに四人。午後十一時からは厨房二人、ホール二人と交替する。厨房のチーフは新宿のイタリア料理店に勤めていた二十八歳になる人物だった。目鼻立ちがラテン系に見えるのがタマゴのお気に入りで、三日口説いて引き抜いてきた。しかし料理の腕はいまひとつだった。

学英は気に入らなかったが他に当てもなく、

「簡単な料理を出せばいいのよ」

と言うタマゴの主張に妥協した。

「一に清潔、二に清潔、三、四がなくて五に清潔、店もトイレも隅々をきれいにするんだ。わかったか！」

池沢国夫が従業員にハッパを掛けている。

学英はカウンターの端に腰をおろし、タマゴはレジのつり銭を勘定していた。

開店時間になる。「CLOSED」の札がはずされ、池沢国夫をはじめ従業員たちが来客を待った。だが、一時間が過ぎても客はこなかった。カウンターの端に座って来客を待っていた学英がワインを飲みはじめた。

レジにいたタマゴがホールを歩いて、

「だらけちゃ駄目よ。どんなときでも緊張感を持ってなきゃ、お客様に失礼だから」

と一人で張り切っていた。

二時間が過ぎ、生演奏の時間になった。ピアノとギターとドラムがジャズを奏でる。軽快なジャズのリズムが、一人の客もいない店内に空しく響いている。

学英がすでにワインを一本空けている。学英の隣に腰をおろしたタマゴが、

「どうなってるの？　客が一人もこないじゃん」

と溜め息をついた。

「焦ったってしょうがねえだろう。そのうちくるさ」

学英の目がすわっていた。

午後九時になってはじめて一組の男女が入ってきた。

「いらっしゃいませ！」

タマゴをはじめ従業員たちがいっせいに挨拶した。

その声に客はたじろぎ、空席だけの店内を見回して、入っていいものかどうかためらっていた。

「こちらへどうぞ」

池沢国夫が通りに面したガラス張りの席に案内した。続いて女性従業員がおしぼりとメニューを持ってきた。客は店内の豪華な造りに感嘆している様子だった。二回目の生演奏がはじまった。外から見ると、一組の客が店を借り切っているようだった。

タマゴが客の席に行き、

「失礼ですが、お二人は恋人ですか？」

と無粋なことを訊くのだった。

二人は戸惑っていたが、

「今日は結婚一周年なんです」

と女が恥かしそうに答えた。

「あら、そうですの。当店はご結婚一周年のご夫婦には、シャンパンをサービスすることになってますの」

そんな規定はないのだが、タマゴは指を鳴らしてウエイターを呼び、シャンパンを持ってくるよう指示した。ウエイターがシャンパンを運んでくると、タマゴは栓を勢いよく抜き二つのシャンパングラスについで、

「どうぞ、お幸せに」

と二人を祝福してさがった。

粋なとり計らいだが、学英は、余計なことをしやがると思った。

一人の男性客がドアを開けて顔をのぞかせ、入口に立っている池沢に、

「五人ですが、空いてますか？」

と訊いた。

「大丈夫です」

池沢が答えると、男性は外にいる友達を呼んだ。女性三人に男性二人の客だった。池沢は五人の客を中央の大きなテーブルに案内した。厨房が急に動きはじめたが、この程度では店の採算はとれない。学英はカウンターのとまり木に座ったまま身動きせずに店の様子を観察していた。タマゴが出しゃばりすぎないか心配だったが、タマゴの接客態度はじつに見事だった。瞬時に客の心理を読み、巧みに応対していた。

加藤知美が六人の女性社員を連れてやってきた。知的で優雅で、立っているだけで艶《あで》な花が咲いているようだった。当分こないだろうと思っていた加藤知美が連れをともなってやってきたので、学英は思わず腰を浮かせた。そして終りに近づいていた生演奏を続けるよう指示した。

池沢と従業員がガラス張りの側のテーブルを二つ合わせて七人の席をつくった。

「いらっしゃい。きてくれるとは思わなかったわ」

タマゴは満面の笑みを浮かべて歓迎すると学英に視線を転じた。開店時間からカウンターの端でワインを飲み続けていた不機嫌面の学英がゆっくり立ち、ジャケットのボタンを掛けて加藤知美の席に近づくと、

「いらっしゃい」

と低い声で挨拶した。

「会議が終ったものだから、少し飲みたくなって、社員ときました」

加藤知美は言いわけでもするように言った。

「ありがとうございます。初日のお客様にはワインを一本サービスすることになってます」

学英の言葉にタマゴはあきれた。

学英は従業員に一本五万円の「レディガッフィ」を持ってこさせた。ワインのラベルを見た加藤知美は、それが高価なワインであることを察知した。

「それでは、ごゆっくり」

学英は軽く会釈して席を離れた。

「かっこいい、痺れちゃう」

一人の若い女性社員がうっとりした。

「独身かしら」

別の女性社員が言った。

「もちろん独身です」

ワインをついでいたタマゴが強調した。

「また、きてもいいですか、社長」

知美の意向を確かめる女性社員もいた。

「いいわよ、自分のお金で飲みにくるのは」

加藤知美は澄ました顔で言ったが、どこか不自然な素振りだった。加藤知美は明らかに学英を意識していた。そもそも夜の十時に、数人の社員をともなってカフェ・バー「サンタ・マリア」にくるのが学英を意識している証拠だとタマゴは思った。

それから程なく、家主の李明淑がにこやかな表情で店に入ってきた。たぶん姪の知美の連絡を受けてきたのだろう。店に入ってきた李明淑をタマゴは知美のテーブルに案内した。

「一人でこようか、どうしようか迷ってたのよ」

テーブルに着くと李明淑はひと安心したように言った。

「一人でテレビを観てたんでしょ。そしたら私から電話があって……」

知美が意地悪く言った。

「そうなの。一人でテレビを観てるのも侘《わび》しいわ」

と弱音を吐いたが、若者に囲まれて李明淑は嬉しそうだった。

「少しお腹が空いているので、お腹の足しになるものが食べたいわ」

と李明淑が言った。

「それじゃ、パスタか生ハムの野菜サラダはいかがですか」

タマゴがメニューを見せながら勧める。

「一応注文してあるから、足りない物があったら追加注文すれば……」

知美は注文が重なるのを避けて、叔母のグラスにワインをついだ。

「そうね、そうするわ。ところでマスターはいないの？」

と李明淑は訊いた。

「カウンターの端で飲んでます。あの人は一人で飲むのが好きなんです」

カウンターの端でワイングラスを傾けている学英をタマゴはちらと見た。知美は学英を無視している。それがかえって意識しているようにも思えるのだった。

四人の客が入ってきた。それを機に学英は腰を上げて店を出た。空を見上げると星屑がまたたいている。東京の夜空にしては珍しく澄みきっていた。学英はあてもなくゆっくりと歩いた。通りには人影があまり見られなかった。六本木交差点には大勢の人がたむろしているのに、少し離れた場所は閑散としている。新宿の客層と六本木の客層はまるでちがうのだ。六本木は若者が集まる新しいファッションの街にちがいないが、その実体は学英にもはっきり摑めていなかった。芋洗坂を上がっていくと店が軒を並べている。「サンタ・マリア」と同じようなカフェ・バーでは多くの若い男女が飲んでいた。

店の看板を見ながら歩いていた学英は、ふと足を止めた。「魁」という看板が目にとまったのだ。十年ほど前、歌舞伎町にも「魁」という店があり、学英はときどき飲みに行っていた。カウンターだけの店で、四十代のマスターが一人カウンターに入っていた。寡黙で、バーテンダー一筋の男だった。

エレベーターで三階に上がり、店のドアを開けて入った。十人ほど座れるカウンターに二人の客が飲んでいた。学英は隅のとまり木に座ってカウンターの中にいるバーテンダーに視線を向けた。ドアを開けて店に入ってきたときから学英を見ていたバーテンダーが、

「お久しぶりです」

と低い声で言った。

やはり新宿にあった「魁」のマスターだった。十年前よりかなり白髪《しらが》が増えていたが、物静かな語り口は変っていない。白いワイシャツに黒のチョッキを着て、黒の蝶ネクタイを締めている。背筋をしゃんと伸ばし、バーテンダーとしての矜持《きょうじ》を示していた。

「まさかと思って入ってみたんだけど、やはりマスターだったのか」

学英は懐かしそうに言った。

マスターは「ブランデーですね」と訊いた。

「そうだ」

マスターは学英の好みを覚えていた。

ブランデーを学英に差し出したマスターは、

「六本木にはよくこられるんですか？」

と訊いた。

「今日から六本木で店をはじめたんだ」

学英はブランデーグラスを手のぬくもりで温めながら言った。

「店を？　どんな店をはじめたんですか」

「けやき坂を下って毛利庭園の斜め前あたりの三栄ビルの一階にカフェ・バーを開店したんだ」

マスターは少しのあいだ場所を思い描いていたが、

「ああ、あのビルですか。ビルのオーナーは加藤定夫という方でしょ。三年前に亡くなったそうですが、相続税を支払うために五つのビルを処分したらしいですよ。それでも港区に十数棟のビルやマンションを持ってると聞きました」

と言った。

「そんなにビルやマンションを持ってるんですか」

一点億単位の絵画を所有しているので資産家とは思っていたが、学英の予想をはるかに超えていた。

「港区だけじゃなくて、杉並区、世田谷区にも千室以上のマンションを持ってるということです。大地主ですよ」

寡黙なはずのマスターが堰《せき》を切ったように話すのだった。

「詳しいですね」

学英が言うと、

「店に『三栄不動産』の部長が飲みにくるんですよ。いま内紛が起こっていて、亡くなったオーナーの右腕だった専務とあとを継いで社長になった奥さんとの間に確執があるらしいです。その部長は専務の側なんですけどね、奥さんを社長の座から引きずり降ろして、専務が社長になりたいって話ですよ」

と、マスターはさらに饒舌になってゆく。

マスタ―の話は、のんびりしている孤独な李明淑の様子からは想像もできないことだった。莫大な資産にさまざまな人間が群がってくるのは世の常だろう。

「専務は息子を、社長の姪と結婚させたいらしいんですが、社長は拒否していると言ってました」

話が思わぬ方向に展開してきたので、学英は身を乗りだして、

「その姪はどう思ってるんだ」

と訊いた。

「さあ、そこまでは知りませんが、無理じゃないですか。なんせ社長にとって身内は姪一人だけといいますから、もし結婚すれば、資産はごっそり、専務の方へ行きますからね」

知的で美しい加藤知美に「三栄不動産」の命運がかかっていると言っても過言ではない。知はたして知美は何を考えているのか。学英の邪悪な欲望がむらむらと湧き起こってきた。知美をものにして資産を手にしようと思ったわけではない。自意識の強い知美の、あの唇の奥からどんな呻き声がもれてくるのか、それを知りたかった。

一時間ほど飲んで学英は「魁」を出た。そしてカフェ・バー「サンタ・マリア」にもどってみると、知美の一行と李明淑はもういなかった。

店は満席に近い状態だった。六本木は午前零時からはじまると言われているが、確かに出足は遅い。これからが勝負だろうと学英は思った。

「知美さんたちと家主さんは、ついさっき帰ったわ。十二時になったら、あたしも帰る。引き継ぎは永吉に言ってあるから。初日にしてはまあまあね」

タマゴは早番のレジを締め、二階の事務所の金庫に売上金をしまって服を着替えると、通りでタクシーを拾って帰っていった。

学英は閉店の午前五時まで客の出入りを見届けるつもりでいた。オーナーの学英がカウンターの端に座ってワインを飲みながら店内を見渡しているので、従業員たちはぴりぴりしている。

早番の池沢国夫と交替した遅番の高永吉がカウンターにいる学英のところにきて、

「オッス！」

と挨拶した。

「永吉、その恰好で店に出るつもりか」

学英が高永吉を頭のてっぺんから足のつま先まで見た。

「この恰好じゃ駄目ですか」

高永吉は自分の恰好を振り返った。

「あたりめえだろう。Tシャツにジーパンはいて、ジャケット姿で接客できるわけねえだろう。二階の事務所へ行って、池沢の服に着替えてこい」

学英にたしなめられた高永吉はしぶしぶ事務所で白いワイシャツに蝶ネクタイを締め、黒のスーツを着て降りてきた。いつもは鉄治を乗せたベンツを運転しているのだが、人手が足りないので急場しのぎに狩り出されたのだ。

一組の男女が入ってきた。学英はどきりとした。でっぷり肥っている男は鉄治だった。そして黒のスーツを着ている大柄な鉄治のあとから隠れるようについてきた女は学英と同じマンションの三階に住んでいる白崎樹里だったからだ。二人の組み合わせに学英は意表をつかれたのだった。

高永吉が「オッス！」と挨拶している。肥満の鉄治は高永吉に案内されて奥のテーブルに着いた。白崎樹里は豪華な店に目を見張り、少しおどおどしていた。二人はタマゴが帰ったのを見計らってきたのは明らかだった。

学英が腰を上げて鉄治のテーブルに向かった。学英を見て、白崎樹里は瞳を輝かせ、

「素晴しいお店ですね」

と言った。

「ありがとう」

学英は礼を述べると、

「ちょっとカウンターまできてくれ」

と鉄治をうながした。

「何の用だ。話があるのか？　話があったら、ここで話せよ」

鉄治は子供みたいにごねるのだった。

「いいから、ちょっとこっちへきてくれ」

学英は白崎樹里に気を使いながら鉄治を強引にカウンターに連れて行った。

「なんなんだよ。無理して店にきてやったのに」

鉄治はむくれている。

「テツ、なんであの娘を連れてきたんだ。彼女といつ知り合ったんだ」

「今夜だよ。久しぶりにクラブ『光林』に行ったらよ、あの娘がいたから誘ったんだ」

「今夜がはじめてだと。おれの目は節穴じゃないんだ」

鉄治は口ごもり、

「二回目だよ」

と言った。

「二回目じゃなくて、ここんとこ、毎晩通ってたんだろう」

学英に追及されて、

「いいじゃねえか。何回通おうと」

と鉄治は椅子の背に体を投げ出した。

「まさか、できてるんじゃねえだろうな」

学英に目の奥をのぞき込まれて、

「あんな小娘に手を出すわけねえだろう。やめてくれよ、そんなメザシの目で見るのは」

と鉄治は誤魔化そうとしたが、

「タマゴに知れたら、ただじゃすまないぜ」

と学英はゆさぶりをかけた。

「タマゴにわかっても、どうってことねえよ。彼女とは何もねえんだから」

学英は鉄治の目をじっと見た。すると鉄治は視線をあらぬ方向に転じた。

「おまえの顔に書いてある」

と学英がかまを掛けた。

「何が書いてあるんだ」

「彼女とできてるってな」

「いい加減にしろ。なんだったら、彼女に直接訊いてみたらどうだ」

学英はそれ以上訊かなかった。可憐な白崎樹里が脂ぎった肥満の鉄治に籠絡《ろうらく》されるとは思えなかった。しかし、何もないのに鉄治に誘われて「サンタ・マリア」へくるのも軽薄な気がする。

鉄治はテーブルにもどり、葉巻に火を点け、カウンターにいる学英に向かって煙を吐くのだった。その態度が、いかにも怪しいのである。鉄治はたぶん冗談を言っているのだろう。それに対して白崎樹里はくすくす笑っている。すると鉄治はこれ見よがしに白崎樹里の肩を抱き寄せた。鉄治に抱き寄せられた白崎樹里は抵抗したり恥じる様子もなく、いかにも楽しそうであった。一見、可憐そうに見えるが、どこかふてぶてしいところがある。鉄治は女であれば相手かまわず手を握ったり、肩を抱き寄せたりする癖があり、白崎樹里に対する態度も特別なわけではないが、学英は直感的に二人の関係を怪しいと思ったのだ。

学英は二人が帰るまでカウンターで飲んでいた。一時間ほど談笑していた鉄治と白崎樹里は学英に挨拶もせずに店を出た。鉄治はいつもなら高永吉が運転するベンツに乗っているのだが、今夜はタクシーに乗った。ホテルにしけ込むのかもしれない、と学英は勘ぐった。

一カ月が過ぎた。客の入りは少しずつ増えていた。初日は午後八時まで一人の客もなかったが、いままでは午後九時頃に一回目のピークを迎え、十時、十一時に客の入れ替えがあって、最終電車の前にいったん客が引け、午前一時頃からまた客が増えてくるのだった。生演奏の時間帯に客が増えているのがわかった。この傾向を維持し、さらに客を増やすためには、できれば午前一時から四時まで生演奏を入れたいと考えた。

パソコンで検索してみると、六本木、赤坂、青山、新宿などに音楽事務所がある。学英は六本木にある音楽事務所を訪ねた。

ロシア大使館の裏にある古い四階建てのマンションの二階の一室に三脚の机と電話が置いてあるだけの事務所だった。四十過ぎの社長と、その妻が事務をしている。

お互いに名刺交換をすると、学英の名刺を見た社長が、

「最近、毛利庭園の前あたりにオープンした店ですか」

と訊いた。

「そうです」

学英は頷いた。

「仲間から聞きました。いい店らしいですね。一度、行ってみようと思ってたんですよ」

社長は相好《そうごう》を崩して言った。

「それはどうも」

思わぬ評判に学英も悪い気はしなかった。

二人は商談に入った。社長の話によると、事務所に所属している音楽関係者は外国人が多いとのことだった。それは学英の望むところであった。六本木という場所柄、外国人が多いのだろう。

社長は二十数枚の写真を学英に見せた。事務所に登録している音楽関係者の顔写真と履歴書である。三分の二が外国人で、そのまた三分の二が黒人だった。

「ボーカルは女性がいいですよ。華やかさと雰囲気がありますから」

写真を見せながら社長が言った。

「そうですね、女性がいいですね」

学英の脳裏に今西沙織がよぎった。

「ピアノとボーカルで一日四万円です。ギターを入れると六万円になります。もう少し安いミュージシャンもいますが、質があまり良くないですよ」

いま使っているバンドは三人で二十五日演奏して九十万円である。それに比べると割高だったが、事務所を通しているので仕方なかった。学英は早番にもボーカルを入れたいと思っていた。

「ほとんどの者はパスポートの関係上、日本に滞在している期間は、三カ月から半年くらいです。いったん日本を出て、他の国々を回って日本にまたもどってきますけどね。彼らは渡り鳥みたいなものですよ」

学英は社長の説明に耳を傾けながら、ボーカル二人とピアノ一人、ギター一人を選んだ。

「契約は一週間ごとに更新します。気に入らなければ契約を解除して、新しい人を選んで下さい」

外国人は週給制になっているのだ。

「大きなイベントもできます。十年前、二十年前、スターだった歌手やバンドを呼ぶこともできますよ。ギャラは交渉次第ですけどね」

いつかは大きなイベントもやりたいと学英は考えていた。

学英が選んだのは四人とも黒人だった。

「明日からきてくれ」

学英は懐から財布を出して現金を数えた。

「わかりました。これから連絡を取って、今夜、店に行かせます。そこで面接をかねて話し合って下さい」

社長は事務をしている妻に写真と履歴書のコピーを取らせた。

「日本語はできるのか?」

と学英は訊いた。

「ある程度できます。四人とも日本に五年くらい滞在してますから。その間、日本を出たり入ったりしてますがね」

日本語が話せると聞いて、学英は安心した。

午後七時頃、四人の黒人が店を訪れた。学英から話を聞いていたタマゴが、

「ハーイ」

と気軽に四人を迎えた。

カウンターにいた学英が四人の黒人をテーブルに案内した。そして写真と履歴書を一人ひ

とり確認した。身長一八二、三センチあるジミーはニューヨークのブロンクス出身で、十八歳のときからニューヨークのジャズクラブでピアノを弾いていた。二十五歳のとき、観光で東京にきて、そのまま居ついている。

ジミーとは対照的に身長一六六、七センチの小柄なウィントンもブロンクス出身で二十歳からライブハウスでギターを弾いていた。二人とも三十歳である。できれば日本の女性と結婚したいと言っていた。

ボーカリストの一人キャサリンは東京の某大学に留学していて、学費を稼ぐために歌っていると言う。子供のころからカンザス州の町の教会でゴスペルを歌っているので歌には自信があると胸を張った。多少肥満気味だが声量がありそうだった。いま一人のボーカリストであるカサンドラはニューヨークのブルックリン出身で父はアフリカ系黒人、母は南米のベネズエラ出身である。二十二歳になるカサンドラは褐色の肌にグリーンの瞳をしていて神秘的な女だった。

「ぜひ歌を聴きたいわ」

タマゴが要望すると、

「オーケー、今夜から歌ってもいいわよ」

とカサンドラが言った。

「楽器はステージにある。ちょっと演奏してみるか」

学英が言うと、四人は顔を見合わせ、選曲をしてからステージに立った。

店の客席は半分ほど埋まっていたが、突然、四人の黒人がステージに立ったので客席から拍手が起こった。

「みなさん、こんばんは。とりあえず三曲だけ演奏します」

ジミーが挨拶した。そしてピアノを弾くと、それに合わせてウィントンがギターを弾いた。二人のボーカリストはマイクの前に立ってリズムをとっている。曲は「テネシー・ワルツ」だった。ピアノとギターの軽快な音に合わせて二人のボーカリストが歌った。黒人独特の声帯が、柔らかい高音を軽々と歌いこなすのだった。

「やっぱり黒人の声はちがうわ」

タマゴは体でリズムをとりながら言った。

歌い終ると盛大な拍手が起こった。

二人の女性ボーカリストは客席に向かって投げキスをした。学英は満足し、さっそく契約を交すことにした。早番のボーカルは大学に通っているキャサリンが担当し、遅番のボーカルはカサンドラが受け持つことになった。

「これは今日の謝礼だ」

気前のいい学英は四人の目の前で現金を数えて一人につき五万円を手渡した。

「オー、サンキュー」

思わぬボーナスに四人の黒人ミュージシャンは白い歯を見せて満面の笑みを浮かべた。

7

黒人のバンドとボーカリストを採用したのは正解だった。六本木という場所柄もあるが、客は日本人以外に外国人もくるようになった。店が開放的になり、色彩が豊かになったのである。特に若い女性客が増え、それにともなって若い男性客も増えた。ネクタイを締めた紺のスーツ姿のサラリーマンが五、六人できたりする。一様に好奇心をつのらせ、まるで海外旅行にでもきたかのように豪華な店内を見回し、黒人たちの奏でるジャズを楽しんでいた。そして一番楽しんでいたのはタマゴである。従業員に指示を与えながら客席の間をねり歩き、ときには外国人とブロークンイングリッシュを駆使して身ぶり手ぶりで頓珍漢《とんちんかん》な会話を交していた。それが外国人には面白いらしく評判を呼んでいた。

「あたしって語学の天才だと思う。言葉が間違っていても、互いの意思が通じるのよ。言葉って身体《からだ》で表現するものなの」

タマゴは得意になってしたり顔で言う。

カウンターの端に座って店内を観察している学英は、タマゴの珍妙な英会話に苦笑した。そして確かに言葉は身体で表現するものだと思った。ただし、タマゴのような物怖《ものお》じしない性格が要求される。大方の日本人には真似のできないことだった。タマゴの奇抜なファッションとセクシーな肢体は外国人の感性を刺激し、興味の対象になっていた。

ある日、タマゴがカウンターで飲んでいる学英の隣に座ってうかぬ顔をしていた。バーテンに水割を注文して、たて続けに三杯飲んだ。タマゴが店内でそういう表情を見せるのは珍しいことである。

「どうしたんだ？　何かあったのか？」

何か悩みがあると、タマゴは学英の側にきて飲む癖がある。要するに悩みごとを聞いてほしいのだ。

「あたし、求婚されてるのよ」

悩んでいるのか喜んでいるのか、よくわからない表情で言った。

「求婚？　誰に？」

「サイモンっていうアメリカ人から」

「サイモン？」

外国人は数十人出入りしている。サイモンと言われても学英には誰のことだかわからなかった。

「毎週水曜日にきている白人の青年がいるでしょ」

「毎週水曜日にきている白人の青年……」

だが、学英は思い出せない。

「金髪で青い目をしたハンサムな男の子よ。その子と三回、寝たわ」

「なんだって、三回寝た。本当か！」

学英は仰天した。

タマゴには妄想癖があるので、また作り話ではないかと思った。

「それはいつの話だ」

学英は頭が混乱した。タマゴは昔のことを語っているような口調だったからだ。

「いまの話よ。昨日も赤坂のホテルで寝たわ」

悪びれる様子もなく、タマゴは自己陶酔しているふうだった。

「おまえは何を言ってるのか、自分でわかってるのか」

学英は夢みているタマゴを目醒めさせるように言った。

「わかってるわ。だから悩んでるのよ」

バーテンに四杯目の水割を注文しながら、タマゴはバッグからハンカチを取り出して鼻をかんだ。

「おまえにはテツと子供がいる。テツに知れたらどうなる。ただではすまない。血をみることになる」

タマゴの話はどこまでが本当でどこまでが嘘なのか判断しかねた。自己暗示にかかりやすいタマゴの話には虚と実がないまぜになっていることがあるからだ。

「だって、テツからあたしは求婚されなかった。いままで誰からも求婚されなかったわ。求婚してくれたのは、あの子だけよ」

そう言うとタマゴは涙ぐんでいた。

いつもこうだ。都合によって男になったり女になったりする。いまのタマゴは女そのものだった。

噂をすれば影とやら、そこへ二十四、五歳になる青い目をした金髪の青年が店に入ってきた。背の高い目鼻だちの整った青年で、どこかトム・クルーズに似ている。

店に入ってきた青年に気付いたタマゴは瞳を輝かせて、

「サイモン……」

と名前を口走り、駆け寄ってサイモンに抱きついた。

サイモンもタマゴを抱きしめた。そして周囲の目もはばからず二人はキスした。学英はただ唖然としていたが、すぐに席を立って青年の前にくると腕を摑んで奥のテーブルに連れて行った。

　ついてくるタマゴに、

「おまえはレジにいろ！」

　と命令した。

　学英のただならぬ気迫に青年は驚き、タマゴはレジに引き下がった。

　テーブルに着いた学英は青年の目を見すえた。青年はわけがわからず肩をすくめて、

「何ですか？」

　と言った。

「おれの質問に答えろ。おまえはタマゴと寝たのか」

「タマゴ？　タマゴって誰です？」

「レジにいる女だ」

　青年はレジにいるタマゴを振り返り、

「寝ました」

　と意外なほど正直に答えた。

「何回、寝た」

「三回です」

刑事に尋問されているような青年は不快な表情をした。

「おまえはタマゴに求婚したらしいな。本当か」

「しました」

青年は誇らしげに胸を張ってみせた。

学英は考え込んでしまった。

「おまえは日本で何をしてる？」

と学英は訊いた。

「ぼくは二年前まで東京に三年いました。そのあとアメリカに帰国してから志願して入隊し、いまは横須賀の米軍基地にいます」

「米軍キャンプで働いているのか」

「休暇でイラクから一時帰還しています。来月またイラクへもどることになってますが、あと一年勤めるとぼくの任務は終ります。そのあと彼女と結婚したい」

青年は真剣な眼差しで言う。

タマゴはレジから不安げな表情で学英と青年との会話を見守っていた。

学英は話すべきか黙っているべきか迷ったが口を開いた。

「タマゴには夫がいる。子供もいる。それにタマゴは女じゃない。男だ」

青年は学英の話の意味が理解できず怪訝《けげん》な顔をしていたが、

「彼女が男？　彼女は素晴しい女だ。セックスも素晴しかった」

と猛反発した。

「タマゴは女よりも素晴しい女だ。しかし、男なんだ。このことが夫にばれると、おまえは殺されるかもしれない」

「殺される？　なぜだ」

「タマゴの夫はマフィアだ」

「マフィア……」

青年の顔色が蒼ざめていくのがわかった。

「悪いことは言わない。別れるんだ。そうでないと血を見ることになる。このまま店を出て真っすぐ横須賀に帰るんだ。そうすれば、おれは何も知らなかったことにする」

学英は諭すように言ってグラスにワインをついだ。しばらく黙っていた青年はグラスにつがれたワインをいっきに飲み干し、席を立つとレジにいるタマゴを見向きもせずに店を出た。

「サイモン、どうしたの？　どうして帰るの？　何か言ってよ。ガクに何を言われたの？

あいつの言ってることはみんな嘘だから」

タマゴはサイモンのあとを追ったが、大通りに出たサイモンはタクシーを止め、タマゴの手を振り切って去って行った。

店にもどってきたタマゴは阿修羅のような顔になって、

「ちくしょう！　あることないこと喋りやがって。サイモンを脅迫したんでしょう。許せない！　殺してやる！」

とわめき、キッチンに入って包丁を握りしめて、テーブルに座っている学英に斬りかかった。池沢も従業員もわけがわからず止める間がなかった。

学英はさっと体をかわして立ち上がると椅子でタマゴの足をすくった。足をすくわれたタマゴは空に浮いたかと思うともんどり打って倒れた。その隙に学英は包丁を握っていた手を足で蹴った。手から離れた包丁は二人の女性の客席に飛び込んだ。二人の女性は悲鳴をあげ、席を立って逃げだした。

学英は倒れているタマゴの髪を摑んで引きずり、そのまま店を出て二階の事務所まで連れて行った。そしてタマゴをソファに座らせ、

「世話のやける奴だ。あんな青二才のどこがいいのかわからないけどよ、馬鹿じゃねえのか、おまえは。おまえが男だってことがわかると、すぐに捨てられる。おまえにはテツしかいいね

えんだ」

と学英は言った。

「何がテツよ、あんな奴！　ガクは知らないでしょ、最近、テツに会ってないから。あいつは『光林』の会計係だった小娘とできてんのよ。ガクと同じマンションの三階に住んでたらしいけど、もうそこにはいないわ。テツが別のマンションの部屋を借りて住まわせてるのよ。そのうえ店までやらせてる。純情で可憐そうな顔してるけど、とんでもない喰わせ者よ。いまじゃテツの女房みたいな顔して、毎晩『龍門』でテツと一緒に食事してる。あたしと会っても平然としてる。あたしを馬鹿にしてるのよ。わかる、あたしの気持……」

タマゴは涙を浮かべていた。

「それで腹いせに、あのアメ公とできたってわけか」

「ちがうわ。好きになったのよ。彼の青い優しい瞳で見つめられて、愛してるって言われたら、その気になるわよ。捨てられるかもしれない。でも、いま誰かに愛されたかった。わかる、あたしの気持……」

「わかる、あたしの気持……」とタマゴは強調するが、タマゴが惚れっぽいのはいまにはじまったことではない。これまでにも何人かの男に恋をしてテツと別れるの別れないのとすったもんだをくり返していた。そのたびに学英が間に入ってとりつくろってきたのだった。そして今度はアメリカ人である。熱しやすく冷めやすいタマゴがアメリカ人と続くはずはないと思って学英は先手を打ったのだ。だが、鉄治が「光林」の会計係の女をかこっているとは知らなかった。

「本当にテツはあの子をかこっているのか」

「本当よ、なんだったら、今夜一時ごろ、『龍門』に行けばわかるわよ」

タマゴは自信に満ちた態度で言った。

それからタマゴはトイレに行って化粧を直して出てくると、いつもの笑顔にもどった。

家主の李明淑がデパートの袋を提げて入ってきた。

「いらっしゃいませ」

タマゴが愛想よく迎えた。

「あの、ちょっとお願いがあるんだけど」

李明淑は遠慮がちに、

「今日、日本橋の三越に行ってお弁当を買ってきたの。買うつもりはなかったんだけど、すごくおいしそうだったから買っちゃったのよ。でも一人で食べるのは寂しいでしょ。だから、お店で食べたいと思って、あなたとマスターの分も買ってきたわ。駄目かしら、お店で食べるのは……」

とタマゴの顔色をうかがった。

店はレストランそのものではないが、一応食事のメニューがある。その店で持ち込みの弁当を食べたいという李明淑のわがままにいささかあきれたが、タマゴはにっこりほほえんで、

「どうぞ、どうぞ、かまいませんわ」

と快諾してテーブルに案内した。

「マスターは怒らないかしら」

李明淑はカウンターの端に座っている学英をちらと見て言った。

「大丈夫です。うちのマスターは寛大ですから」

李明淑をテーブルに着かせたタマゴはカウンターに座っている学英のところに行き、

「あのさ、家主さんがお弁当をお店で食べたいんだって。ガクとあたしの分も買ってきたそうよ。一緒につき合わない」

と言った。

「弁当……。店で持ち込みの弁当を食べるなんてお門ちがいだ。冗談じゃないぜ」

学英は言下に拒否した。

「一人で食べるのは寂しいんだって。いくらお金があっても、お年寄りの独り暮らしは寂しいのよね。つき合いなさいよ、家主さんなんだから」

「おれはちゃんと家賃を払ってんだ。この店は家主の店じゃねえんだ」

「わかってるわよ。でも少しつき合うくらい、いいじゃない。ガクは知美さんに気があるんでしょ。家主さんは知美さんの叔母なのよ」

「馬鹿なこと言うんじゃねえ。おれをみそこなうな」

学英は虚勢を張ってみせたが、すぐに腰を上げて李明淑のテーブルに行き、

「いらっしゃい。弁当を買ってこられたとか」

とタマゴに対する態度を百八十度変えてにこやかに挨拶した。

「そうなの。ご迷惑じゃないかしら。もしよければ、ご一緒にお食事をしたいんだけど」

学英の柔軟な態度に気をよくした李明淑は弁当をすすめるのだった。

「それはどうも、ご一緒させていただきます」

学英は従業員を呼んでワインを注文した。そして三人はワインを飲みながら弁当を食した。

李明淑は一時間ほど会話を楽しみながら食事をすませて帰って行った。

「たまんないぜ。これからも弁当を持ち込むんじゃねえのか」

学英はうんざりした。

「しょうがないでしょ。断るわけにもいかないし」

これが前例になって李明淑は他の食べ物も持ち込むようになるのではないかと学英とタマ

ゴは危惧《きぐ》した。

ショータイムになると店は満席になった。ほとんどが若い客で、七割が女性だった。

「やっぱり若い女性が客を引っ張ってくるんだな」

学英はひとりごちた。

「そうよ、いまは女性の時代なのよ。マッチョの時代じゃないのよ。ガクもテツも時代遅れなの」

「この店をやったおれの勘は正しかったぜ。テツとおまえには反対されたけどよ」

「あたしは反対しなかったわ。その証拠に、こうして店を手伝ってるじゃない。ただ心配だったのよ。借金をしてまでやってもいいのかって」

「人間、受身になって保身を考えだしたらお終《しま》いだ。いつも自分にチャレンジしてなきゃ、おれは気がすまねえ」

学英の目がぎらぎらしている。内面から沸騰してくる闘志がみなぎっている。いつも何かを探しているのだ。その何かがわからないのだった。店が満席になって経営が順調なときでも、胸の中にどこか空虚な風が吹き抜けていた。満たされない何かを求めているもう一人の自分がいた。

午前零時、タマゴの帰宅時間になると、学英はタクシーでタマゴと一緒に「龍門」へ行くことにした。タマゴが言うように、白崎樹里が「龍門」で鉄治と食事をしているかどうか確かめるためである。

「龍門」に着いて店に入ると三十歳前後の新しいマネージャーがいた。だが、新しいマネージャーはタマゴを無視するように視線をそらした。何かしらじらしい雰囲気が漂っていた。

「お久しぶりです」

従業員の一人が学英に挨拶した。

「テツはいるのか」

学英は「龍門」の店内を見回した。店は六割程度の入りだった。表面上は以前と変らないが、客が減っているような気がした。それは従業員の接客態度に問題があるからだと思った。

奥のテーブルに着くと従業員がおしぼりとメニューを持ってきた。学英はおしぼりで顔を拭きながら、

「マネージャーを呼べ」

と言った。

間もなくマネージャーが現れた。

「何かご用でしょうか」

マネージャーは慇懃《いんぎん》無礼な態度で学英とタマゴを見た。特にタマゴを見下すような目で見

るのだった。

「いつからマネージャーになった」

学英は煙草に火を点けながら訊いた。

学英の高飛車な態度にマネージャーはむっとして、

「おたくはどちらさまでしょうか」

と聞き返した。

「ガクを知らないの。この店の専務よ」

タマゴはマネージャーを見返すように言った。

「えっ、専務さまですか」

驚いたマネージャーは「専務さま」と呼んで直立不動の姿勢になった。

「店が終ったら、事務所にきてくれ」

「わかりました」

マネージャーは緊張のあまり方向感覚を失ったかのような足取りで厨房の方へ歩いて行った。

「白崎樹里の兄貴なのよ」

タマゴは憎々しげにマネージャーの後ろ姿を見て言った。

「兄貴……？」

「そう、寝物語で樹里に頼まれて、テツは採用したんでしょ。たぶん床上手なのよ、小娘のくせに」

タマゴは嫉妬するように言った。

やがて店に鉄治と白崎樹里が入ってきた。するとマネージャーが鉄治に近づいて耳打ちした。鉄治が奥のテーブルにいる学英とタマゴの方に視線を向けた。青い柄のワンピースを着て、すっと立っている白崎樹里の姿が妖艶に見えた。

鉄治は入口近くのテーブルに白崎樹里を座らせ、学英のテーブルまで歩いてきた。

「久しぶりだな。と言っても一カ月くらいか。たまには事務所にきて、帳簿でも見てくれ。おれは帳簿を見るのが苦手だからよ」

鉄治はその場をとりつくろうように言った。

「おれも忙しいんだ。帳簿は当分、会計士にまかせておけばいいさ」

学英は突っ立っている鉄治に椅子をすすめたが座ろうとしなかった。

「ところでおまえは白崎樹里に店をやらせてるらしいな」

入口近くのテーブルに着いて脚を組み、煙草をふかしている白崎樹里をちらと見て言った。

マンションのエレベーター前でストーカーに襲われて泣きそうになっていたときの白崎樹里

は可憐で純情な少女のように見えたが、いまの白崎樹里はしたたかでふてぶてしく見えた。わずか半年で、女はこうも変るものかと学英は内心驚いていた。

「まあな、おまえも一度、あいつの店に行ってやってくれ」

相変らず無神経というか鈍感な鉄治はタマゴの心情を逆撫でするように言った。

「マネージャーは白崎樹里の兄貴だって？」

学英が訊くと、

「適当な野郎がいねえんだよ。だから採用したんだ」

と鉄治は弁明するように言った。

「なんだったら、池沢をもどしてもいいんだぜ」

池沢はカフェ・バー「サンタ・マリア」の開店を当分手伝ってもらうために預っているのだから、「サンタ・マリア」の営業が順調にいって落着けば「龍門」にもどすつもりだった。

だが、鉄治は、

「当分はいい。池沢はおまえんとこで預ってくれ」

と言うのだった。

「そうか、わかった」

料理が運ばれてきた。それを機に、

「それじゃ、また近いうちに会おうぜ」

と鉄治は白崎樹里が待っているテーブルにもどると、そのまま彼女と店を出た。あきらかに学英を忌避していた。

「テツはあの女に、完全に丸めこまれてるぜ」

学英は舌打ちした。

「男をたぶらかすのがうまいのよ。まだ二十一だというのに」

タマゴは口惜しそうに言った。

「男を手玉に取っていたタマゴが、小娘に手も足も出ないとは情けない話だ。おまえも歳を取ったのかな」

「あたしはまだ二十六よ。あたしの人生はこれから。あたしは人生をもっと楽しむつもり。テツなんか、くれてやるわ」

鉄治はこれまでにも手当り次第、女に手を出してきたが、タマゴは見て見ぬ振りをしていた。それが白崎樹里に対してだけ敵愾心をむき出しにするのだった。

「どうせ一時の気紛れだよ。そのうち別の女ができて白崎樹里は捨てられるさ」

白崎樹里も一過性にすぎないと学英は言った。

「どうだか。紀香のときは泊ったりしなかった。明け方には必ず帰ってきたわ。でも今度はちがう。二、三日、ときには一週間も帰ってこないことがある。あたしとのセックスも一カ月以上なしよ」

「ということは別居してるってことか」

「そうね、別居してるようなものね。子供に会いにきているようなものよ。希美子もうすうす気付いてるみたい。だって父親があまり家にいないんだもの。あたしも夜は家にいないし、ベビーシッターに預けっぱなしよ」

タマゴは何か言いたそうな顔をしていたが、

「相談があるの。あたし、昼間の仕事に就《つ》きたいの」

と唐突に言い出した。

「昼間？『サンタ・マリア』は夜しか営業してないぜ。あの場所で昼間の営業は無理だ。おまえの給料も出せない」

「そんなことわかってる。あたしは知美さんと一緒に仕事をしたいの」

「なんだって、知美さんと……。いつそんな話になったんだ」

あまりにも急で、しかも秘密裏に転職の話が進められていたことに学英は驚くと同時に裏切られたような気持になった。

「ごめんね。夜は希美子と一緒にいてあげたいの。だってこのままでは希美子が可哀相だもの。あの子はあたしの子供なのよ。そうでしょ。テツはあの女と結婚するかもしれない、あたしの勘だけど。そしたら希美子をテツに取られるわ。あの女に取られるのよ。そんなこと許せない。あたしは昼間仕事をして、親権を獲得するわ。希美子は絶対、誰にも渡さない。希美子はあたしのものよ。あたしの生き甲斐なの。あたしがお腹を痛めて産んだ子なの」

興奮してきたタマゴの思考はしだいに転倒してくる。目を吊り上げ、嫉妬と復讐心がないまぜになって怒りにも似た感情が爆発しそうな形相をつくっていた。

「それで知美さんとは話がついてるのか」

学英はタマゴの高揚した感情を鎮めるために話をもどした。

「ええ、知美さんはあたしのセンスを評価してくれてるの。ガクさえよければ、来月、骨董通りにオープンする店を手伝ってほしいと言われたの」

タマゴは急に表情を和らげ、しなをつくって学英の機嫌をとるように言った。自己暗示にかかりやすいタマゴはすでにその気になっているのだ。鉄治の浮気と希美子のことで頭が錯綜しているタマゴは自分の生きる新しい道を探しているようだった。

「おまえがいなくなると、店は打撃を受ける」

学英はあえてタマゴの存在の重要性を強調した。そして実際、タマゴがいなくなると店の雰囲気は変り集客力が落ちるだろうと思われた。

「ごめんね。でも仕方ないのよ。あたしはいつまでも夜の仕事を続けていたくないの。夜は魅力的だけど、あたしは自分の人生を変えたいの。テツとも別れるつもり」

　これまでタマゴは、テツと別れると何度言ったかしれない。それでもテツの浮気を許し、別れることができなかった。しかし、今回、タマゴの意志は固そうに見える。学英は別れるというタマゴの言葉を聞き流していた。

「一度、知美さんと会って話してみたい。知美さんは本当におまえと一緒に仕事をする気があるのかどうか」

　知美がタマゴのファッション感覚を評価するのはわかるが、タマゴの性格がはたして会社という組織に協調できるのかは疑問であった。

「いいわよ、知美さんもガクに会いたがっていた。あたしのことでガクと不仲になりたくないんだって」

　タマゴは変に気を持たせて含み笑いをした。

　二人は料理をたいらげ席を立った。閉店後、事務所でマネージャーと会って話をするつもりだったが、学英は面倒臭くなり、入口に立っているマネージャーに、

「つぎの機会に話をする」

　と言って店を出た。

マネージャーは緊張した面持で二人を見送った。

翌日の午後八時頃、知美が一人で「サンタ・マリア」にやってきた。

「いらっしゃい、待ってたわ」

知美を迎えたタマゴはガラス張りのテラスのテーブルに案内した。毛利庭園と森タワーが望める席である。

カウンターの端に座っていた学英がゆっくりと知美のテーブルに歩みより、

「どうも……」

と軽く会釈した。

黒のコートを脱いだ知美は白いブラウスに紺のパンツをはいていた。シンプルな服装だが自信に満ちた大きな瞳が輝き、美しかった。

椅子に背中をあずけた学英は脚を組み、知美を観賞するように見た。知美の肉厚の唇が口紅の光沢で濡れているような感じだった。

「お忙しいのに、すみません」

知美の開いた唇から白い歯がちらと見える。耳ざわりのよい澄んだ声が魅力的だ。

「おれの出る幕はないようだが、君の考えを訊きたくてきてもらった」

学英はタマゴの思いを尊重して言った。

タマゴは自分でおしぼりやグラスやワインを運んできた。そして二人の前に座って話に注意深く耳を傾けた。

「花井静香さんから一緒に仕事をしたいという話を聞いたとき、わたしは戸惑いました。でも正直に言いますと、わたしは静香さんとはじめて会ったとき、なんて斬新なセンスの持ち主だろうと感じてましたので、一緒に仕事をしてみたいと思っていたのです。それにはやはりマスターの承諾が必要だと思いました。この店にとって静香さんは重要な存在だと思いますが、わたしは静香さんがぜひ欲しいのです」

「タマゴが君と一緒に仕事をしたいと言うんだからしょうがないだろう。ただしタマゴは気紛れで、自分勝手で、何をしでかすかわかんないぜ。三日持つかどうか、それでもよかったら、どうぞ」

まるで手に負えない子供を他人に預けるように、学英はタマゴを差し出した。

「変なこと言わないで。あたしがまるでバカ女みたいじゃない。これでもあたしは意志が強いんです。絶対後悔しないように知美さんに協力するつもり」

タマゴはむくれて口をとがらせた。

「静香さんは素晴しい個性を持ってます。自分の才能を無意識に信じている珍しい女《ひと》です。静香さんは業界に新しい風を吹き込んでくれると信じています」

タマゴを高く評価する知美に、学英は経営者としての才能を感じた。相手を評価して眠っている才能を引き出す経営者としての手腕である。それは学英にないものであった。

8

骨董通りの中程にある五階建てのビルの一階と二階を新しい店舗のために借りた知美はタマゴを案内した。知美は一階のドアの鍵を開けて中に入り、

「ここがあなたのお城よ。一階はブティックにして、二階は展示場にするつもりなんだけど、あなたの好きなようにリフォームしてちょうだい」

と言った。

「いい場所だわ。結構、広いのね。何坪あるの?」

タマゴは店をぐるっと見回した。

「三十坪、奥にトイレとバスルームと小さなキッチンがあるの」

「えー、トイレとバスルームとキッチンがあるんですか。生活できるじゃない」

タマゴは驚いて奥に行き、トイレとバスルームとキッチンをのぞいた。

「ここは事務所だったから、二階も同じ構造になってるのよ。だから一階のトイレとバスル

ームとキッチンはとりこわして、二階もバスルームをとり除いた方がいいと思うわ。その方が広く使えるでしょ」

知美の合理的な考えに対して、タマゴはバスルームやキッチンがあってもいいような気がした。

「バスルームとキッチンがあってもいいと思う。だって、その方が恰好いいもん」

タマゴはバスルームとキッチンにこだわるのだった。

「静香さんはお料理をするの？」

キッチンにこだわるタマゴに知美は訊いた。

「しないけど、お風呂には毎日、二回くらい入りたい」

わがままなタマゴは、早くも自己主張しはじめた。

「じゃあ、二階のトイレとキッチンとバスルームは残して、一階は全部フロアにしましょ」

知美はタマゴの意向を受け入れて二階のトイレとキッチンとバスルームは残すことにした。

「お店は、あたしの好きなように改装してもいいんですか？」

タマゴは店を見た瞬間から内装をイメージしていた。

「もちろん、あなたの好きなように改装してちょうだい。ただし基本的には会社の経営方針に従って下さいね」

好きなように改装してもいいと言いながら、会社の基本的な経営方針に従ってほしいと言う。いわばダブルバインドだった。オーナーの経営方針には逆らえないのである。所詮《しょせん》、タマゴは雇われの身なのだ。しかし、以前からファッション界に憧れていたタマゴは、オーナーの経営方針に従いながら自分の個性を生かしたいと考えた。

加藤知美の会社「エンジェル」は年商八億円、社員二十三人だが、社員はすべて二十代の女性である。したがって男性社員はタマゴ一人ということになる。もっともタマゴは自分を女と思っているから、加藤知美はそこに目をつけたのかもしれない。以前は男性社員も何人かいたのだが、女性社員の方が真面目で勝手休みもせず、努力し、感性も優れていた。営業もねばり強く、男性より成果を上げていた。そして自然に男性社員は辞めていったのである。

タマゴは正式に「サンタ・マリア」を辞め、「エンジェル」に入社した。入社日、タマゴはあらためて社長の知美から「エンジェル」の社員に紹介された。中学二年生のとき、父が転勤になって東京の高円寺から九州の宮崎に引越し、地元の学校に転入学して先生からクラスの生徒に紹介されて以来の妙な気分だった。そのころから女性的だったタマゴは高校に入ってからもクラスの生徒からいじめられ、卒業を待たずに家出して東京へ出てきたのだった。

しかし、いまのタマゴは、そのころのタマゴとはちがっていた。クラブを渡り歩き、夜の世界にもまれ、金鉄治と李学英に出会い、新宿歌舞伎町で裏の世界を生きてきた経験を持っている。少々のことでは驚かない度胸を身につけている。そしてタマゴは自分のセンスを信じていた。

社員の前に立っているタマゴは白のブラウスにグレーのスーツを着ていた。タマゴにしてはかなり地味な服装だったが、立っているだけで美しい体の線から不思議なオーラを漂わせて他の社員たちを圧倒した。

「今日からわが社の一員として働いてもらうことになりました花井静香さんです。花井静香さんは来月、開店予定の店の店長として迎えました。『エンジェル』の未来に新しい可能性を切り開いてくれるものと信じています。みなさんのご協力をよろしくお願いします」

知美の紹介に続いてタマゴが挨拶した。

「知美さんからご紹介にあずかりました花井静香でございます。通称タマゴと呼ばれていますす。あたしはファッション界に憧れていましたので、全力で頑張ります。どうぞ、ご贔屓《ひいき》のほど、よろしくお願いします」

クラブを開店するような挨拶だったので知美は苦笑した。そして社員たちはタマゴの太い声に戸惑いを感じた。どこから見ても完璧で妖艶な女性だが、太い声に違和感を覚える。だが、タマゴは、笑顔で腰をくねらせて部屋を出た。

店は二週間で改装された。一階のドアとウインドーは総ガラス張りで外から店内が見透せるが、ブルーとオレンジの照明がゆっくりと交差して幻想的な雰囲気をかもしている。正面の壁には中国の殷の時代の甲骨文字や古代エジプトの象形文字や古代インダス文字などが渾然一体となって描かれている。それがモダンな装飾と不思議なコントラストをつくっていた。そして天井には映写機で世界各地の都市が映し出され、まるで動く都会そのものの中にいるようだった。

広い階段を上って二階へ行くと衣服が天井から吊されていて、衣服の林の中を歩いている感じがする。一階は若い女性向きのファッショナブルで手ごろな価格の衣服が展示され、二階はいろいろなブランド品が安く売られている。半年から一年ほど時期遅れのブランド品だが、ブランド好きの女性にとっては魅力的な商品だった。

「いいわね、すごく刺激的だわ」

改装された店内を見て回った知美は満足した。そしてキッチン、トイレ、バスルームを見ると、大理石をふんだんに使った超豪華な造りになっていた。

「こんなに豪華なお風呂なら、わたしも入浴したいわ。キッチンも素晴しいじゃない。おいしい料理が作れるでしょうね」

知美は皮肉をこめて言った。

「装飾の一つなのよ。お店全体のバランスってものがあるでしょ」

タマゴは弁明するように答えた。

きわめつきは小さな事務所と試着室である。事務所の机はカウンター式になっていて、赤、黄、青、黒など色とりどりの一脚三十万円もするフランス製の超モダンな椅子が並べられている。試着室の鏡は四面鏡で前後左右が見え、迷宮に閉じ込められたような錯覚に陥るのだった。

いささか悪趣味にも感じられたが、客の流れを表参道から骨董通りまで引き寄せるにはある種の話題性も必要だろうと知美は思った。その点、タマゴは話題にこと欠かない。街を歩いているだけで、みんなが振り返る。いわば歩く広告塔のような存在だった。

開店日に合わせて各新聞に折り込みの広告を出し、ファッション雑誌各誌で大々的にキャンペーンをくりひろげ、三日間に限り、すべての商品を三割から八割引きで販売することにした。そして一万点を超える会社の在庫を店に運んだ。店の名前も会社と同じ「エンジェル」にした。以前は会員制の個別販売のみだったので、小売店舗を出店するのはこれがはじめてである。開店日の前日から社員十五名を動員し、徹夜で商品を整理して来客にそなえたが、店の前には午前五時頃から客が行列をつくりはじめ、開店時間の午前十時には三百人近い客が店を取り囲んでいた。予想をはるかに超えた客の数に、タマゴはあわてて整理券をつくって客に配った。

いつもなら午後一時ごろに起床している学英も開店時間に合わせて午前十時前に「エンジェル」にきてみると、客が長蛇の列をつくっていたので、

「凄い行列だな」

と驚いた。

女性社員が拡声器で、

「五十番までの方、お入り下さい！」

と指示を出している。

店のドアを開けると五十人の客が順番に入って行った。

「五十一番から百番までの方、お入り下さい！」

その指示に従って百番までの客が押し合いながら店内に向かう。

「百一番から百五十番までの方、お入り下さい！」

こうして女性社員の指示に従って店に入った客は、めざす商品に殺到して奪い合いになり、店内は混乱をきたした。

百五十一番からあとの客は目当ての商品がなくなるのではないかといらだっていた。

「店内はいま混雑していますので、しばらくお待ち下さい。商品は充分にございます」

社員が拡声器で伝えるのだが、待ちきれなくなった客が制止する女性社員を振り切って店

内に雪崩《なだ》れ込んだ。

大混雑している客にもみくちゃにされながらタマゴが、

「落着いて下さい！　落着いて下さい！」

と叫んでいる。だが、その声は客の悲鳴にも似た声にかき消された。

その様子を見ていた学英が、

「ヒステリー状態だな」

と側にいる知美に言った。

知美はなかば諦め顔だった。

四時間で一万点の商品はほとんど売りつくしたが、店内のあちこちに商品が散乱していた。奪い合いになった商品が床に落ち、踏みつけられ、ゴミ同然になっているのだった。万引きされた商品もかなりあると思われる。だが、大混雑しているときに、万引きを特定することはできなかった。店は嵐が去ったあとのようだった。せっかく改装した壁や飾棚は傷つき、階段の手すりの一部が毀損《きそん》し、試着室の高価な鏡にひびが入っていた。

客にもみくちゃにされたタマゴの服の腕と胸のあたりが破れ、スカートの前と後ろが逆になっていた。

「たまんないわ。もうこんなの、二度といや」

タマゴは椅子に腰掛け、股を開いて煙草に火を点け、やけくそ気味にふかした。

「ご苦労さまでした。お蔭で在庫がすべてはけました」

社員たちに慰労の言葉を述べた知美は、内心ほくそえんでいた。

その表情からは在庫を処分するために店をオープンした意図がありありとうかがえる。

M銀行から店長以下、課長と二名の行員がきて売上げの集計を手伝っていた。集計の結果、その日の売上げは七千八百四十万円だった。

「うそ、信じられない！」

せいぜい数百万円くらいだろうと思っていたタマゴの予想をはるかに超えていた。一点二、三千円の品から十万、二十万、中には百万単位の品まである。知美は秘かに特別招待客を二階の事務所にまねき、エルメス、ヴィトン、シャネルのワニ革のバッグや宝飾類や腕時計を破格の安さで提供していたのである。安く仕入れたうえ、さらに原価を切って販売している商品もあった。

「原価を切って提供している商品も沢山あるから、利益はほとんどないわね」

知美は涼しい顔で言った。

集計を終えた銀行員は、現金を詰めたいくつものカバンをたずさえて、

「ありがとうございました」

と知美に頭を下げて店をあとにした。

すべては知美の計画通りだった。タマゴは知美の手の平で踊らされていた。

「毀損した壁や階段の手すりは修復しないといけないわね」

知美が言った。

「またバーゲンをやるんですか」

タマゴは不機嫌そうに言った。

「在庫整理のため、年に一回やります。今日のように大混雑させないためにも、在庫をなるべく溜めないようにして下さい」

まるでタマゴが在庫を溜め込んだような言葉に、

「仕入れに問題があるのよ。むやみやたらに仕入れるから、こういうことになるのよ」

とタマゴは暗に知美を批判した。

「そうね、あなたの言う通りだわ。仕入れには気をつけます」

知美はタマゴの批判をすんなり受け入れた。

これほど安く商品を仕入れるには、裏ルートがあるはずである。それがどのような仕組になっているのか、タマゴは考えた。おそらく商品を一括して現金で仕入れているにちがいない。売れそうにない商品をも抱き込みで買っているのだろう。それが大量の在庫になるのではないのか。タマゴの目から見た商品の中には、売れそうもない商品がかなりあった。それらの商品をバーゲンで客を煽《あお》って叩き売ってしまうのだ。そして招待客にだけ高価なブランド品を安くして数点買ってもらい利益を得ているにちがいない。タマゴはそう思った。

知美はあと片づけをしている社員に、

「このあと、『サンタ・マリア』で食事でもしましょう」

と言って学英を振り返り、

「予約してもいいかしら」

と甘えるような声で言った。

「いいですよ。おれから店に電話を入れとくよ」

学英はその場で店に電話を掛け、

「国夫か、これから二十人ほど行くからよ、松阪牛を三キロ用意しておくように」

と注文した。

店のメニューに肉類はないのだが、夕食をかねた打ち上げで腹ごしらえをさせてやろうと考えて学英は松阪牛のステーキを用意させた。

知美は事務所にタマゴを呼び、十五通の祝儀袋に一万円札を入れながら、

「これをあなたからみんなに配ってちょうだい」

と言った。

「わかった。あたしもみんなにご祝儀をあげたいと考えてたんだけど、社長をさしおいて勝手なことはできないからさ。さすが社長ね」

タマゴは知美の気配りに感心して、十五通の祝儀袋を受け取ってバッグに入れた。

そしてあと片づけが終った社員に、

「みなさん、お疲れさまでした。社長からご祝儀です」

と言って祝儀袋を一人ずつ手渡した。

「嬉しい！」

社員たちは疲れを忘れて祝儀袋を受け取った。それから一同はタクシーに分乗して「サンタ・マリア」に向かった。

「サンタ・マリア」に十五人の客が入ると、店はいっきに活況を呈した。

おしぼり、お冷や、グラス、ビールが運ばれ、社長の知美が乾杯の音頭を取った。

「明日から普通の営業になります。たぶん暇で、お客さまはあまりこないと思いますが、手を抜かないようにして下さい。手を抜いていると、店にきたお客さまにすぐわかります。そうするとお客さまは二度ときてくれません。店長の花井静香さんは接客のプロですから、店長の指示に従って接客の技術を磨いて下さい。来年は四店舗増やす予定ですので頑張って下さい。それでは乾杯！」

全員がいっせいに乾杯してビールを飲んだ。学英はカウンターの端でビールを飲んでいた。

「来年は四店舗出すの？　あたし自信がないわ」

タマゴは不安をつのらせた。

「大丈夫、われに勝算ありよ」

知美は自信たっぷりに言った。

「あなたはお金持だから大丈夫だと思うけど、あたしはデザイナーになりたいのよ」

「あなたはデザイナーのデザイナーになるのよ」

「デザイナーのデザイナー？　なによ、それ……」

「経営者になってほしいの。『エンジェル』を別会社にして、その会社の社長になってほしいの」

「あたしが……？　そんなの無理よ」

タマゴは知美の考えが汲《く》み取れず拒否反応を起こしていた。

「大丈夫、あなたならできるわ。わたしには別にやることがあるの。だからあなたに頑張ってほしいのよ」

「別にやることがあるって、なに？」

「いまは言えない。時期がくれば言うわ」

「そんなにじらさないで、いま言ってよ」

「駄目、目標の達成までには時間がかかるの」

「あなたって深謀遠慮なのね。男にもてないわよ」

「男にもてなくてもいいの」

知美はカウンターの端で飲んでいる学英をちらと見た。それをタマゴは見逃さなかった。

「ガクをどう思う？」

タマゴは唐突に訊いた。

不意に訊かれて知美は、

「そうね……」

と少し考えていたが、

「いい男だと思うわ。気《き》っ風《ぷ》もいいし、腕っぷしも強いし、頼れる男だと思う。でも、わたしのタイプじゃない」

と言った。

「知美さんは、どういうタイプの男が好きなの？」

好奇心の強いタマゴは知美の内面を探るような目でつぎの言葉を待った。

「鉄治さんのような人が好き」

知美はタマゴの好奇心を翻弄するように言って笑った。

「テツが聞いたら、涙を流して喜ぶと思うわ。でもテツには言わない方がいいわよ。その気になるから」

何ごとにも積極的で魅力的だが、本心を明かそうとしない知美の性格に、タマゴはどこか暗い陰を感じた。鉄治を引き合いに出して茶化しているのはわかるが、本当は違うタイプの男性に興味があるのだろう、とタマゴは思った。

ステーキが運ばれてきた。

女性社員の間から、

「凄い！」

「おいしそう！」

という声が上がった。

見るからに上質なステーキである。

ステーキをひと口食べたタマゴが、

「うーん、おいしい！　ガクは気がきくわね。そう思うでしょ」

と知美に同意を求めた。

「そうね、女ごころをくすぐるわね。だからいやなのよ」

好意を持ちながら反発している知美の態度は矛盾していた。

「どうしていやなの？」

「だって学英さんには女の人がいい寄ってくるでしょ。わたしはすごく嫉妬深いの。だから女の人にもてる男性とはつき合いたくないの」

「もてない男がいいってわけ」

「それもいやだけど」

ステーキを食べながら知美はワインをぐいぐい飲んでいる。知美の美しい目が妖しく光っていた。そして何を思ったのか、知美はワインの入ったグラスを持って立ち上がり、カウンターにいる学英の席に行き、

「座ってもいいですか」

と言った。

「どうぞ」

学英は少し酩酊《めいてい》している知美の瞳を見た。挑発的な目をしている。

「訊いてもいいですか」

学英はワインをゆっくり飲み、

た。


「いいよ、なんなりと」

と頷いた。

「学英さんは、いまでも今西沙織さんのことを愛してるんですか？」

何を言いだすのかと思ったら、今西沙織の名前が知美の口から出たので、学英は面喰らった。

「沙織のことを誰から聞いたんだ」

「静香さんからです」

「あの、おしゃべりめ！」

学英は眉間に皺をよせて、ワインを飲みながら女性社員とおしゃべりしているタマゴを瞥《べっ》見《けん》した。

「沙織のことは、もう忘れた。顔も思い出せない」

学英は煙草をふかして不機嫌面になった。

「顔も思い出せないんですか。あなたって薄情な人なんですね」

学英が今西沙織を愛していたのか、いなかったのか、知美には関係のないことだが、なぜか詮《せん》索《さく》するのである。

「沙織はおれを裏切ったんだ」

封印していた今西沙織への感情がいっきに噴き出し、学英は自分でも驚いた。

「でも愛してたんでしょ」

学英の感情を掻《か》き乱すように知美は言った。

「なぜそんなことを訊く。おまえには関係ねえだろう」

学英は嫉妬でもしているような知美の目を見た。瞳がうるんでいるようだった。酔った勢いで、知美は学英の過去の女を知りたいと思ったのかもしれない。それはとりもなおさず、無意識に学英に対する関心の強さを示すものであった。

学英はいきなり知美の顔を引きよせキスをした。知美は一瞬キスを受け入れたあとあらがい、学英を押し返すと学英の頬を平手で打擲《ちょうちゃく》した。そして憮然とした表情で店を出た。一瞬の出来事だったので気付いた者はほとんどいなかったが、タマゴは目ざとく、その瞬間をとらえていた。

タマゴは店を出た知美のあとを追ったが、知美はタクシーに乗って去った。

店にもどってきたタマゴはカウンターで打擲された頬を痛そうに撫でている学英の側にきて、

「どうしていきなりキスなんかすんのよ。みんなが見てるでしょ」

と責めた。

学英はにたにたしながら、

「おまえが悪いんだ」

と言った。

「どうしてあたしが悪いのよ」

「おまえが知美さんに沙織のことを言ったからだ」

「それとキスとどういう関係があんのよ」

「おれと沙織のことを根掘り葉掘り訊くんだ。ということは、おれに興味があるってことだろう。おれに気があるんじゃないのか」

学英は知美の感触を確かめるかのように、まだ打擲された頰を撫でている。

「うぬぼれるのもいい加減にしなさいよ。知美さんがガクを好きになるわけないでしょ。知美さんの好きなタイプはね、優しくて、知的な人なの。ガクとは正反対のタイプよ」

「女はよ、自分が思ってるのと正反対のタイプの男を好きになるんだ。沙織がそうだった」

「沙織は馬鹿だったのよ。ヤク中で、うだつのあがらないシンガーソングライターに貢いだりして。別れたかったけど、別れられなかったのよ。ガクが沙織をもっとしっかり摑まえていれば、沙織は死なずにすんだかもしれない。ガクもテツも女を本当に愛したことがないのよ。ガクは沙織に裏切られたと思ってるらしいけど、ガクだっていろんな女を裏切ってきたでしょ」

タマゴは学英を通して鉄治をなじっているのだった。どんなに愛しても、つぎからつぎへと女をつくり、タマゴを裏切る鉄治を非難しているのだった。

翌日、タマゴは朝早く起床した。今日は娘の希美子の新しい幼稚園の入園式だった。昨夜、コンビニで買ってきたサンドイッチを希美子に食べさせ、急いで身仕度をしているところへタクシーが迎えにきた。

「希美子、行くわよ。あなたは今日から新しい幼稚園で英語を習うの。小さいときから本格的に英語を習わないと、これからの世の中についていけなくなるのよ。わかる……」

希美子はいつもとはちがう地味なグレーのスーツを着て黒いカツラをかぶっているタマゴが別人のように見えた。

いわゆるグローバル化に対応して三年前、新しく開校した幼稚園から高校までの一貫校に応募して、今まで通っていた幼稚園をやめさせ、高い入学金を支払って希美子を入園させたのである。外国人教師が英語を教え、学園では英語で会話することになっている。将来はアメリカやイギリスやカナダの有名大学に留学できるのが、その学園の特徴だった。

タマゴと希美子を乗せたタクシーは白金台にあるD国際学園をめざした。タマゴはタクシー運転手に希美子の送迎を頼んでいた。タクシー運転手にとっても希美子の送迎は仕事の合い間にできるので好都合だった。

　D国際学園前でタクシーから降りてみると、他の子供たちはベンツ、BMWなどの高級自家用車で送られていた。それを見てタマゴは、タクシーでは駄目だわ、と思い、ハイヤーでの送迎にしようと決めた。ハイヤーでの送迎はタクシー料金の四、五倍かかる。だが、タクシーでの送迎では希美子は馬鹿にされ、いじめられるかもしれないと考えた。

　学園の門には数人の先生たちが園児と父母たちを迎えていた。

「お早《は》ようございます」

　タマゴは小さな声でなるべく目立たないようにひかえめな態度で挨拶したが、長年身についているタマゴの歩き方は、他の母親たちとちがって妖艶だった。周囲の目線は思わずタマゴの後ろ姿を追った。なるべくひかえめにしようとしていたが、本来、目立ちたがり屋のタマゴは周囲の目線を意識すると自然に腰をくねらせ、男性教師には誘うような色目を使うのだった。すると日本人の男性教師は思わず目を伏せるのだが、外国人の男性教師は笑みを返し、中にはタマゴの手にキスをする教師までいた。

　入園した園児は三十名である。学費は年額百八十万円、高額所得者の子供でなければ支払えない学費だ。

　学園長が父母たちに挨拶した。

「わたしどもの学園は英才教育を旨としております。グローバル化に対応して、将来、優秀な国際人になるよう育成したいと思っております。したがって国籍も関係ありません。園児の中には日本はもとより、アメリカ、オーストラリア、フランス、中国、韓国、フィリピン、インドなど、さまざまな方々がいます。さまざまな国の方々と交流することによって国際人としての自覚を持つようになるのです。日本の一般的な教育では大学を卒業しても英会話はおろかヒアリングさえできませんが、わたしどもの学園では一年もすれば英語で話すことができるようになります」

学園長は誇らしげに胸を張ってみせた。

その言葉にタマゴも内心、誇らしく思った。高校を中退してオカマになり、世間からも家族からも差別されてきたタマゴにとって希美子は希望の星だった。将来、希美子をアメリカの有名大学に進学させ、外交官にさせたいと考えていた。

学園長の挨拶のあと、担任の教師から今後の授業の説明があった。一般の幼稚園や学校では土曜日、日曜日は休みになっているが、この学園は土曜日も英語の授業を受けることになっていた。

園児にとってはハードなスケジュールだが、

「言葉は継続が大事です」

と男性の外国人教師が流暢《りゅうちょう》な日本語で父母たちに説明した。

「英語の授業はマンツーマンに近い形で行います。もしついてこられない園児に対しては、特別授業を行います」

外国人教師の説明にタマゴはいちいち頷いていた。タマゴの目がうっとりしている。

9

入園式を終えて、タマゴは希美子とマンションに帰ってみると、鉄治がベッドに寝ていた。カバのような鉄治の巨体を見やりながら、タマゴは服を着替えた。

「パパ、あたしね、新しい幼稚園に入ったの」

希美子はベッドに横臥《おうが》している父親の鉄治の上に馬乗りになって言った。

「そうか、よかったね。パパは眠いから、あとで話そうね」

鉄治はじゃれついてくる娘の希美子をふるい落とすように寝返りを打った。

「なによ、いまごろ帰ってきて寝るなんて。あの女と、朝までヤリまくってたの！」

娘に対する鉄治の邪険な態度をタマゴは非難した。

「ガクと朝まで飲んでたんだ。嘘だと思うなら、ガクに電話して訊いてみろ」

五日ぶりに帰ってきた鉄治は、娘の入園式も知らないのだった。

「今日は希美子の入園式だってこと、知らなかったの！」

娘の教育に対してあまりにも無関心な鉄治をタマゴはなじった。

「入園式に立ち会えっていうのか。入園式には母親が行くものだ。おまえは希美子の母親代わりだろう」

タマゴのことを意識的に母親代わりという鉄治の言葉にタマゴは怒り心頭に発して、

「母親代わりじゃない！　あたしは希美子の母親よ！」

とハンガーで鉄治の体を叩いた。

鉄治は布団をかぶって、

「やめろ！　やめろ！」

と防戦している。

二人の喧嘩を見慣れている希美子は隣の部屋に移って人形の衣装を着せ替えていた。

そこへベビーシッターの長沼友子がやってきた。チャイムの音でタマゴはわれに返った。

玄関のドアを開けて長沼友子を希美子の部屋に通すと、

「明日から幼稚園にはハイヤーで通います。朝八時にきてちょうだい。希美子を幼稚園に届けたあと、いったんハイヤーを帰して、友子さんは自由に過ごして下さい。そして幼稚園が終るころ、またハイヤーで迎えに行ってちょうだい。あたしは午後七時頃に帰宅します。遅くなるときは連絡するわ」

と言って隣の部屋に向かい、椅子に脱ぎ捨ててある鉄治の上衣の内ポケットから財布を出して百万円程抜き取った。背中を向けていた鉄治は狸寝入りをきめ込んでいる。現金《げんなま》主義の鉄治は三百万円入るワニ皮の財布にいつも二百万円ほど入れているのだ。

財布から百万円を抜き取ったタマゴは、背中を向けて狸寝入りをしている鉄治に、

「買いまくってやる！」

と脅迫するように言った。

そして希美子に、

「ママはこれからお仕事に行くから、お姉ちゃんの言うことをよく聞くのよ」

と言い聞かせ、

「それじゃ、お願いね」

と友子に希美子を預けてマンションを出た。

タクシーで会社へ向かうと、原宿から表参道にかけて大勢の人が溢れていた。最近完成した「表参道ヒルズ」に人々が集まっているのだ。ほとんどが若者である。つぎからつぎへと開発されていく都心部の新しい商業地域に関東圏の若者たちが集まってくるのだ。特に渋谷、

原宿、表参道、青山、六本木へと続く回廊に若者たちの流れができている。浅草のような古い街は若者に敬遠されて衰退していくが、新しい街には若者が集まり活気づいてくる。その光景を見ていたタマゴは、学英が六本木に出店したのは正しかったと思った。

「エンジェル」に着くと社長の知美がいた。社長が店にいるのは意外だった。

「お早《は》ようございます」

タマゴは挨拶した。

「今日は入園式じゃなかったの？」

と知美が訊いた。

「入園式は終りました。子供は家でベビーシッターに見てもらってます」

「じゃあ、これからわたしとつき合ってくれない」

タマゴを待っていたらしく、知美はすぐに店を出るのだった。タマゴは店のサブマネージャーに声を掛ける間もなく知美のあとをついて行った。

近くの駐車場に停めてあったポルシェの助手席にタマゴを乗せて知美はダッシュした。

「どこへ行くの？」

「日暮里」

「日暮里？　何しに行くの？」

日暮里くんだりに何の用があるのだろう？　青山に会社と店を構えている知美にはなんとなく不似合いな場所である。黙って運転していた知美が不意に、

「学英さんは何か言ってた？」

と訊いた。

「別に、何も」

知美とのキスの件で学英とは少し口論になったが、タマゴは伏せていた。

「学英さんはいつもあんなふうなの？　女を力ずくで簡単にものにできると思ってるみたいね」

プライドの高い知美は、学英に強引にキスされたのがよほど口惜しいらしく、顔に怒りをにじませていた。

「そんなことはないと思うけど、あのときはガクもどうかしてたのよ」

タマゴは学英をかばうように言った。

知美はそれ以上、何も言わずに黙って運転をしていた。

日暮里の駅前からほんの少し離れた場所にある古い五階建てのビルの前に車を停めて知美は降りた。タマゴはビルを見上げ、あたりの様子を見回して、こんな場所になんの用があるのだろうと思った。知美はビルの中に入り、エレベーターに乗って五階に上がると、事務所

のドアをノックした。ドアの隙間から外をのぞくようにして五十歳前後の男が出てきた。そして知美を認めるとドアを広く開けた。

「在庫は全部、売り切れたんだって……？」

男のだみ声が変に嬉しそうだった。

「ええ、おかげさまで……」

知美が自分からソファに座ったのでタマゴもソファに座った。

男は机からぶ厚い書類を持ってきて知美の前のテーブルに置いた。女性社員がお茶を運んできた。

「ありがとう」

知美は礼を言って書類に目を通した。書類にはブランドの品目と値段が書き込まれている。その間、ミニスカートから伸びている長いしなやかな脚を組んで煙草をふかしているタマゴが気になるらしく、男は好奇の目でちらちら見ていた。

それに気付いた知美が、

「ご紹介するわ。今度、オープンした店の店長で、花井静香さん。わたしの片腕になってもらうつもり。こちらは西田物産の社長、西田由紀夫さん」

と言った。

「はじめまして」

西田由紀夫とタマゴはお互い挨拶して名刺を交換した。

「いままで社長一人がきていたのに、店長を連れてきたということは、この先、店長が交渉相手ですか」

と西田社長は言った。

「そう、今後は花井さんに品物を買いつけてもらいます」

そのために知美はタマゴを連れてきたのだった。

「よろしく」

タマゴは色っぽい流し目で西田社長を見て長い脚を組んだ。そのとき股間から黒いパンティがちらと見えた。その黒いパンティが西田社長には恥毛のように映った。

西田社長は助平ったらしい薄ら笑いを浮かべ、

「こちらこそよろしく」

と言った。

知美は赤のボールペンで品物の値段を書き換えていた。

それを見ていたタマゴが、「えっ⁉」「そんな……」と驚きの声を発して絶句していた。有名ブランドの五十万円のカシミヤの半コートを十八万円に書き換えたり、二百五十万円のワニ皮のバッグを八十万円に書き換えたりしている。タマゴはこの前、デパートで二百五十万円のワニ皮のバッグを買ったばかりだった。それを八十万円に書き換えるとは、タマゴが驚くのも無理はなかった。

知美は一時間以上かけてすべての商品の値段を修正し、電卓を叩いて集計金額、一億二千六百万円をはじき出した。

「ちょっとキツすぎるよ」

集計金額を見た西田社長は顔をしかめてぼやき、自分の電卓を叩いて一億三千五百万円の数字を出した。

その数字を見た知美は、

「駄目、百万円うわ乗せするわ」

と即座に言った。

「ちょっと待ってくれ」

西田社長は席を立って事務所の奥にある大きな金庫を開けて中から女性用の腕時計を持ってきた。ダイヤで縁どったホワイトゴールドのカルティエである。

「正価は二百五十万円する」

知美はその腕時計を手に取って鑑定し、

「百万ね」

とにべもなく言った。

すると西田社長はまた金庫から男性用の腕時計を持ってきた。

「永久カレンダー付きのパテックだ。八百万円する」

知美はひと目見て、

「三百万」

と言った。

そしてバッグから小切手帳を出し、万年筆で一億三千万円と記入した。

知美のうむをいわせぬ態度に西田社長はがっくりして、

「あんたは美人だが、きつすぎる」

と言って小切手を受け取った。

知美はその場で会社に携帯で電話を掛け、

「西田物産に品物を取りにきて」

と社員に指示を出した。

知美の手腕を見せつけられたタマゴはあっけにとられていた。強引だが毅然とした取引の凄さは男以上だった。

「あたしに取引できるかしら」

タマゴは不安になって言った。

「大丈夫よ、あなたならできると思うわ」

知美は安心させるように優しくほほえみ、ポルシェを運転して西田物産を引き揚げた。

途中、車の中でタマゴは知美に二、三質問をした。

「商品を見ないで、よく取引できるわね。もし贋物が混じってたらどうするの」

「うちの会社にはプロの鑑定師が三人いるわ。三人は会社に運んできた商品を全部鑑定して、もし一点でも贋物が混じっていると今後の取引は中止よ。年間、七億以上の取引を中止されると、西田物産は倒産してしまうわ。だから西田物産にはプロの鑑定師が二人いる。西田社長もプロの鑑定師なの。三年前、西田社長から買った商品の中に十六点の盗品が混じってたの。イタリアで盗まれ、中国に渡り、そして日本に入ってきた品物だったのよ。そこでわたしと西田社長はすぐに警察に届け出た。一時は大きなダメージを受けたけど、それが功を奏して、この業界で信用されるようになったわ。西田社長の父親は質屋を営んでいた。父親が亡くなったあと、西田社長は質屋を辞めて、金融商品をあつかうようになって稼いでいたけど、酒と女とギャンブルで身を持ち崩して借金に追われ、にっちもさっちもいかなくなったとき、わたしが三億の借金を清算してやったのよ。それから西田社長はわたしと組んでいまにいたってるってわけ。実は西田社長の娘は、わたしと同じ大学の同期生なの。これも何かの因縁と思わない？」

知美の話を聞いていたタマゴは、

「そうね、人間って、何かの因縁でつながってるのよね」

と納得したように頷いた。

タマゴは娘の希美子のことを思った。希美子は、妊娠九カ月の紀香が拳銃で撃たれ、瀕死の状態で帝王切開して生れた赤ちゃんである。紀香は出産後、死亡し、希美子は実の父親である金鉄治の籍に入れ、タマゴは母親として希美子を育てているが、将来、成長した希美子がはたしてニューハーフのタマゴを母親として認めてくれるかどうかわからない。だからこそ誰がなんと言おうと、希美子は自分の腹を痛めて産んだ子供であると自分自身にいい聞かせて信じなければならなかった。信じる者こそ救われる。これがタマゴの信条である。

「静香さん……」

車を運転している知美が、赤信号で停車したとき何かをためらうように言った。

「なあに？」

タマゴは知美の横顔を見た。

「今夜、『サンタ・マリア』につき合ってくれない」

知美は自分でも何を言っているのかわからないほど胸が高鳴っていた。

タマゴも知美の言葉に驚いて、

「いいわよ」

となぜかどきどきした。

「学英さんと仲直りしたいの」

知美はうわの空で運転しているようだった。

「危ない！」

タマゴが叫ぶと同時に知美が急ブレーキを掛けた。危うく前走車に追突するところだった。

茫然としている知美に、

「大丈夫……？」

とタマゴが声を掛けた。

「大丈夫」

知美はバックミラーで後続車を確認し、呼吸を整え、落着きをとりもどして発進した。

「知美さんはガクが好きなの？」

知美の揺れる心をのぞいたような気がしたタマゴは、確かめずにはいられなかった。

「好きだけど嫌いなの」

「好きだけど嫌いって、複雑なのね」

「彼はわたしを侮辱したのよ。それが口惜しいの」

「でも好きなのね」

知美は車を路肩に停めて唇を嚙みしめ、

「こんな気持になったの、はじめて。会いたくないけど、会いたいの。でも会えばきっと勝ち誇った顔でほくそえむでしょうね、彼は」

と言った。

「そんなことないと思う。ガクも知美さんが好きだと思うわ」

「どうして、わかるの？」

「あたしの勘。ガクの言葉の端々《はしばし》に知美さんを強く意識していると感じたわ。だからあんな行動に出たのよ」

「ちがうわ。女はどうにでもなると思ってるのよ。いままでそうしてきたのよ。今西沙織さんもそうだったんでしょ」

会ったこともない、そしていまはこの世にいない今西沙織にこだわる知美の微妙な心理がタマゴにはよくわかるのだった。

「『サンタ・マリア』に行って、ガクに会ってどうするの？」

「どうもしないわ。彼がわたしを無視するかどうか確かめたいだけ」

「たぶん無視すると思う。知美さんの気を引くために無視するのよ」

「そうかしら。わたしに気があるなら言葉を掛けてくるはずだわ。無視するってことは、わたしに気がないからよ」

「そうじゃないの。恋はかけ引きよ」

タマゴがそう言うと知美はむっとして、

「わたしは恋なんかしてないわ」

と反発した。

南青山の「エンジェル」までタマゴを送って知美は会社にもどったが、午後六時になると電話を掛けてきた。

「これから『サンタ・マリア』に行こうと思うんだけど、一緒につき合ってくれる？」

知美の声に不安そうな響きがあった。

「いいわよ」

タマゴは知美の不安を払拭《ふっしょく》しようと、できるだけ明るい声で返事した。

十分後に知美はタマゴを迎えに「エンジェル」まできた。昼間はグレーのスーツを着ていたが、いまは革ジャンパーと黒のショートパンツ、網タイツにブーツをはきサングラスを掛けて大きなイヤリングをしていた。まるでファッション雑誌から抜け出したモデルのようだった。

「恰好いいわ。昼間とは大ちがいね」

タマゴから褒められた知美はまんざらでもなさそうな微笑を浮かべた。そして知美はポルシェを運転して「サンタ・マリア」に向かった。二人が車から降りて歩道を歩いていると、すれちがった三人の若い男がいっせいに振り向き、その中の一人が、

「いい女だな」

と言って後ろをついてきて、

「おれたちと一杯つき合わないか」

と声をかけてきた。

「バカ、ガキはせんずりでもかいて寝てな」

知美がどすのきいた声で若い男を一蹴したのでタマゴはあっけにとられて、

「凄いじゃん。人格が変ったみたい」

と言った。知美は高揚しているようだった。

「一度、言ってみたかったのよ」

知美は愉快そうに笑いながら颯爽《さっそう》と「サンタ・マリア」の前にきたが、とたんに緊張した

面持になった。

タマゴが先にドアを開けて入ると、

「いらっしゃいませ」

と池沢国夫が迎えた。

「ガクはいる？」

タマゴが店の中をのぞきながら訊くと、

「二階の事務所にいます」

と池沢が答え、

「呼んできますか」

と言った。

「呼ばなくていいわ。そのうちくるでしょ」

タマゴはあえて学英を呼ぶのをやめて待つことにした。

知美の容姿に魅了されていた池沢は、「あ、社長……」とうわずった声で挨拶した。池沢からすると、知美は「エンジェル」の社長なのである。

知美は軽く頷き、テラスの空いているテーブルに着いた。そして細長い脚を組み、バッグから煙草を出して指に挟むと、玄関にいた池沢がさっと素っ飛んできてライターの火を点けて差し出した。

煙草に火を点けた知美は、

「ありがとう」

と礼を述べて外に視線を向けた。

玄関にもどってきた池沢が、

「いい女だな。マスターが惚れるのも無理ねえよ」

と従業員に言った。

「タマゴも恰好いいけど、男だからさ。やっぱ、知美さんがいいよな」

従業員も知美に見とれている。

「タマゴはあのとき、凄いよがり声を出すらしいぜ」

「本当に？　聞いたことあるんですか」

と従業員が言った。

「テツさんから聞いたんだ。愛液もちゃんと出るらしい」

「へえー、女と同じなんだ」

従業員は感心していた。

そこへ学英が店に現れた。二人は「お早《は》ようございます」と挨拶した。他の従業員も「お早ようございます」と挨拶すると学英も「お早よう」と返して厨房をのぞいた。

顎髭《あごひげ》をたくわえてラテン系のような厨房のチーフが、

「『エンジェル』の社長がお見えですが、何か料理を作りましょうか」

と学英に訊いた。

学英はテラスのテーブルをちらと見て、

「そうだな、適当に作ってくれ」

と言ってタマゴと知美のテーブルに赴いた。

「いらっしゃい。早いですね」

学英はそれとなく知美の様子をうかがったが、サングラスを掛けている知美の目の動きがわからない。知美は煙草をふかして学英を無視している。それがいかにもわざとらしいのだった。

「仕事が早く終ったので、気晴らしに早くきたの。一緒に飲まない？」

タマゴは知美の気持を察して学英を誘ったが、

「おれはこれからちょっとヤボ用があるんだ。チーフが何か料理を作ってくれるから、ゆっくりしていってくれ」

と誘いを断って席を離れ、店を出て行った。

「いけすかない奴！　帰りましょ」

　学英の傲慢な態度に腹の虫がおさまらない知美は席を立ちかけた。

「いまきたばっかりじゃない。腹ごしらえをして、別の店へ飲みに行きましょうよ」

　タマゴは知美を引き止めて冷静になるよう語りかけた。

　知美は座り直して池沢を呼ぶと、

「バーボンをロックでちょうだい」

　と注文した。

「バーボン？　いまワインをご用意してますが……」

　店を出るとき、学英からワインを知美の席に運ぶよう指示されていたのだ。

「ワインを注文した覚えはないわ」

　と知美が言うと、

「マスターから一九九〇年の『サッシカイヤ』を出すように言われました」

　と池沢は答えた。

「ガクがそう言ったの？」

　タマゴが確かめると、

「そうです」

と池沢は頷いた。

「ほら、ごらんなさい。ガクはあなたのことを気遣ってるのよ」

引きつっている知美の目尻が少しゆるみ、

「それがあいつの手なのよ」

と言いながら、まんざらでもなさそうな顔になった。

そして五階にいる叔母の李明淑に電話を入れて、

「いま一階の『サンタ・マリア』にいるの。こっちで一緒に食事しない？」

と誘った。

間もなく店にやってきた李明淑が、

「朝の残り物を食べようか、外で食事をしようか迷ってたのよ。朝の残り物を一人でテレビを観ながら食べるのはみじめなものよ。あなたから電話があってよかった」

と嬉しそうな表情をした。

ワインとグラスが運ばれてきた。同時にバーボンのロックも運ばれてきた。

「バーボンのロックを飲むなんて、珍しいわね」

李明淑はワイン以外飲んだことのない知美の心境の変化に少し驚いた。

「大丈夫、わたしはお酒に強いし、理性を失わないから」

そう言って知美は叔母の前でバーボンのロックをひと口で半分ほど飲んだ。李明淑はあっけにとられていた。

ポタージュ、野菜サラダ、松葉ガニ、リゾットなどが順番に運ばれてきた。

ワインを飲みながら松葉ガニを味わっていた李明淑が、知美に話し始めた。

「昨日、会計士が会社の帳簿を持ってきていろいろ説明してくれたけど、わたしにはさっぱりわからなかった。あなたの叔父さんが亡くなったあと、不正経理が見つかって会計士を替えたんだけど、いまの会計士も山岸専務に懐柔されて経理を誤魔化していると思う。わたしは数字に弱いからどうすることもできない。去年の夏、山岸専務は成城にある会社の土地二百坪に豪邸を建てたわ。謄本を取りよせて見ると、土地も建物も山岸綱義の名義になっていて担保もついていなかった。相場は土地と建物を合わせて十一億くらいらしいわ。つまり専務は現金決済してるのよ。そんな大金、専務にあるわけないでしょ。専務を問い詰めると、バブルのときに買った土地が塩づけになっているので、会社の負担を軽くするために自分が買ったって言うのよ。そのお金はどうしたのと訊くと、自分の家を売って都合したというのよ。あまりにも見え透いた嘘にあきれて、会社のお金でしょって言ってやったの。そしたら会社にそんなお金はありませんって言うの。会社の年商は二十億以上あるのよ。夫は亡くなる前、会社には六十億の資金があると言ってた。遺言で三分の一をわたしが相続したけど、残りの三分の二の資金がないと言うの。古いマンションのリフォームや家賃の値下げで収益が減り、資金が目減りしているというわけ。わたしはいちいち千室以上もあるマンションを見て回ることもできず専務のいいなりになってるけど、それをいいことに専務は会社の資金を横領していると思う。たぶん部下も抱き込んでやってると思うの。わたし一人ではどうにもならない。だからお願い、知美がわたしの代りに会社を経営してちょうだい。あなたならできるはずよ。会社を刷新してほしいの。そうでないと、会社は山岸専務に乗っ取られるわ」

　ワインと料理に舌鼓を打っていた李明淑は深刻な表情で会社の実情を訴えるのだった。

「こんな場で、そんな話しないでよ。食事がまずくなるでしょ。前から言ってるように、わたしには自分の会社があるから、叔母さんのあとを継ぐつもりはありません。山岸専務は自分の息子をわたしと結婚させようとしてるらしいけど、冗談じゃないわ。生前、叔父さんが山岸専務の息子とわたしを結婚させてもいいようなことをちらと言ったんでしょ。そういう言質《げんち》を与えるから、山岸専務はその気になって、叔父さんのいないいま、『三栄不動産』は自分のものだと思い込んでるのよ。この際、不動産を全部、売却すればすっきりすると思うわ。叔母さんはオーナーなんだから、その気になればできるはずよ」

　勝ち気な若い知美は叔母の優柔不断を責めた。

「そんなことわたしにできるわけないでしょ。いったい誰に、いくらで千室以上のマンションを売却するのよ。わたしには想像もつかない」

　姪でありながら叔母の苦境を他人《ひと》ごとのように切って捨てる知美の気が知れなかった。

「三栄不動産」を継げば莫大な資産が入るのに、知美はまったく興味を示さない。それが李明淑には理解できなかった。李明淑が亡くなれば資産は必然的に姪の知美のものになると考えているからだろうか。しかし、その前に、会社の資産は山岸専務に喰い潰されるおそれがあるのだ。狡猾な山岸専務がみすみす知美に会社の資産を譲るはずがない。李明淑は、そのことを危惧していた。

「なんだったら、この店のオーナーに『三栄不動産』をまかせてみたら？　学英さんは度胸もあるし、腕っぷしもいいし、口も達者だし、山岸専務と渉《わた》り合えると思う。どう、面白いでしょ」

　知美は意地悪く言った。

「面白そうね。グッド・アイデアよ。学英さんなら言うことないわ。頼もしいもの」

　拒否反応を起こすかと思ったら、李明淑は逆に歓迎した。

「言っときますけど、ガクは度胸もあるし、腕っぷしも強いし、口も達者だけど、相当の不良《ワル》ですよ」

　学英の性格をあまり理解していない李明淑と知美にタマゴは言った。

「暴力団なの？」

李明淑が訊いた。

「暴力団じゃないけど、暴力団と平気で喧嘩します」

「でも、むやみやたらに暴力を振るったりはしないでしょ」

と李明淑が言った。

「それは、まあ、そうだけど、気が短いのよ。気に喰わなくなると、全部放り投げてしまうわよ。大久保のクラブも大金をつぎ込んで立ち上げたのに、うまくいかなくなるとすぐに投げ出して、今度は借金をしながらこの店を立ち上げたわ。この店の内装を見ればわかると思うけど、こんな豪華な内装は必要なかったのよ。ガクは極端から極端へ行くから、もし会社をまかせたら、しっちゃかめっちゃかになるかもしれない」

本気なのか冗談なのか、学英に「三栄不動産」の経営をまかせてみようと言う李明淑と知美の意見にタマゴは反対した。

10

ライブの時間が近づくと店はかなり混んできた。用があると言って店を出て行った学英がもどるのを知美は待っていたが、なかなかもどってこないのでじらされているような気がした。

ライブがはじまった。軽快なジャズが流れ、黒人独特ののびのあるキャサリンの声に客は聴き惚れている。タマゴはしきりに体でリズムをとっている。歌が終るたびに盛大な拍手が起こった。

「いいわね、ジャズって。わたしの若いころもジャズは流行っていたけど、ちゃんと聴いたことがなかった。いまの若い人は幸せね。こういう店で気軽にジャズの生演奏を聴けるんだもの」

李明淑は店にいる若者たちを羨ましそうに見た。

だが、知美はあまり楽しそうではなかった。大胆なおしゃれをしてきたつもりだったのに、学英に無視されたのが口惜しかった。みんなからは美人だと言われてもてはやされていたが、学英の目には魅力的でないのかもしれなかった。

「ねえ、わたしって魅力的じゃないのかしら」

不意に訊かれて、

「えっ、魅力……?」

とタマゴはあらためて知美の容姿を見て、

「あるわよ。すごく魅力的よ。この店にいる誰よりも魅力的だわ」

と言った。

「本当に……？　でも学英さんには無視されてる」

知美は子供のようにむくれている。

「馬鹿ね。じらされてるのよ。それがあいつの手なのよ。あなたも言ってたでしょ。あいつの術策にはまっちゃ駄目よ。恋には忍耐が必要なの」

恋という言葉に知美は反発を覚えた。

「わたしは恋なんかしてないわ。恋とはほど遠い気分よ」

ライブは終盤に入っていたが、

「わたし帰る！」

と知美が席を立った。

「どうして帰るの？　音楽はいま一番盛り上がっているところなのに」

わけのわからない李明淑は、感情の起伏の激しい知美の行為を理解しかねた。

「ライブはもう少しで終るから、それからにしたら」

タマゴに引き止められて、知美は大人げないわがままを少し恥じたのか座り直したが、仏頂面をしていた。

「そんな顔してると、男に嫌われるわよ」

タマゴはものごとをはっきりと言う。

「あら、そう。悪かったわね。所詮あなたも男なのね」

知美も嫌味を込めて言った。

「恋につける薬はないわね」

「わたしは恋なんかしてません」

「してるわよ。その仏頂面に書いてあるわ」

知美はグラスに残っているワインをいっきに飲み干し、ワインをつごうとしたが瓶は空だった。

知美は席を立ち、レジにいる池沢のところへ行き、新しいワインをもらうと席にもどってきてグラスにつぎ、またいっきに飲み干した。

「自棄酒はみっともないわよ」

タマゴが言った。

「あなたに言われたくないわ。あなたは毎晩、自棄酒を飲んでるんでしょ」

と知美は悪態をついた。さすがのタマゴもお手上げだった。

知美とタマゴの会話のやりとりを聞いていた李明淑はおろおろしていた。

二人の話はしだいに高揚して口論の様相を呈してきたので、たまりかねた李明淑が諫《いさ》めるように言った。

「少し声が大きいわよ。あなたたちは、さっきから何を話してるの？」

「恋の話をしてますの」

澄ました顔でタマゴは意地悪く言った。

「恋の話？　誰が恋してるの……」

「知美さんがガクに恋してるんです」

「えっ、本当……？」

李明淑は知美をまじまじと見た。

「馬鹿馬鹿しい。あんな男」

ワインをかなり飲んで酩酊している知美の目に学英の姿がぼんやり映った。店にもどってきた学英が、三人のテーブルに近づいてきたのだった。

ライブは終り、休憩時間に入っていた。店内はおしゃべりをしている大勢の客の声でざわついている。

「いらっしゃい」

学英は李明淑に挨拶して隣に座ると、

「食事は済みましたか」

と訊いた。

「ええ、ご馳走になりました。一人で食事をしようか迷っていたとき、知美から電話があって、みんなと一緒に食べられたの。一人で食事をするのは寂しいものよ。主人が亡くなってから、わたしは一人で食事をとるようになったけど、味けないものよ」

同じ愚痴をくり返す叔母に、

「同じことを何度も言わないで」

と知美が注意した。

「同じことを言ってないわ。マスターに言ったのははじめてよ」

年寄り扱いされて、李明淑は反発した。

学英が知美のグラスにワインをついだが、知美はそっぽを向いて煙草をふかしていた。

「遅かったじゃない。女のところへ行ってたの？」

タマゴが知美の感情を刺激するようにわざとらしく言った。

「女？　いるわけねえだろう。変ないい方するんじゃねえ。女がいたら店にもどってくるわけねえだろう」

タマゴの意識的ないいがかりを学英は怒ったように否定したが、タマゴは知美を挑発しているのだった。

「学英さんに女の一人や二人いたっておかしくないものね。店にくる女性の客には、学英さんのファンが何人もいるらしいけど、わたしもその中の一人に入れてもらえないかしら」

知美はとろんとした目で学英を見つめ、含み笑いを浮かべた。

「ま、好きなようにしてくれ。おれはいま空き家だからよ、いつでも歓迎するぜ」

学英の不謹慎な言葉に李明淑は眉をひそめた。

「わたし帰る」

知美は急に立ち上がり、ふらつきながら歩きだした。

「知美、そんなに酔って、運転なんかできないでしょ。今夜はわたしの部屋に泊りなさい」

李明淑が引き止めたが、

「大丈夫、酔ってなんかいないわ」

とよろけながら言った。

心配になった李明淑が席を立つと学英も立ち上がり、知美の体を支えようとしたが、知美は学英の手を払いのけた。そして二、三歩進んだとき、前のめりによろけて倒れそうになった知美の体を学英が支えた。知美はほとんどへべれけ状態で、体をぐにゃりとさせて学英の両腕にかかえられていた。知美をかかえた学英は李明淑とエレベーターで五階に上がった。

李明淑があわててドアの鍵を開け、知美をかかえている学英を奥の寝室に案内した。寝室はツインベッドで、生前、亡夫が使っていたベッドが空いていた。そのベッドに学英は知美を横たえた。

ベッドに横臥した知美はうっすらと瞼を開けて、

「わたしの服を脱がせたい？　わたしを抱きたい？　抱いてもいいわよ。でも酔っぱらった女を抱いても意味ないでしょ」

と両腕をひろげるのだった。

「何をはしたないこと言ってるんです。あきれた」

酔っているとはいえ、知美の大胆なポーズに李明淑は羞恥心《しゅうちしん》を覚えて赤面していた。

「あんな知美を見たのははじめて。ご迷惑をおかけして申しわけございません」

学英を玄関まで送ってきた李明淑は詫びた。

「ストレスが溜まってんでしょう。明日は二日酔いで起きられないかもしれないですよ」

店に降りてきた学英はテーブルにいるタマゴのところへきて、

「あんなに酒癖が悪いとは思わなかったぜ。おまえが何かたきつけたんじゃねえのか」

と言った。

「何もたきつけてないわよ。いろんなものが溜まってんでしょ。強がり言ってるけど、女は弱いものよ。好きな男の胸で泣きたいときもあるのよ。わかる？」

タマゴの意味ありげな言葉に、

「だったら、おれに言えば、いつでも抱いてやるのによ」

と学英は両手の指を動かして見せた。

「いやらしい手つき」

タマゴは顔をしかめた。そしてタマゴは思い出したように、

「さっき李さんが言ってたけど、『三栄不動産』は専務に乗っ取られそうなんだって。知美さんが冗談半分に、『三栄不動産』を学英さんにまかせてみたら、って言ってた。そしたら李さんが、学英さんなら力になってくれるかもしれない、とか言って、その気になってたわよ。どう、ガク、知美さんを嫁にしたら。『三栄不動産』の資産がごっそり入るかもよ」

と煽った。

「冗談じゃねえ。おれは婿養子になんかなる気ねえよ。『三栄不動産』が誰に乗っ取られようと、おれの知ったことか」

「でも、『三栄不動産』の資産は、五百億くらいになるらしいわよ」

李明淑から訊いたわけでもないのに、タマゴは勝手に推算して言った。

「だったら、てめえが乗り込んでいって会社を整理すりゃあいいじゃねえか。早稲田の政経

を出たやり手なんだから、おれみたいな高卒の資格もない民族学校出の人間に頼まずに」

「相手の専務は相当なワルらしいわよ。女じゃ太刀打ちできないのよ。だからガクのような腕っぷしの強い男にたよってんじゃないの。それに、知美さんはガクに気があるみたいだし、ガクも知美さんに気があるんでしょ」

タマゴはそれとなく学英の胸の内を探った。

「それとこれとは別だ」

「変に意地を張るのね」

もともと学英は意地っ張りな性格だが、その性格が災いして自らを不利な状況に追い込んだり、危険な目に遭ったことが何度もある。

「いやなものは、いやなんだよ」

「知美さんが嫌いだってわけ？」

「そうじゃねえ。嫌いだって言ってねえだろう。知美とおれとでは釣り合わねえんだよ。知美は金持のお嬢さん育ちなんだ」

「おかしなこと言うわね。在日コリアンにお嬢さん育ちなんかいるの？　昔から日本人に差別され、貧乏で、底辺を這いずってのし上がってきた成金の金持はいるかもしれないけど、代々金持で、世間の冷たい風に晒されたことのないお嬢さんなんかいないのよ。在日はみんながガクやテツと似たりよったりよ。あたしにはわかる。あたしも差別され、世間の冷たい目に晒され、底辺を這いずってきたから。ガクがコンプレックスを持ってたなんて、意外だわ」

タマゴの辛辣《しんらつ》な言葉に学英は反論できなかった。

「人間は誰だってコンプレックスを持ってる。断っとくが、おれは自分が在日だからコンプレックスを持ってるんじゃない。むしろ在日であることを誇りに思ってる。ただ、おれは自分のやりたかったことが実現しなかった。それが悔まれるんだ」

「ボクシングのこと？」

「そうだ。高校生のとき、池袋の駅構内でK大学の野郎たちと喧嘩になり、木刀で左目を突かれて潰され、ボクシングを続けられなくなった。おれは高校三年で、大学生を含めたウェルター級の全国チャンピオンだった。プロのジムから引く手あまただった。将来は必ず世界チャンピオンになれると言われていた。左目を手術したが、動体視力はボクシングに対応できなかった。そのとき、おれの夢は消えたんだ。いや、ちがう。それでもボクシングを続けるべきだった。続けていれば、自分を納得させられたはずだ。リングの上で打ちのめされて倒れ、極限まで戦っていれば、おれは納得したはずだ。いまでも胸の奥にいわくいい難い塊がある。おれはリングの上で一度も倒れたことがない。打たれたこともない。その自負心が、おれに言い訳をするんだ。おまえは世界チャンピオンになれたはずだと。いまのおれはクズだよ。なんの目的もない。一度失ったものを取り返す術《すべ》はないってことだ」

「そうかしら？ そんなこと言ったら、誰も失敗は許されないじゃない。あたしなんか、失敗の連続よ。でも後悔はしてない。だって後悔したって仕方ないでしょ。時間は止まってくれないし、誰だって歳を取っていくんだから、いまを目一杯生きるしかないわ。世間から何を言われようと、あたしは生涯、ニューハーフとして生きていくつもり。ガクは在日コリアンとして生きていくんでしょ？ テツは馬鹿だけど、あいつのとりえは、自分を信じてるってことよ。ガクとテツの性格は正反対だけど、いつも一緒に戦ってきたじゃない。生きるために」

そういえば、以前は毎日のように学英と鉄治は会っていたのに、最近はあまり会っていない。

「テツは相変らず飲み歩いてるのか？」

と学英は訊いた。

タマゴは浮かぬ顔で、

「毎晩、樹里の店に入りびたりよ。女に店をやらせて、その店の売上げを一人でつぎ込んでるんだから、世話ないわ。それだったら店をやらず、女にお手当をやれば安くつくのに、見栄を張って店をやらせてるのよ。友達や知り合いを連れて行って、勘定を一人で払って、いい気になってるのよ。もしかしたら、あたし、テツと別れるかもしれない」

と真剣な表情で言った。

「別れる……。そんなことできるのか。テツはおまえがいないと何もできない」

「あいつの子守は、もう沢山。あたしは希美子と二人で暮らすわ」

タマゴは思い詰めているようだったが、鉄治と別れられるとは思えなかった。これまでも何度か別れると言っていたが、別れられなかった。

二回目のライブがはじまった。お尻まで開いている赤いドレスを着たボーカルのカサンドラがステージに登場すると、客席から拍手が起こった。カサンドラのファンが結構いるのだった。ライトの中の黒い肌が銀色に輝き、白い歯と厚い唇が情熱的だった。張りのあるバストと引きしまったウエストから急に盛り上がっているヒップと細長い脚線は、黒人特有の体形である。ねばりのある声とリズムは、遠く離れているアフリカ大陸の生命の息吹を感じさせる。学英とタマゴも無意識に足と体でリズムをとっていた。

ライブが終ると、ステージの前の方のテーブルにいた二人の男性のうち一人が花束を持って駆け寄り、カサンドラに渡した。

「オー、サンキュー、ありがとう」

花束を贈られたカサンドラは感激して男性の頬にキスした。紺のスーツにネクタイを締めているサラリーマン風の男性も照れくさそうにしていたが、感激している様子だった。

休憩時間に、カサンドラ、ギターのウィントン、ピアノのジミーが店のカウンターで飲んでいると、花束を贈った男性がカサンドラに話しかけ、自分のテーブルに誘った。三人のメンバーは男性のテーブルに移って飲んでいた。

それを見ていたタマゴが、

「お客さんと飲んでいいの？」

と言った。

「いいんじゃねえか。休憩時間だから」

学英は気にしていなかった。

「でも仕事中でしょ」

タマゴがいつになく固いことを言う。

「杓子定規に考えなくていいよ。お互いにリラックスすればいいんだ」

鷹揚《おうよう》な学英にタマゴは不満そうだった。

今日のタマゴは虫の居どころが悪いのだろう。それにタマゴは「サンタ・マリア」の責任者ではないのだ。

「あたしも、そろそろ帰るわ。希美子が待ってるから」

いつもなら時間を気にせずに遅くまで飲んでいるタマゴが席を立った。学英は引き止めなかった。

帰りかけたタマゴが、

「ちょっとお願いがあるの。池沢を『龍門』にもどしてほしいの」

と言った。

「池沢を……うむ……」

学英は考え込んだ。池沢を「龍門」にもどすと店長がいなくなる。白崎樹里の兄が「龍門」のマネージャーをしているのがタマゴには気に入らないのだった。というより白崎樹里のいいなりになっている鉄治を牽制する必要があると考えていた。

「テツがどう言うか……」

躊躇《ちゅうちょ》している学英に、

「ガクだって池沢を『龍門』にもどそうかって言ってたじゃない」

とタマゴは優柔不断な学英を責めた。

「それはそうだが、『龍門』には樹里の兄貴がいるだろう。池沢がもどると、樹里の兄貴の下で働かされるかもしれない」

学英はそれを懸念していた。

「そんなこと、あたしが許さない。池沢は『龍門』の部長なのよ。ガクは『龍門』の専務でしょ。専務のひと声で、どうにでもなるんじゃないの。あの女に『龍門』を取られてもいいの？　『龍門』はテツとガクが血を流して守った店でしょ。『龍門』はあたしたちのものよ」

タマゴは白崎樹里に対抗心をむき出しにした。もちろん、学英も「龍門」の経営は気になっていた。鉄治が白崎樹里にたぶらかされているとは思えないが、白崎樹里が女の色香に弱い鉄治にとり入って、自分の兄を「龍門」のマネージャーに採用させている事実を無視することはできなかった。

「わかった。テツと話し合ってみる」

「テツと話し合うことなんかないわよ。明日からでも池沢を『龍門』の部長にもどせばいいのよ。テツだって反対できないはずよ」

「池沢の立場もあるだろう」

「池沢には、あたしから因果を含めておくわ」

タマゴの意図は明らかだった。池沢を「龍門」にもどし、情報を把握したいのだ。鉄治と白崎樹里との関係を知りたいのだった。いわば池沢に監視させようとしているのだ。鉄治と別れたいと言っておきながら、一方では危機感をつのらせていた。このまま、みすみす白崎樹里に鉄治を奪われ、「龍門」まで喰い物にされるのが許せないのだった。

「あたしにも意地があるから」

そう言ってタマゴは店を出た。

池沢を「龍門」にもどすと「サンタ・マリア」の店長がいなくなり、店の営業にも影響する。遅番の高永吉を早番に移すこともできなかった。高永吉を移すと遅番の責任者がいなくなってしまう。

問題は鉄治との話し合いである。鉄治がはたして池沢をすんなり「龍門」に受け入れるかであった。白崎樹里が激しく抵抗するのは目に見えていた。

午前一時、学英は「龍門」に向かった。「龍門」の前でタクシーから降りて店に入ると、マネージャーである樹里の兄、白崎照秋が緊張した面持で黙って頭を下げた。店には七割ほどの客がいる。ほとんどがホステスとその客たちである。学英は店内を見回し、鉄治を探した。案の定、奥の席で鉄治と白崎樹里が食事をしていた。

学英は鉄治の席に行き、食事をしている樹里に、

「ちょっと席をはずしてくれ」

と言った。

樹里は食べかけていた箸を止めて鉄治を見やった。鉄治は顔を横に振って樹里に席をはず

すよう合図した。樹里はむくれた表情で箸をテーブルに投げ出し、別の席に移った。

「急になんなんだよ」

相変らず肉料理を肴《さかな》にビールを飲んでいる鉄治がしち面倒臭さそうに言った。

「明日から池沢を『龍門』にもどす」

予想していなかった学英の言葉に鉄治は一瞬、黙っていたが、

「池沢はもどさなくていい。おまえんとこで使ってくれ」

と言った。

「池沢は一時、おれんとこで預っていただけだ。タマゴからも言われた。池沢を『龍門』にもどせって」

「樹里の兄貴を馘にしろって言うのか。タマゴは嫉妬してんだ。樹里の兄貴を馘にはできない」

鉄治は樹里の兄をかばうのだった。

「馘にしろとは言ってない。池沢はもともと『龍門』の部長だ。部長のポジションにもどせと言ってるんだ」

鉄治は別の席にいる樹里とホールにいるマネージャーをちらと見て貧乏ゆすりをした。

「ホールに責任者が二人いると混乱して統制がとれなくなる」

鉄治はもっともらしいことを言って学英を牽制した。

「部長が責任者だ。マネージャーはその下で動けばいいんだ」

「だから、樹里の兄貴を池沢の下で働かすわけにはいかねえと言ってんだ」

「どうしてだ？　なぜ樹里の兄貴を池沢の下で働かすわけにはいかねえんだ」

「樹里の兄貴は、おれの義兄になるんだ」

「義兄？　樹里とは結婚もしてないのに」

「結婚するつもりだ。樹里はよ、妊娠してんだ」

「なんだって！　妊娠してる？」

学英は啞然として、思わず別の席にいる樹里の腹部を見た。だが、お腹がふくらんでいるようには見えなかった。

あきれはてた学英は背中を椅子にあずけて天井を仰ぎ、煙草に火を点けてふかした。

「タマゴと希美子はどうなるんだ」

つぎからつぎへと女に手をつけ、子供を孕《はら》ませる鉄治の気がしれなかった。

「タマゴとは別れる。希美子はおれが引き取って育てる」

「よく言うぜ、いまも放《ほ》ったらかしのくせに。タマゴが納得するわけねえだろう」

語気を強める学英の声に、樹里とマネージャーは気になるらしくときどき視線を向けた。

「タマゴには悪いけどよ、おれは本当の家族を持ちたいんだ」

「本当の家族？　タマゴと希美子は本当の家族じゃねえっていうのか」

「希美子はおれの娘だけど、タマゴの娘じゃねえ」

「勝手なことを言うぜ。タマゴはおまえより希美子を愛してる」

「タマゴと希美子は血の繋がりがねえんだ。タマゴはおれの子供を産めねえんだよ」

これ以上、押し問答をしてもらちがあかないと思った学英は、

「おまえとタマゴの問題に口を挟むつもりはねえ。だが、池沢は『龍門』にもどす。そのうえで、おまえから池沢に言うんだ。おまえは馘だってな」

と鉄治に引導を渡した。

はたして鉄治は生死を共にしてきた池沢を馘にできるのか試すつもりだった。

学英が店を出たあと、樹里は鉄治ににじり寄った。

「学英さんと何を話したの？　学英さんは何を言ってたの？　ねえ、教えてよ。わたしと別れろと言ってたんじゃないでしょうね」

樹里にとって学英はもっともけむたい存在だった。鉄治と学英の絆は親兄弟より強いと誰かに言われたことがある。それだけに学英の言葉が鉄治に決定的な影響を与えるのを恐れていた。

「ねえ、何を話したの？　言ってよ！」

執拗《しつよう》に迫る樹里に、

「うるさい！　黙ってろ！　おまえの出る幕じゃねえ！」

と鉄治は一喝した。その怒声に店の客が振り向いた。

何か重大なことが話し合われたにちがいないと樹里は唇を嚙みしめた。樹里の兄の白崎照秋は不安な表情をしていた。

翌日、休憩時間の午後三時前に、学英とタマゴと池沢の三人が「龍門」にきた。店には五、六人の客しかいなかった。事務所に入ると、鉄治がソファに座ってテレビを観ていた。池沢がいたころは、池沢が売上げを管理していたが、池沢がいなくなってから売上金は集金にくる銀行と会計士にまかせっきりにしている。

事務所に入ってきた三人を見た鉄治は自分の椅子に移り、両脚を机の上に投げ出して葉巻に火を点けた。

「久しぶりね」

タマゴが言った。鉄治は二週間、マンションに帰っていない。鉄治はばつの悪そうな顔で黙っている。ソファに座った池沢はしょんぼりしていた。学英は顎をさすりながら鉄治の言葉を待った。不自然で居ごこちの悪い雰囲気である。

「国夫は明日から早番をやってくれ。マネージャーはこれまで通り、遅番をやってもらう」

鉄治は折衷案を出した。

「わかりました」

池沢は了解した。

「売上げ金は前と同じように池沢に管理させろ」

学英の提案はタマゴの入れ知恵だった。タマゴは樹里兄妹を信用していなかった。杜撰で金銭感覚のない鉄治を管理させると同時にマネージャーを監視するためでもあった。

「わかった。ただしマネージャーには余計なことを言うな。問題があったらおれに言え」

鉄治は樹里の兄であるマネージャーの立場を配慮して池沢部長の権限を縮小した。

話はこれで終らなかった。

「テツ、はっきりしてほしいの。希美子のためにも、あたしと別れるか、女と別れるか決めてよ。希美子が可哀想だと思わないの。テツは希美子の父親でしょ。それなのに女のところに入りびたりになって。あたしのオマンコは干上がってるのよ。入口が塞《ふさ》がりそうなの。わかる……」

怒りに震える口から火を噴き、目から涙がこぼれそうだった。

「そんなことを言うためにここへきたのか。国夫にかこつけやがって！」

自他ともに妻として認めていたタマゴと二人の盟友に責められた鉄治は開き直るように言った。

「それとこれとは別でしょ。あの女はどんなオマンコをしてるんだか知らないけど、そのうちテツのポコチンは腑《ふ》抜けになってしまうわよ。あの女は金が目当てなのよ。それがわからないの」

タマゴが樹里を非難すればするほど鉄治はかたくなに樹里を擁護するのだった。

「おれは本当の家族が欲しいんだ」

タマゴに言ってはならない言葉だった。

「本当の家族ですって？　あたしと希美子は本当の家族じゃなかったって言うの？　汚い男！　最低の男！　おまえなんか熨斗《のし》をつけてくれてやる！」

タマゴはテーブルの上の灰皿と折りたたみ式の椅子を鉄治めがけて投げつけ、部屋を出て行った。

「ほかにもう少し言いようがあるだろう。おまえにはデリカシーってものがないのか」

いつも無神経で直情的だが、今日の鉄治はとりわけひどいと学英は思った。

「あいつにはあきあきした。適当に男と寝てるくせに、何がオマンコが干上がってるだ。よく言うぜ」

鉄治は以前からタマゴの浮気を知っていた。浮気性の鉄治と自由奔放なタマゴは端から見ると不思議な関係だったが、それがここにきて男女問題で破綻《はたん》するとは驚きであった。

学英と池沢は店を出た。

「マスター、どうなるんですかね」

池沢が心配そうに訊く。

「放《ほ》っときゃいいんだ。テツとタマゴは昔からあの調子だから、当分さめても、またくっつくさ。テツもそのうち樹里にあきるよ」

学英は達観していた。

11

「しかし、おまえは明日から『龍門』に行け。そして売上げと帳簿をしっかり管理するんだ」

学英は池沢に因果を含めた。

「レジは誰がやるんですか」

現金をあつかうレジの担当は一人に決めておかねばならない。

「そこだよ、問題は。早番はおまえが担当するとして、遅番の夜がかき入れどきだ。マネージャーにまかせておくと、ピンハネされるおそれがある」

夜の売上げは平均六、七十万円ある。その中から一、二万円誤魔化すのは難しいことではない。マネージャーはたぶん売上げを誤魔化しているにちがいないと学英は睨んでいた。一度、ピンハネの味を覚えた者は、ヤクと同じようにその味を忘れられなくなるのだ。そういう人間を学英は何人も知っている。

「シャーホンをレジ係にする」

「シャーホンを……」

大胆な採用に池沢は驚いた。

「厨房には昼と夜で従業員が八人いる。そのうち五人が中国人だ。料理長も中国人だ。ホールも昼と夜で従業員が八人いる。そのうち中国人は四人だ。シャーホンをレジ係にすると中国人は自分たちが信頼されてると思うはずだ。中国人は義理固いんだ」

窮余の策として学英の考えもわからないことはないが、池沢は難色を示した。

「歌舞伎町の中国人はいろんな問題を起こしてます。彼らを信用するのは考えものですよ。ガクさんはチャイナマフィアにこりたんじゃないんですか」

五年前、風林会館の喫茶店でコーヒーを飲んでいた学英は、すぐ近くの席に座っていた四人の男の一人が、向き合っていた二人の男をいきなり拳銃で射殺し、悠々と店を出て行くのを目撃した。そして事件後、今度は麻薬がらみでチャイナマフィアのヒットマンに学英と鉄治が狙われ、「龍門」も明け渡すよう脅迫されたのだった。学英と鉄治とタマゴはヒットマンとの激しい銃撃戦をくりひろげ、「龍門」を死守したが、鉄治は背中に三発の銃弾を撃ち込まれ、奇跡的に一命をとりとめた。「龍門」の中国人従業員は、そのときから働いている。

三十歳になるシャーホンは日本にきて七年になる。日本人男性と結婚し、一人の子供がいる。またホールのリーダーとして従業員からも信頼されていた。樹里の兄がマネージャーでなければ、シャーホンをマネージャーに採用したいと学英は考えていた。

「シャーホンは信頼できる。おまえはシャーホンと仲良くやれ。マネージャーとも仲良くやれ。そして当分、様子を見るんだ」

池沢は学英の意を汲《く》んで、

「わかりました」

と答えた。

池沢が「龍門」に行くと「サンタ・マリア」の責任者がいなくなる。そこで学英は高永吉を池沢の後釜にすえた。だが、高永吉を池沢の後釜にすえると、深夜の責任者がいなくなるのだった。学英はつくづく人選の難しさを知った。当分、遅番の深夜は学英がみるとしても、オーナーがいつまでもレジに張りついているわけにはいかない。

数日後、学英の立場を考慮していた高永吉が一人の若者を連れてきて、

「ぼくの後輩です」

と学英に紹介した。

「金倫成です」

頭を掻きながら照れている。どこか頼りなさそうな若者である。

「民族学校出身か」

高永吉の後輩ということは民族学校出身であり、学英の後輩でもある。

「中学まで目黒の民族学校に行ってました」

「三世か」

学英は在日二世だが、学英より五、六歳年下の在日は三世が多いのだ。高永吉も三世だった。

「はい、三世です。一応、在日してます」

「在日してます？　一応、在日してますって、どういう意味だ」

これまで聞いたことのない言い回しである。自分の存在を曖昧にしているのだった。

「一応、中学まで民族学校に行ってましたから」

金倫成はとりつくろうように言った。

「倫成はぼくの近所に住んでます。日本の大学を出てるんですよ」

中学時代の後輩である金倫成を高永吉は擁護するように言った。

「仕事は何してたんだ」

「プー太郎してます」

「プー太郎？」

大学を出て一年になる金倫成は日本の企業に就職できなかったのか、それとも働く意思がなくて遊んでいたのか、いずれにしろはっきりしない。

「働く気はあるのか」

学英は金倫成の意思を確かめた。

「まあ、あります。いつまでもプー太郎やってられないので」

金倫成のなま返事に学英は採用をみあわせようと考えたが、

「ぼくが責任を持ちます」

と言う高永吉のひとことに当分使うことにした。

それにしても「一応、在日してます」という耳慣れない言葉が気になった。「在日を生きる」という言葉には在日コリアンとしての主体的な意思がこめられていたが、「在日してます」という言葉には意思が感じられない。日本人でもなければ韓国人でもない宙吊りの不安定な自分の存在を在日コリアンという枠にはめたくないのだろう。だが、「一応、在日してます」という言葉は自分が何者なのかはっきりしない曖昧模糊《あいまいもこ》とした存在であることをいい表していた。

学英は自分が在日コリアンであることになんの疑問もいだいていない。民族学校出身の学英にとって自分が在日コリアンであることは当然であった。では学英にとって祖国は北朝鮮なのか韓国なのかと問われると返答に困るのである。祖国は一つという思いがある一方で、いまだ見たこともない、ましてや暮らしたこともない国を祖国と呼ぶのは、実感がなさすぎるのだった。テレビでサッカーの試合を観戦しているときなど、日本が韓国以外の国と試合をしていると日本を応援したりするのだが、日本と韓国の試合になると韓国を応援している自分に気付き、この感情はなんだろうと思ったりする。そして日本のサポーターが大きな国旗を振って、「にっぽん！　にっぽん！」と叫ぶ声援を聞くと、無性に腹だたしくなり、あらためておれは韓国人なんだと妙に熱くなるのだ。「一応、在日してます」という金倫成に、そんな熱い思いはあるのだろうか？

翌日から出勤してきた金倫成を高永吉がつきっきりで教えていた。接客態度、言葉遣い、伝票の書き方、注文のとり方、トレーの使い方、料理の運び方や並べ方、ワインのつぎ方、などなど、金倫成のちょっとした不注意をも見逃さずに、そのつど教えた。そのかいあって十日もすると金倫成はウエイターとしての仕事がさまになってきた。

「うまくいってるじゃないか」

金倫成の仕事ぶりが思った以上によいので学英は評価した。

「後輩ですからビシビシ仕込んでます。それにあいつのオモニから頼まれてるんですよ。仕事を続けさせてほしいと」

金倫成は自分でもプー太郎と自嘲していたように仕事が長続きせず、家に閉じ込もっていたのだ。その金倫成を高永吉が仕事に誘い出したのである。


知美はしたたかに酔って叔母の部屋に一晩泊って帰ってから「サンタ・マリア」には顔を見せなくなった。酔ったあげく学英に醜態を晒したのが悔まれてならなかった。学英は軽蔑しているにちがいない。一生の不覚だと思った。

「そんなことないわよ。あたしなんか、年中酔っぱらって醜態晒してるわ」

タマゴは慰めてくれるが、叔母の李明淑の話とはちがっている。

「あなたが酔って、みんなの前で醜態を晒すなんて、わたしは恥かしくて見ていられなかった」

酔っぱらって足をふらつかせ、倒れそうになって学英に抱きかかえられて五階の叔母の部屋まで運ばれてベッドに寝かされたところまでは覚えていたが、そのあと何を口走ったのかは覚えていなかった。

「ベッドの上で両腕をひろげて、学英さんを誘うなんて信じられない。それが女のすることなの」

そうなじられても、覚えていない知美はひたすら恥入るしかなかった。

だが、学英の逞しい両腕に抱かれていた感覚だけは残っていた。あのとき知美は学英に抱かれてもいいと思っていたのだ。

「知美は知的で美人で、素晴しい女性よ。知美を口説けない男がだらしないのよ。あたしが男だったら、絶対口説いてみせるわ」

とタマゴは妙に張り切るのだった。

「学英さんはわたしのことを軽蔑してるでしょうね」

後悔の念をにじませて知美は言った。

「そんなことないわよ。ガクは気の強い女が好きなの。あなたは少し酔ってたけど、むしろ可愛かったわ」

落ち込んでいる知美をタマゴは勇気づけようとした。

タマゴの仕事は日ごとに忙しくなっていた。大量に仕入れた商品をブランドごとに種分けしてデザインを選び、原価計算をして値段をつけるのだが、これが難問だった。というのも原価計算が正しいかどうか疑わしいからである。商品の中にはまれにガラクタが混入していることもあり、それを見分ける眼力が必要であった。知美は十点の商品を並べてざっと目を通しただけで判別し、値段をつけることができたが、タマゴは一つひとつ手にとって細部を確かめなければ見極められなかった。したがって商品の値札をつけるのに知美の五、六倍の時間を要した。

「勘なのよ。勘で見分けるの。商品を三ランクに分けて、まず高級な物から選ぶの。高級なものは色つや、デザインがちがうから、すぐにわかるわ。つぎは中級の物を選ぶの。中級の商品も残った商品の中で高級なのよ。そして値札は仕入れ伝票と照合しながらつけるとほぼ間違いなく消費者に受入れられる。三十パーセントから八十パーセント引きという、流通価格との大きな差があるから、消費者は値段をそれほど気にしないのよ。ブランド品が安く手に入れば、消費者はそれで満足するの。個人でブランド品を安く入手するのは難しいからよ。ただし贋物を売らないことが鉄則」

もちろん贋物は仕入れの段階でチェックされている。

それにしても世の中には大量のブランド品が出回っている。タマゴはつい自分で買いたいという衝動にかられたが、自社商品に手を出すことは禁じられていた。これは知美のルールであった。

12

タマゴは毎日、仕事に追われていた。朝は七時に起床して、ぐずつく希美子を起こし、目玉焼きとパン、昨日買っておいた弁当を食べさせ、ハイヤーで迎えにきたベビーシッターの長沼友子に幼稚園に送らせた。そのあとタマゴは時間をかけて入念に化粧をして出勤した。会社に着くとまず在庫整理をする。在庫整理は毎日欠かさずしている。在庫整理をしていなかったころ、社員は売れ残った商品を適当に処分していたため、年末の在庫整理のときに数千万円の赤字を出したので、それ以後、毎日在庫整理をすることになったのだ。在庫整理は惰性的な仕事に馴れた社員の意識を高めるのに有効だった。

退社時間は午後六時だが、五時になるとタマゴは本社事務所に赴き、知美と会ってその日の売上げを報告し、今後の打ち合わせをする。それから南青山にある行きつけのイタリアン・レストランで夕食をとることが多かった。

今日の知美は食欲がないらしく、パスタを残してカモミールティーを飲みながら煙草をふかしていた。タマゴは食前からワインを飲んでいる。

「元気ないわね」

胸元の開いた超ミニの赤いドレスを着ているタマゴは脚を組み、金髪に染めている長い髪を掻き上げて言った。

「学英さんはわたしのこと、嫌いなのかしら……」

やり手の二十五歳になる女社長が恋に悩んでいた。

「まだそんなことで悩んでるの？　馬鹿ねえ」

とタマゴは知美の感情を一蹴した。

「今西沙織さんて、どんな女《ひと》だったの？」

「よくわかんない。あたしはあまり話したことないし、ガクと食事しているところをときどき見かけただけだから。美人だけど、歌はあまり上手じゃなかった。ガクは彼女に入れ込んでいたけど、彼女には別に男がいたのよ。その男に貢いでたってわけ。ガクは沙織に裏切られたのよ」

「いまでも学英さんは、その女《ひと》を愛してるんでしょ」

「そんなことないわよ。どうしてそんなふうに思うの？　ガクはシャイだけど、死んだ女のことをいつまでも愛してるなんて考えられない。ガクのこと、そんなに好きなの」

憂いを含んだ知美の顔が、どことなくやつれて見える。

「わからない。わたしはいままで人を愛したことがないから」

「知美はお嬢さん育ちで気の強いところがあるけど、正直で卒直なところが好きよ。でも男女関係は自分の思うようにはいかないのよ。あたしはテツを愛してるけど、テツの浮気にはもう耐えられない。人は誰でも愛されたいし、愛したいのよ。でも愛って証明できないの。セックスだって愛の証明にはならない」

聞き役だったタマゴが急に涙声になったので、知美は、

「泣かないで」

と夕マゴを慰める始末だった。

「ごめん。知美の気持を訊いてあげるはずだったあたしが泣くなんて、おかしいわよね」

タマゴはバッグからハンカチを取り出して涙を拭きながら、

「これから『サンタ・マリア』に行って、ガクの気持を確かめましょうよ。このままでは、あたしの気持が収まらなくなったわ」

と言って席を立った。

「やめてよ、私の勝手な思い込みなんだから。『サンタ・マリア』には行きたくない。恥かしいもの。恥のうわ塗りはしたくないわ」

「サンタ・マリア」に行くのを渋っている知美に、

「ガクに会いたくないの。いつまでも中途半端な気持でガクに会わないつもり？」

とタマゴは迫るのだった。

知美の携帯電話が鳴った。叔母の李明淑からだった。

「叔母さん、ええ、ええ、山岸専務が……そんなの恐喝じゃない！　印鑑を押したら絶対駄目よ。わたしも大株主なんだからね。わたしの諒承なしに勝手な真似はさせないから。これからすぐ行くわ」

知美は血相を変えて声を荒らげて電話を切った。

「どうしたの？」

めそめそしていた知美の表情が急に厳しくなった。

「山岸専務が明日の役員会で自分を社長にしろと叔母を脅迫してるのよ。許せない」

知美は突っ立っているタマゴをおいてけぼりにしてさっさと席を立った。

「ちょっと待ってよ」

タマゴはあわてて知美のあとを追った。

会計をすませて外に出ると知美は走ってきたタクシーを停めた。ドアを開けたタクシーに乗ろうとしている知美に追いついたタマゴが、

「あたしも一緒に行っていいでしょ」

と同乗した。

行き先を告げた知美は、

「今度こそ決着をつけてやる。女だと思って馬鹿にしてるのよ」

と闘争心をたぎらせていた。

「山岸専務って、どんな奴なの？」

好奇心の強いタマゴは興味津々に訊くのだった。

「強欲で、恩知らずで、最低の男よ。叔母の会社を乗っ取ろうとしてるの」

「そんな奴、許せないわね。あたしが立ち会って証人になってあげる」

「あなたは関係ないから、こないで」

知美は出しゃばるタマゴを拒否した。

「どうして？　あたしはあなたの会社の重役で友達よ。黙って見ていられないわ。それにあなたと叔母さん二人では多勢に無勢でしょ。おそらく相手は数人いるはず」

そう言われてみると、山岸専務は部下を何人か連れているかもしれないと思った。あるいは暴力団のような人物を連れてきて、叔母を威圧している可能性もあった。タマゴのような変った人間を同席させるのも相手を制するために役立つかもしれない。

「いいわ。そのかわり何も喋らないで。座っているだけ。いいわね」

知美は念を押した。

「わかった。あたしは黙って話を聞いてるわ」

だが、タマゴは黙って話を聞いているだけではすまない性格である。それを承知で知美はタマゴの同席を許した。タマゴの鋭い勘と相手の意表を突く機転に期待してのことだった。というのもこれまで、したたかな山岸専務にいくどとなくやりこめられていたからだ。

タクシーは「サンタ・マリア」の前に着いた。タクシーから降りてビルのエレベーターを待っていると、降りてきたエレベーターから学英が出てきた。

「知美、タマゴ、どこへ行くんだ」

学英が声を掛けると、思わぬところで学英に出会った知美は緊張した面持になり、タマゴは、

「あとで店に行くから」

と意味あり気に言ってエレベーターに乗った。

李明淑の部屋のチャイムを押すと、「はい」と李明淑の声が返ってきた。

「知美です」

ドアを開けて憂鬱そうな顔をした李明淑が迎えた。

知美は深呼吸をして気合を入れ部屋に入った。

応接室には山岸専務と会計士の依田喜重、役員の柳瀬正秀、同じく役員の矢口俊和が椅子に座っていた。テーブルに書類が積まれている。

応接室に入ってきた知美に、

「久しぶりだね、知美さん。少し見ぬ間にますますきれいになったね」

と山岸専務は汚い歯をのぞかせて笑みを浮かべた。

「お久しぶりです」

知美が挨拶して叔母の隣に腰を下ろすと、知美の隣にタマゴが座った。そのど派手なファッションに山岸専務たちは眉をひそめた。超ミニスカートをはいているタマゴは椅子に座ると脚を組み、煙草に火を点けてふかした。そしてまた脚を組み替えた。そのたびに股間から黒いパンティがちらちら見えるのだった。タマゴは意識的に脚を組み替えていた。四人の男たちの視線がタマゴの股間に気をとられている。

知美が口火を切った。

「明日の役員会であなたの社長就任をみんなに働きかけているようですけど、叔母とわたしは会社の大株主です。わたしたちの同意なしに叔母を社長の座から引きずり降ろすことはできません」

知美は強い口調で言った。

「社長の座から引きずり降ろそうなんて、人ぎきの悪いこと言わないで下さいよ。社長は会社にほとんど顔を出さないし、実務的な仕事は何もしてないんですよ。役員たちが社長を交替してほしいと思うのは当然でしょ」

人のよさそうな顔をしている依田会計士の、メガネの奥の細い目が若い知美を射抜くように見た。

「あなたたちが社長を蚊帳《かや》の外に置いて、なんの情報も提供しないばかりか、従業員までが社長に挨拶もしないそうじゃないですか。そんな会社ってあります？」

本来なら口出しできないはずの会計士という立場でありながら、依田会計士の山岸専務を代弁するような言葉に知美は厳しく反論した。

「それはね、社長の替りに山岸専務がすべてを仕切ってますから、そうなるんです。会社の者は山岸専務を社長だと思ってます。ですからこの際、加藤社長はすみやかに身を引いていただいて、山岸専務に社長を務めていただきたいとわれわれ役員は望んでいます。そしてお二人の株をできれば会社に売っていただきたいのです。それが将来的に会社の安定にもつながります。いま不動産業界は大きな転機にさしかかっています。どこの不動産会社も生き残りをかけて必死です。わが社もいまのままでは時代の流れにとり残されてしまいます。わが社の千百室のうち約半分の六百室は老朽化が進み、改築をするか建替えるかの選択を迫られています。それには莫大な資金が必要ですが、資金調達が困難なのです。したがっていくつかのマンションを処分して資金調達をする必要があります。そのためにも山岸専務が社長になり、思い切った決断をして改革を進めていきたいと考えています」

柳瀬役員の話は筋が通っている。だが、三年前も山岸専務は同じような理由で時価相場十八億のマンションを十億で処分したとして、その差額を明らかにしていない。たぶんその差額を山岸専務とそのとり巻きの役員や部長が懐にしたにちがいないと知美は疑っていたが、叔母は表沙汰になるのを恐れて不問にした。そして今度は山岸専務が社長になることで不動産を自由に処分し、その利益を手にしようとしているのではないのか。時価総額五百二十億円ともいわれる不動産を山岸一派に喰い物にされるのは明らかであった。

「三年前、世田谷にあるマンションを十億で処分したと聞きましたが、あとで調べたところ十八億で売却したそうじゃないですか。わたしはまだ学生だったし、叔母は表沙汰になるのを恐れて、それ以上の追及はせずに目をつむりましたが、あなたたちの魂胆は見え透いています。あなたたちがあくまで叔母の社長解任を求めるなら、わたしは三年前の経理を調査して、もし不正があれば告発します」

刑事告訴も辞さないという知美の強い態度に山岸専務は憮然とした。小娘だと思っていた知美だが、いまは年商八億の会社のれっきとした経営者である。あなどれない相手だった。

「知美さん、根も葉もないことを言わず、もっと冷静になりなさい。わたしは亡くなった君の叔父さんの加藤定夫と長年『三栄不動産』の経営にたずさわってきたんだ。いわば竹馬《ちくば》の友だよ。定夫が亡くなったあと、彼の遺言にしたがって、わたしは奥さんを社長にして財産の保全に努めてきたんだ。定夫は生前、君をわたしの息子の嫁にしてくれと口癖のように言っていた。だからわたしもそのつもりでいたんだ。君がわたしの息子の嫁になる日を楽しみにしていた。われわれはファミリーだ。わたしの息子の嫁になってくれ。そうなれば、すべてがうまくいく」

山岸専務はまるで父親のように知美を諭すのだった。

「そんな話、聞いたことないわ。あなたの息子の嫁になんかなるもんですか。死んだっていやよ」

知美は嫌悪をあらわにして、聞いたこともない話だとつっぱねた。

「叔母さん、そんな話、聞いたことある？」

と言った。

「いいえ、わたしも聞いたことありません」

叔母の李明淑も寝耳に水だといわんばかりの表情をした。

「男同士の約束なんだ。加藤社長は定夫からこの話を聞いているはずだ」

と山岸専務が言った。

「冗談じゃないわ、わたしは物じゃないんですから。勝手なこと言わないで。かりに叔父さんがそう言ったとしても、わたしは絶対にいやです」

知美の強固な意思に山岸専務は口をへの字に曲げて煙草に火をつけた。

それまで成りゆきを見守っていたタマゴがおもむろに口を開いた。

「知美さんにはね、好きな人がいるのよ」

そのひとことに全員が驚いた。そしてもっとも驚愕したのは知美であった。

「なんだと、知美さんに好きな男がいる？　誰なんだ。どんな男だ。出鱈目《でたらめ》を言うんじゃない！」

山岸専務は鋭い眼光でタマゴを見すえた。

「出鱈目じゃないわ。知美さんの好きな人は『サンタ・マリア』のマスターよ」

ものおじしないタマゴは脚を組み煙草をふかしながら平然としていた。

「おまえはなんなんだ。なぜこんなところにいる。変な恰好しやがって」

ど派手なタマゴのファッションに山岸専務は生理的な拒否反応を起こしていた。

「悪かったわね。これがあたしのファッションなの。オヤジにはファッションなんか、わかんないでしょ。あんたこそ、どす黒い禿げ鷹みたいな恰好してるじゃない。自分の姿を鏡で見たことあるの。オヤジって鏡を見ないのよね。少しはオシャレをしなさいよ。加齢臭を漂わせたりして、若い女の子に嫌われるわよ」

クラブにいたころから、男をあつかうのに慣れているタマゴは、山岸専務にさんざん毒づいて涼しい顔をしている。

知美の心臓は破裂しそうだった。好きな人がいると言ったまではよかったが、「サンタ・マリア」のマスターと名前を出されて、知美はにっちもさっちもいかなくなった。否定するとすべての前提が壊れてしまう。それに知美が学英に好意を抱いているのは事実なのである。

「本当か、知美さん……」

山岸専務は知美の真意を質すように訊いた。

頭が混乱している知美はどう答えていいのかわからず黙っていた。

「本当に、その男が好きなのか」

山岸専務は信じられないといった顔で執拗に知美の真意を追及する。

「本当です。わたしも知ってます。二人は愛し合ってますわ」

叔母の声が知美の頭の中で木霊《こだま》した。ああ、もう駄目だ……知美は気が遠くなりそうだった。

「わたしを馬鹿にしおって！　後悔することになるぞ！」

山岸専務が怒鳴りながら立つと部下の三人も立ち上がり、部屋を出て行った。

知美は椅子にもたれてぐったりした。

「大丈夫、知美……」

タマゴが声を掛けた。

「大丈夫じゃない。とんでもないこと言ってくれたわね。これであいつらの思う壺よ」

「どうして思う壺なの？　はっきりさせた方がいいのよ」

叔母の李明淑が妙に張り切っている。せいせいしている様子だった。

「何がはっきりしたの？　わたしと学英さんのこと？　会社のこと？　明日の役員会で叔母さんは社長を解任されるのよ」

事態を深刻に受け止めていない楽天的な叔母に知美は腹だたしさを覚えた。

「どうせあなたは『三栄不動産』を引き継がないのだし、わたしも歳だし、いい潮どきだと考えてる」

「いい潮どきって、どういう意味？　あいつらに会社をくれてやるっていうの？」

「いいえ、わたしは持ち株をすべて売るつもり」

李明淑はこともなげに言った。

「なんですって！　誰に売るのよ。三百億円もの株を右から左へ売れるわけないでしょ。買う人なんかいないわよ」

「います」

李明淑は自信ありげに言った。

「どこの誰なの？」

「学英さん」

「ガクにそんなお金、あるわけないじゃん。ガクは借金をかかえてんのよ」

李明淑の奇想天外な考えに、タマゴは絶句した。

「学英さんが同意するわけないでしょ。叔母さんは頭がおかしくなったの」

「三栄不動産」を学英にまかせられたらと冗談半分で言ったことはあるが、あまりにも非現実的すぎる話に知美はあきれていた。

「わたしの株をすべて学英さんに譲渡するつもり。そして学英さんに社長になってもらう。腹黒い山岸一派には毒をもって毒を制すというやり方が一番いいのよ。学英さんならできると思うわ」

「そんなことしたら、あいつは女をはべらせて、お金を湯水のように使うわよ。あいつにとってお金は百害あって一利なしよ」

とタマゴは学英をさんざんこき下ろすのだった。

李明淑がなぜ学英をそこまで信頼しているのか知美とタマゴには理解できなかったが、

「知美は学英さんが好きなんでしょ」

というひとことで李明淑の意図が読めた。李明淑は学英と知美を結婚させたいと思っているのだ。

知美は叔母の前で学英の気持も確かめずに好きだとは言えなかった。

「わたしは明日、役員会に学英さんと一緒に行きます。そこではっきり結着をつけるつもり。できれば知美も一緒にきてほしいの」

学英の了解も得ずに李明淑は変に意気込んでいる。

「あなたにはじめて言うけど、あなたの叔父さんは死ぬ前、山岸を絶対信じるなと言ってた。山岸は『三栄不動産』を乗っ取ろうとするにちがいない。だから知美を早く社長にすえて、山岸に乗っ取られないようにしろと忠告されたわ。でも、あなたは社長になるのはいやだと拒むし、わたし一人ではたちうちできなかった。山岸のなすがままだったのよ。怖かったの。山岸に何をされるかわからないから。あの日、あの人は山岸と赤坂の料亭で会食して午後十時ごろ帰宅したけど、明け方、突然苦しみ、血を吐いたわ。わたしは驚いて救急車を呼び、会員になっているK病院に入院して精密検査を受けたけど、原因ははっきりしなかった。胃に穴が開いているが一週間ほど静養すれば治ると言われた。ところが五日後に亡くなったわ。あまりにも急だったのでわたしは動転して泣くばかりで何も考えられなかった。病名は急性胃炎と動脈瘤破裂だった。でも、あとで冷静に考えてみるとおかしいと思った。あの人は血を吐いたとき、やられた、と言っていた。入院中は意識が朦朧《もうろう》としていて、わたしも『やられた』というあの人の言葉をすっかり忘れていたのよ。そして葬儀が終ってしばらくしてから思い出したの。『やられた』ってどういう意味だろうって。それからわたしはあの人の死を疑うようになった。あの人は山岸に殺されたのではないかと。証拠は何もないわ。でも、わたしはそう思ってる」

淡々と語る李明淑の目が何かに憑かれたように一点を凝視している。以前に夫は心臓発作で亡くなったと言っていたのに、ここへきて山岸専務に殺されたのではないかと言うのだった。知美は叔母の妄想だと思った。

「そんなこと、いまごろ言ったって、どうしようもないじゃない。叔母さんの思い込みよ」

知美はとり合おうとしなかった。

「わたしの思い込みじゃない。あの人は山岸に殺されたのよ」

李明淑は真顔で言った。

「あたしもそう思う。あいつの目は普通じゃない。けだものの目をしてる」

お節介やきのタマゴは李明淑の心情を察するように言った。

「あなたはどうして話を掻き混ぜるの。少しは黙っててよ」

混乱している知美は癇癪《かんしゃく》を起こした。

「ごめん。でもおばさんの話は本当だと思う」

ごめんと言っておきながら、タマゴは話を蒸し返すのだった。

「もちろんいまとなっては証拠がないからどうしようもないけど、わたしが言いたいことは山岸を甘く見てはいけないってこと。あの男は、どんなことでもやりかねない。誰かに守ってもらわないとわたしたち女だけでは足元をみられるのよ」

だから学英のような若くて度胸のある腕っぷしの強い男の協力が必要だというのだった。

「これから『サンタ・マリア』に行って、学英さんと相談します。あなたも一緒にきてちょうだい」

李明淑は叔母としての権利ででもあるかのように、うむをいわせぬ態度でバッグを持って立ち上がった。どうしていいのかわからない知美は困惑している。

「行きましょうよ。この際、ガクと会った方がいいと思う」

困惑しながらも学英に会いたがっている知美の胸のうちを知っているタマゴは急かせた。

三人はエレベーターで一階に降りて「サンタ・マリア」のドアの前にきた。

「いらっしゃいませ」

と高永吉がドアを開けて三人を迎え入れた。

カウンターの端に学英が座っている。店内には半分くらいの客がいた。

学英が腰を上げ、上衣のボタンを閉じてゆっくりと三人に近づくと、

「いらっしゃい。いつもの席にしますか」

とほほえみながらテラスに案内した。

知美と李明淑の目に、背の高い学英の大きな背中が一段と逞しく映った。

三人がテーブルに着くと学英は指を鳴らして高永吉を呼び、

「あのワインを持ってきてくれ」

と言った。

「あのワインって?」

李明淑が訊いた。

「三日前、ネット・オークションで落札した一九八二年の『ルーチェ』です」

「高いんでしょうね。おいくらで落札したんですか」

「値段は言わぬが花ですよ。今夜は知美さんも見えたことだし、おれのおごりです」

気っ風のいいところを見せて、学英は持ってきた高級ワインの栓をなれた手つきで抜くと、

みんなに用意されたグラスについで、

「ようこそ『サンタ・マリア』に！」

と乾杯した。

知美はワインをちょっと味わっただけでグラスを置いた。

「素晴しいワインですわ。こんなおいしいワインははじめて。知美もいただきなさい。マスターがとっておきのワインを提供して下さったのだから」

遠慮している知美に叔母の李明淑はワインをすすめた。

「すっごくおいしい！　知美も飲みなさいよ」

この前、酔い潰れて醜態を晒した知美の気持もわかるのだったが、少しワインに親しみ、心をなごませて学英との会話にはずみをつけられるようにとタマゴも気を使っていた。だが、知美はかたくなにワインを飲もうとしなかった。

「ごめんなさいね。知美はこの前のことを気にしてるのよ」

李明淑は恥じ入っている知美に替って謝った。

「おれは気にしてないです。誰だって一度や二度は酔い潰れることはありますから。酔い潰れてみて、はじめて自分の酒量がわかってくるんです。気にしなくていいですよ」

学英の言葉に気が楽になったのか、知美は、

「ありがとう」

と言ってワインをぐっとあおった。

李明淑があっ気にとられていた。

「それでは、これで……」

席を立ちかけた学英に、

「ちょっとご相談があるんだけど、聞いてもらえるかしら……」

と李明淑が学英を引き止めた。

「重要な話なのよ」

タマゴは周囲に目をやりながら秘密めいた話でもあるかのように学英の耳元で言った。

「重要な話……？」

席を立ちかけた学英は座り直すと、また指を鳴らして高永吉を呼んでビールを注文した。

「実は……」

李明淑は長年にわたる山岸専務との確執について語り、明日の役員会に出席して協力してもらえないだろうかと頼んだ。

「おれが？　何もわかんないおれが出席したってしょうがないでしょ」

藪から棒に、株を譲渡するから役員会で社長に就任してほしいと頼まれても無理な相談であった。

「大丈夫、あなたならできると思うわ。わたしと知美を助けると思ってお願いします」

李明淑は頭を下げた。

「知美さんが社長になればいいじゃないっすか」

学英はタマゴの隣に座っている知美を見た。知美は白けている感じだった。

「知美からも学英さんにお願いしなさい」

知美に李明淑が言った。

「無理よ。いきなり社長をお願いしても、山岸専務が黙ってるはずがないわ。学英さんに危害がおよぶかもしれないのよ」

危害という言葉に学英は敏感に反応して、

「危害……誰がおれに危害を加えるってんだ」

と闘争本能をむき出しにして顔色を変えた。

「山岸専務一派よ。李さんはガクに株を譲渡して社長になってもらうと山岸専務に言っちゃってるのよ。だから山岸専務はなんらかのアクションを起こすかもしれないわよ」

タマゴは挑発するように話を誇張する。

「冗談じゃねえ。おれには関係ねえよ」

学英はグラスのビールを一気に飲み干した。

「関係ねえって言ったって、もう関係あるのよ。山岸専務は知美さんを自分の息子と結婚させようとしてるのよ。それでもいいの？　三百億のお金がみすみす奴らに取られるのよ。李さんが株を譲渡してくれたら、三百億円がガクのものになるのよ。わかってるの」

タマゴの話は大袈裟になり、いつしかまったく別の話にすりかわってしまう。三百億円が学英のものになると言うのだった。

「あなたの話は飛躍しすぎるわ。叔母さんが株を譲渡するというのは山岸専務の横暴な振舞いを抑制するための一時的な方便なの」

たまりかねた知美がタマゴの話を否定した。

「いいえ、わたしは財産を学英さんに譲渡してもいいと考えてます。それには条件があります。知美と一緒になることです」

一瞬、座がシーンと静まり返った。

「いやです。財産付きだなんて。そんなの身売り同然じゃないの」

知美の意外な抵抗に李明淑とタマゴは困惑した。

「勘弁してくれよ。何百億だか知らねえけど、おれは好き勝手に生きてる人間なんだ。いまさら生き方を変えるわけにはいかねえんだよ」

学英はビールをグラスについで飲み干した。

「失礼するわ」

知美が泣きそうな顔になって席を立つと早足で店を出た。

「待ちなさい。知美、待ちなさい。まだ話は終ってないわ」

李明淑があわてて知美のあとを追った。

13

「どうなってんだ。おれの知らないところで、話を勝手に決めるな」

学英は脚を組み、煙草のフィルターを噛みながらいらだちを隠さなかった。

「めったにない話だと思うわ。ガクがその気になれば、莫大な財産がころがり込んでくるのよ。テツだったら涎を垂らして飛びつくわよ」

タマゴにしてみれば、これほど好条件の話を拒否する学英の気持が理解できなかった。

「おれはテツとちがうんだ。あいつは女なら誰でもいいんだ。ましてや、これほどの好条件なら飛びつくさ。しかし、おれとテツとはちがうんだ。一緒にしないでくれ」

「ということは、知美が嫌いだってこと」

「そうじゃない。話を勝手に決めるなって言ってるんだ」

「勝手に決めてないわよ。だから相談してるんじゃない。山岸の悪党に李さんの会社が乗っ取られるのよ。それを黙って見てるわけ。李さんが助けてほしいと頼んでるのに拒否するわけ。それでも男なの。普段は肩で風きってるくせに、いざとなったら尻ごみするのね」

「いつおれが肩で風きって歩いてる。いい加減なこと言うんじゃねえ」

「いつも恰好つけてるじゃん。いい男ぶってるでしょ」

タマゴは学英を辛辣に批判した。

知美を追って行った李明淑が憂鬱な顔で席にもどってきた。

「ごめんなさいね。優しい子なんだけど、虫の居どころが悪かったのね」

李明淑はしきりに知美を弁護するのだった。

そしてあらたまった口調で、

「マスター、お願いします。マスターが引き受けてくれると、知美の気持も変ると思います。知美は小学二年生のとき、航空事故で両親を亡くし、それ以来、子供のいなかったわたしと夫は知美を自分の子供のように育ててきました。多少過保護に育てましたが、自立心の強い、素直で真っ直ぐな性格です。亡くなった夫は、わたしに財産と知美の将来を託しました。わたしは何よりも知美が早く結婚して子供に恵まれ幸せになることを願っていました。ですから、わたしは知美に十回以上、見合いをさせましたが、すべて断ることになりました。自分の相手は自分で探すというのです。そしてマスターに出会ってから、知美の様子は少し変りました。知美がマスターに好意を寄せているのは明らかです。わたしは知美の気持を尊重してあげたいのです」

まるで知美を差し出すような話に学英は困惑した。

「李さん、なにもそこまで言うことないわ。知美さんなら引く手あまたよ。知美さんはガクにはもったいないと思う。だってガクは不良もいいとこよ。女好きで浪費家で、気が短くて、とりえといえば容姿ぐらいなものよ。見た目は恰好いいから、女は騙されるの。知美さんもたぶんそうだと思うわ」

学英に直接話す内容と、李明淑に話す内容はまったく正反対である。相手を煽るタマゴのしたたかな策略だった。けなして褒めて、またけなす。いつもの手だと知りながら、学英は次第にタマゴの術策にはまっていくのだった。

「わかりました。明日、立ち会います。しかし、おれは何もわかりませんから、責任は取れないですよ」

学英はしぶしぶ諒承した。

「ありがとう。さっそくこれから弁護士と相談します。知美にも連絡して、必ず立ち会ってもらいます」

李明淑は涙せんばかりに喜んだ。

はたして学英が役員会に出席して山岸専務一派と対抗できるのか？

李明淑はさっそくその場で弁護士に電話した。

「もしもし、わたしです。これからわたしの部屋にきてもらえませんか。明日の役員会のことで相談があります」

電話を切った李明淑は、

「弁護士がきますので、わたしの部屋にきてもらえますか」

と学英に言った。

「いいですよ」

学英が頷くと、

「あたしも行っていいかしら」

とタマゴはあくまで見届けようとする。その目は好奇心に満ちていた。

「いいですよ」

李明淑はほほえんで見せた。

部屋にもどった李明淑がキッチンでお茶の用意をしているところへタマゴがきて、

「何か手伝いましょうか」

と気をきかせたが、

「いいです。リビングで待っていて下さい」

とタマゴをキッチンから追い払った。

十分後に神田洋一弁護士がやってきた。神田弁護士の住まいは一ノ橋近辺だった。メガネを掛けた五十過ぎの四角い顔をした男だった。背の低いずんぐり体形の神田弁護士は、ソファに座っている学英とタマゴを不可解そうに見た。

「家でくつろいでいるところをすみません。明日の役員会で李学英さんに協力してもらうことになりました。李学英さんはこのビルの一階の『サンタ・マリア』の経営者です」

李明淑から学英とタマゴを紹介された神田弁護士は名刺を出して挨拶した。そして李明淑の話を聞いていた神田弁護士は顔色を変えて、

「無謀です。無理です。知美さんなら会社の株を二十五パーセント持ってますから法的にも合理性がありますが、会社と何の関係もない第三者が、いきなりあなたの全株を所有するなんてことはできません」

と表情を曇らせて言った。

「そこをなんとかして下さい。あなたは夫が生きていたころからの優秀な弁護士でしょ。横

暴な山岸専務に会社を乗っ取られるくらいなら、わたしの株を慈善団体に寄附した方がましです。でも知美のことを考えると、そうもいきません。わたしはなんとしてでも李学英さんを社長にすえたいのです。知美のためにも……」

李明淑の口を突いて出た、知美のためにもという言葉に、

「知美さんのためにも？」

と弁護士は不審な顔をした。

「知美さんはガクが好きなんです。山岸専務は知美さんを自分の息子の嫁にしようと企んでるのよ。わかる？」

例によってタマゴが出しゃばるので、

「余計なこと言うんじゃねえ」

と学英は迷惑そうに言った。

神田弁護士は山岸専務の野心を知っていたし、これまでたびたび李明淑に忠告してきたのだが、病気がちの李明淑には山岸専務と対抗するだけの気力が失せていた。かといって知美は「三栄不動産」の社長につく気はなく、李明淑はなるようにしかならないだろうと半ば諦めていたのだった。それが突然、どこの馬の骨かわからぬ李学英という男にすべての株を譲渡して社長にするというのだから神田弁護士は驚かされた。

「いくらで譲渡するんですか」

神田弁護士は訊いた。

「無償で譲渡します」

「無償で……？　そんな馬鹿な！　頭がおかしくなったんじゃないですか。三百億の資産を見ず知らずの男にあげるなんて？　常識では考えられません」

神田弁護士はあからさまに学英を指差して言った。

「見ず知らずの男じゃありません。知美が好きになった男性です。わたしの眼鏡にかなった人物です」

李明淑は反論した。

「あきれてものが言えない」

疫病神にでもとり憑かれたような李明淑の態度に、手のほどこしようがないといった感じで神田弁護士は肩をすぼめた。

「お願い、なんとかして。わたしの気持は変らない」

李明淑に懇願されて神田弁護士は考え込んだ。

学英は黙っていた。降って湧いたような話に学英はなりゆきを見守っていた。ある意味で面白がっていた。大金持の年老いた女の孤独な内面をかい間見て不思議な気がしたのだった。

知美には好意をいだいていたが、いまの段階でアプローチするのは少し早すぎると思っていた。今西沙織のこともある。今西沙織との苦い経験はいまだに尾を引いているのだった。忘れられないからではない。落ちぶれたヤク中のシンガーソングライターに学英を裏切って最後までついて行った女の不可思議さが理解できないのである。寝てしまえば女はみな同じと思っていた学英の考えを根底からくつがえすものであった。知美を抱こうと思えば抱けるのだが、いまの学英には、それができないのだった。

「わかりました。とりあえず明日の役員会の様子を見ましょう。あと二人、腕のいい弁護士と会計士を連れて行きます。あなたは黙っていて下さい」

李明淑に話していた神田弁護士は学英に対して黙っているよう指示した。

「おれは何も知らない。だから話すことなんか何もねえ」

巻舌で喋る学英を神田弁護士は怪しげに見つめて、

「敬語で話して下さい」

と注文をつけた。

「だからおれは話すことはねえと言ってるだろう」

と学英は反発した。

「気になさらないで。学英さんは、こういうサッパリした人なの」

李明淑はにこやかに言った。

神田弁護士は溜め息をついて、

「それじゃ明日、午前九時にここへきます」

と言って腰を上げた。

神田弁護士が帰ったあと、李明淑は電話で知美を説得していた。

「お願い、わたしの言うことを聞いてちょうだい。明日はあなたにとっても重要でしょ。あなたがいないと山岸の思う壺よ。感情的にならないで、冷静になってちょうだい」

「感情的になってるのは叔母さんの方でしょ。学英さんと結婚させようとして」

「あなたは学英さんが嫌いなの」

「嫌いとは言ってないわ。結婚は考えてないってことよ」

「だから、それはそれ、これはこれ、明日は必ず出席してちょうだい」

そう言って李明淑は電話を切った。

「知美さんはきますか？」

タマゴが不安そうに訊いた。

「くると思います。あの子は優しい子ですから」

口を真一文字に結んで黙っている学英を気にして、

「申しわけありませんが、学英さんも明日午前九時にこの部屋にきて下さい。お願いします」

と頭を下げた。

すべての株を譲渡しようとしている李明淑が学英に頭を下げるのもおかしな話である。

「あたしもきていいですか？」

とタマゴが言った。

「もちろんですわ。あなたもぜひいらして下さい」

李明淑が歓迎するとタマゴは嬉しそうに、

「ありがとう」

とほほえんだ。

「サンタ・マリア」にもどった学英はカウンターの隅のとまり木に腰掛け、ビールを一杯あおった。

隣のとまり木に座ったタマゴが、

「不機嫌そうね」

と学英の顔色をうかがった。

「どうしておれに株を譲ろうとしているのかよくわからねえ。何か裏があるにちがいねえ」

当然の疑問だった。

「裏があろうとなかろうと株をあげるっていうんだから、もらっちまいなよ。臆病風を吹かしてるの？」

「そうじゃねえ。だが、考えてみろ。おかしいと思わないか。あの弁護士の言うように、見ず知らずのおれに三百億の資産を譲るっていうのは、どう考えてもおかしい。何か魂胆があるはずだ」

「そんなこと、どうだっていいじゃん。あたしだったら譲渡された株をすぐに『三栄不動産』に売って、そのお金で豪邸を建てて別荘や宝石類を買って、世界一周旅行をして、ニューヨークやパリやミラノにも家を買って贅沢に暮らすわ。ガクとテツにもお小遣いをあげる」

つまり株を譲渡されたときは、自分にもおすそわけをくれと暗にほのめかしていた。

「そんなことより、テツのことでも心配してろ」

学英に言われて、

「あんな奴、女にくれてやる！」

とビールを飲み、タマゴは急に泣きだした。

ステージが始まった。店は満席になっている。声量豊かなキャサリンが感情を込めてブルースを歌っている。その歌声にタマゴはいっそう泣くのだった。

「泣くなよ。みっともねえだろう」

客から見ると学英がタマゴを泣かせているように見える。

泣き止んだタマゴはバッグからハンカチを取り出し、涙をぬぐいながら、

「あたしさ、希美子を連れてニューヨークに行こうかと考えてるの。ニューヨークにいる友達と電話で話してたら、ニューヨークにこないかって言われた。あたしはまだ若いし、ニューヨークに行ってひと旗揚げられるかもしれない。狭い日本にいて、うだうだしてるより、ニューヨークでパーッと開放的な生活を送るのも悪くないと思うわ。ニューヨークで暮らせば、希美子の英語も上達するし、将来は国際人になれるのよ。日本にいると国際人になれないのよね。日本人って、どうしても内向きだから。あたしって、日本では変な目で見られて、通用しないのよ。わかる?」

確かにタマゴのファッションは日本人の感性には馴染みにくい。突飛で、派手で、破天荒で、発想や色彩感覚がちがう。日本にはタマゴの個性を生かせる場所があまりないのだ。知美のアパレル会社に勤めているが、そこもタマゴの個性を発揮できる場所とはいい難い。

「好きなように生きるさ。おれは在日コリアンだけどよ、その前におれはおれなんだ。おれは自前で生きてる。誰にも文句は言わせねえ」

タマゴに同調しているわけではないが、在日コリアンとしての自負心は自前で生きていることだった。

「テツとガクは昔から自前で生きてる。だけど何かというと在日にこだわるでしょ」

「それは日本の社会が、おれたちに在日コリアンだってことを否応なしに意識させるからだ。おれたちは四六時中、在日コリアンだってことを意識してるわけじゃねえ。おまえだってそうだ。否応なしにニューハーフだってことを意識させられるんだ。おれもおまえも生きる権利はある。おれは税金もたっぷり払ってる。おれたちの生きる権利を奪おうとする奴とは、とことん戦うぜ。容赦しねえ」

学英は感情を高ぶらせて言った。

「差別って、小心者が自分を強く見せるための欺瞞《ぎまん》だと思う。差別をするのは一番卑劣な人間よ。お店で働いていたとき、そういう人間をいやというほど見てきた。おまえにはチンポコがないんだろう、どうなってるのか、ちょっと見せてくれだとか、おまえは日本人じゃない、日本人にはおまえのような片輪はいないんだ、おまえはフィリピン人かタイ人だろうって言うの。だから言ってやったの。あたしとやってみる、女よりいいわよって。そしたらその客が、タダならやってもいいってぬかすの。差別する人間は卑しいのよ」

タマゴは喋りながら、一人の白人男性の視線を意識していた。

そしてビールを飲み、

「今夜、あの男と寝ようかな……」

と言ってとまり木を離れ、白人男性の席に近づいていった。

学英は止めなかった。止めたところでタマゴは男と寝るだろうと思った。客の中には学英に色目を使う女もいる。学英の傍を通りながら何くわぬ顔で上衣のポケットに携帯番号をそっと忍ばせる女もいる。酔った女がダンスをしてほしいと言って学英にしなだれ、脚と体をよじらせてよがり声を上げることもある。以前なら学英は、そういう女をすぐホテルに連れ込んだが、「サンタ・マリア」を経営してから、そういう女との遊びに興味を失くしていた。脳裏のどこかに知美のことがあったからだ。知美の好意を感じながら、他の女と寝ることに抵抗があった。

白人男性の席でワインを一杯ご馳走になったタマゴがカウンターにもどってきた。

「あたしのことを男だと思ったらしいわ。あたしは女より女なのに」

タマゴが拒否されるのは珍しいことであった。タマゴは煙草の煙を輪にして目で追いながら、

「寂しいなあ、人生って……」

といつになくわびしげな声で呟《つぶや》き、

「希美子が待ってるから帰る」

と足元をふらつかせて店を出て行った。

翌日の午前九時に学英は李明淑の部屋に赴いた。

「朝早くからごめんなさいね」

ドアを開けた李明淑が学英を迎えた。部屋に入ってみると、すでに神田弁護士と加川弁護士、白井会計士、そしてソファにタマゴが座っていた。

「早いな、もうきてたのか」

李明淑からすすめられた椅子に腰を下ろして学英はタマゴに言った。

「遅れたら李さんに申しわけないでしょ。だから朝早く目が醒めて、それから眠れなかったのよ」

そういえばタマゴの目が寝不足のようだった。たぶん二日酔いが残っているにちがいない。

役者はそろったが肝心の知美がいない。

「知美さんはくるんですか？」

タマゴが李明淑に訊いた。

「くると思います。昨夜遅くまで説得しましたから」

そう言いながら李明淑は腕時計を何度も見て落着かない様子だった。

時計の針は九時十分を指している。九時半までに役員会に出席しなければ山岸一派は会議を開いて社長交替を決議するだろう。待ちきれなくなった李明淑が知美の携帯に電話を掛けるとベルが鳴った。そしてそのベルの音がドアの外から聞こえてくるのだった。

ドアを開けて携帯電話を持った知美が部屋に入ってきた。

「遅いから電話したのよ」

知美の姿を見た李明淑は、ほっとした表情で言った。

「遅れてすみません。さあ、急ぎましょ」

遅れてきた知美はみんなを急がせた。

「ちょっと待って下さい。その前に、みんなの意思の統一をしておかないと、相手の質問に答えられないです」

ことを急ごうとする知美を神田弁護士が制した。

「相手の質問には一切答えません。山岸専務の社長就任には絶対反対し、学英さんを社長に就任させます。叔母とわたしに反対する役員は辞めてもらいます」

知美が強く言った。李明淑と知美の株を合わせると五十五パーセントである。大株主の二人に誰も反対できないはずであった。

「問題は不正経理です。山岸専務と役員は不正な経理で会社の利益を隠匿していますが、追い詰められると自ら不正経理を暴露して社長の責任を問いかねません。会社の最高責任者である社長には不正経理を見逃していた責任があるのです。肉を切らせて骨を断つ。山岸専務は自らの不正を認めて監督不行届であった社長の責任を問い、自爆して、あと釜に自分の息子を社長に就任させようと考えているかもしれません。そうなると裁判になります。裁判になれば不動産取引に影響が出るのは必至です。そうなれば会社は赤字になり、社長や知美さんも株の一部を手放さざるを得なくなるかもしれません。その株を山岸専務は第三者に買わせて、自分が筆頭株主になろうとするでしょう。山岸専務は、それくらいのことをやりかねない男です」

まるで推理小説のような神田弁護士の推測に李明淑は動揺したが、

「山岸がどんな手を使ってきても、わたしたちが毅然とした態度をとれば、彼は何もできないはずです。その点をわたしは学英さんに期待しています。学英さんならできると思います」

知美は学英に期待を寄せていた。

「おれにできるかどうかわからないけど、とにかくおれは黙って相手に圧力を掛けてりゃいいんだろう」

知美の期待している意味とはかなりちがった意味にとらえて、学英は腕を組み、胸を張った。

「そうよ、ガクはどすをきかせてりゃいいのよ」

すぐ調子に乗るタマゴも知美の言うことをはきちがえていた。

議論している時間はない。一同は席を立ち、二台の車で三軒茶屋にある「三栄不動産」の事務所に向かった。二四六号の渋滞に巻き込まれて誰もがじりじりしていた。

腕時計を見た李明淑が、

「もう九時半だわ。役員会は終ってるかもしれない」

と焦った声で言った。

「大丈夫よ。役員会が終っていたら、株主総会を開くわ。わたしたちには、その権限があるから」

強気の知美の表情にいつしか闘志がみなぎっていた。その表情が色っぽかったので、学英は「いい女だ」と独りごちだ。

「何か言った?」

助手席に座っていた知美は敏感に反応して後部座席の学英を振り返った。

「闘志を燃やしているときの女は、色っぽいと言ったんだ」

どこか茶化しているようなニュアンスに、

「失礼しちゃうわ。わたしは真剣なの。あなたは他人《ひと》ごとでしょうけど」

と学英を突き放した。

「それはそうだ。おれはわけがわかんないんだからよ。真剣になれったって無理だぜ」

売り言葉に買い言葉はエスカレートしていく。

「あなたは女をもてあそぶのが好きなのね」

知美は決めつけるように言った。

「おれがいつ女をもてあそんだ。人ぎきの悪いことを言うんじゃねえ」

「現にわたしをもてあそんでるでしょ」

「おい、おい、ちょっと待ってくれ。おれがいつおまえをもてあそんだ。勘ちがいにもほどがある。車を停めてくれ。おれは降りるぜ」

腰を上げかけた学英に、

「二人ともいい加減にしなさいよ。こんなときに、どうして口論するのよ」

とタマゴはうんざりした。

「三栄不動産」の事務所に着いたのは十時を過ぎていた。二台の車から降りた七人は足早《ばや》に会議室のある二階へ駆け上がった。社員たちが何ごとかと七人を見送っている。

二階に上がると会議室のドアの前に二人の男性社員が李明淑と知美を阻止しようとした。

「わたしは社長です」

二人の社員は最近入社したらしく社長の李明淑を知らなかったのだ。

会議室に入ると紫煙がこもっていた。李明淑は三つの窓を開け、空気を入れ替えた。そして長方形のテーブルの中央に座っている山岸専務に、

「ここはわたしの席です」

と言った。

山岸専務は、しかし動こうとしなかった。

「遅かったじゃないですか。役員会は終りましたよ」

灰皿に火の点いた煙草があるのに、山岸専務は新しい煙草に火を点けた。

「わたしども役員五名は加藤明淑《あきとし》社長を解任し、山岸専務を新社長に選びました。したがって、あなたには役職がありません」

柳瀬役員の言葉に山岸は満面の笑みを浮かべた。

「そうですか。それではこれから株主総会を開きます。加藤知美さん、異議ありませんか」

李明淑は二十五パーセントの株を所有している知美の意見を訊いた。

「異議ありません」

知美は厳しい表情で答えた。

李明淑以下七名が空いている椅子に座って山岸一派と対峙した。山岸一派には五名の役員以外に見知らぬ男が二人座っている。その二人の男の視線と学英の視線が出合った。学英は直感的に素人ではないと思った。鋭い目と椅子の背もたれに体を少しずらして座って煙草をふかしている態度は極道特有のものだった。

「御託を並べるんじゃねえ！　役員が全員一致で決めたんだ！　株主総会が聞いてあきれるぜ！　能なしババアのくせに！」

一人の男がいきなり片脚をテーブルの上に投げ出してわめいた。

「あなたは誰ですか」

李明淑は男の身分を質した。

「おれは株主の一人だ。文句あるのか！」

男がいきりたって李明淑を睨んだ。

その嗜虐的《しぎやくてき》な目に李明淑は怯えた。

「株主の一人だって？　何株持ってんだ。一株か、二株か、どうせ山岸に雇われた極道じゃねえのか」

学英も片脚をテーブルの上に投げ出し、煙草をふかしながら挑発的な態度で言った。

「なんだと、てめえ、舐めやがって！」

立ち上がった男に、

「あんたはどこの組の者なの。組長と話をつけてやるから!」

とタマゴも立ち上がって言った。

「関係のない奴は黙れ!」

山岸はタマゴを指差して怒鳴った。

「そこの二人の男も関係ないでしょ。極道なんか呼んだりして。汚い手を使うんじゃないわよ」

タマゴも負けてはいなかった。

一触即発の雰囲気だった。知美が顔をこわばらせ、金縛りになっている。いきなり男が灰皿をタマゴに投げつけた。敏捷《びんしょう》なタマゴは体をかわして灰皿を避けた。

「表に出ろ。けりをつけようぜ」

学英がすっくと立ち上がり、先に歩くと、二人の男も学英のあとに続いた。

会議室は静まり返り、異様な雰囲気に包まれた。知美の胸は張り裂けそうになり、学英の無事を祈らずにはいられなかった。車の中で学英を非難したことを後悔した。

「大丈夫、ガクは喧嘩に慣れてるから」

青ざめている知美をなだめるようにタマゴは言った。

「でも刺されたらどうするの。死ぬかもしれないでしょ」

知美の声が震えている。

「いままで何回も刺されたことあるのよ。だからちょっと刺されたくらいでは死なないわよ。慣れてるのよ」

「慣れてるって、そんな……」

知美は絶句した。

李明淑はこうなることがわかっていたかのように平静だった。山岸は腕組みをして口をへの字に曲げている。誰も動こうとしなかった。学英と二人の男との決着を待っていた。

やがて会議室のドアが開き、学英が入ってきた。

14

服装の乱れもなく、無傷でもどってきた学英は席に着き、鋭い目で山岸専務を睨んだ。学英は蒼白い顔をしていた。内面にこもっている怒りが研《と》ぎ澄まされた刃物のように光っていた。触れると切れそうな感じがする。全身にみなぎる殺気に居合わせた者たちは圧倒された。

「極道を使うとどうなるか知ってるだろうな。てめえもただじゃあすまねえ。覚悟はできてるのか。戦争になれば体を張ることになる。そのときは、てめえの命をもらいにいく。舐めるんじゃねえ！」

学英がテーブルを叩いて声を張り上げると、山岸専務は体をびくつかせて震えた。

「あの二人はわれわれと関係ない」

山岸専務はしどろもどろに弁明した。

「じゃあ、どうしてこの席にいるの」

タマゴが問い詰める。

「勝手についてきたんだ」

苦しい弁明をしている山岸専務の顔にうっすらと汗がにじんでいた。

「嘘おっしゃい！　勝手についてくるわけないでしょ。あたしたちを脅すために、あなたが頼んだんでしょ。新宿では極道もガクとテツを避けて通るのよ。新宿でガクとテツの名前を知らない者はモグリなんだから。いまの二人は下っ端のチンピラでしょ。幹部だったら、ガクとテツを知らないはずがないわよ」

タマゴは得意げに、そして山岸専務の無知をなじるように言った。

山岸派の役員たちは黙っている。黙っているが、その表情には譲る気配はない。

「あくまで押し通そうってんだな。受けて立ってやる。首を洗って待ってろ」

学英は、宣戦布告した。

思いもよらない反撃に怯えていた山岸専務は気をとり直して席を立ち、

「あんたも極道を連れてくるとはたいした度胸だ。わたしにも考えがある」

と李明淑を睨みつけた。

「二日後の午前十時に株主総会を開きます。その場で社長以下、役員を交替します。あなたは馘です」

李明淑の替りに知美が言ってのけた。

「可愛い顔して、怖い女だ。あとで吠《ほ》え面《づら》かくなよ」

学英は部屋を出ようとする山岸専務に、

「これをあいつらに返しておけ」

とナイフを一本、山岸専務の足元に投げた。だが、山岸専務は無視して部屋を出て行った。

「胸がすーっとしたわ。どこもけがはなかった？」

李明淑は学英の体を目で点検した。

「血が……」

知美はバッグからハンカチを取り出して学英の唇の端ににじんでいる血を拭《ふ》いた。

「ありがとう」

と言って学英は知美の手をそっと握った。

「まるで恋人みたい」

タマゴが囃《はや》したてるように言う。

知美は顔を赤らめ、思い出したように床に落ちているナイフを拾った。

「そんなぶっそうな物は、どこかに捨ててくれ」

と学英が言った。

「このナイフで刺されたらどうするの」

知美は顔をこわばらせた。

「大丈夫、ガクは何回も刺されたことがあるのよ。テツも匕首《あいくち》でお腹を刺されたり、背中に銃弾を三発撃ち込まれたけど死ななかった。二人は不死身なのよ」

タマゴは学英にかこつけて、しきりに鉄治に言い及ぶのだった。鉄治をけなしておきながら、鉄治に対するタマゴの思いは依然として強いのである。

「でも死ぬことだってあるわ」

知美が心配そうに言う。

「相手の気力に呑み込まれると殺《や》られるんだ。どんなときでも後ろ向きになると負ける」

かつての自分を振り返り、学英はあらためて自らの気力を奮い立たせた。山岸専務がこのまま引き下がるとは思えなかったからだ。必ず反撃してくるだろう。

「山岸専務はこのままで引き下がるような奴じゃない。必ずつぎの手を打ってくるはずだ」

李明淑が恐れていたのもそのことである。つぎはどういう卑劣な手段を講じてくるのかわからない。そしてどう対処すべきかが李明淑にはわからなかった。

「とにかく株主総会を開いて法的な手段で対抗するしかないわ」

不安を隠しきれない知美は、あくまで合法的な手段に訴えることを主張した。

「それで収まればいいが、奴はそんなことで指をくわえてるような人間じゃない。汚い手を使ってくるにちがいない」

これまでの経験から、山岸のような男は決して諦めたりはしないことを学英は知っていた。

「汚い手って、どんな手ですか？」

知美には想像できない世界だった。

「たとえば、ひっきりなしに脅迫電話を掛けてきたり、毎日尾行したり監視したり、銃弾やカッターナイフを送りつけたり、ときには人間の指や犬猫の死体を送ってきたりすることもあるかもしれない。精神的にも肉体的にも耐えられなくなるだろう」

学英の話に、

「そんな恐ろしいこと……警察に連絡します」

と知美は顔をこわばらせて言った。

「奴らは警察に捕まるようなへまはしない」

「じゃあ、どうすればいいんですか。あなたの話を聞いていると、どうすることもできないじゃないですか」

実際、学英自身、どうすればいいのか判断しかねていた。やっかいな問題に首を突っ込んでしまったといささか後悔していた。だが、ここで李明淑と知美を見放すわけにはいかなかった。

「奴はおれにも圧力を掛けてくるはずだ」

学英はそれを待っていた。そのときが勝負だった。

「何があっても気持を強く持つことだ。動揺して隙をつくると、そこをつけ込まれる」

すでに動揺している李明淑と知美に学英は念を押した。

「殺されはしない。殺すと元も子もなくなるからだ。しかし、気をつけることだ。誘拐される可能性はある」

ただでさえ怯えている李明淑と知美は、殺されないとか、誘拐されるかもしれないとか、ぶっそうな言葉にショックを受けた。

「かたがつくまで、ボディガードをつけた方がいい。サッカー部にいたテツの後輩が何人かいる。そいつらに頼んでみる。少し高くつくが身の安全のためだ」

「もちろんお金は払います。でも、こんなことがいつまで続くのですか」

李明淑は、事態は自分の予想をはるかに超えていて、収拾がつかなくなるのではないかと恐れた。

「いつまで続くかわからない。おれも早く終らせたい」

そう言って席を立って部屋を出た学英のあとを追ってきた知美が、

「ご迷惑をお掛けしてすみません」

としおらしく礼を述べた。

「そのうち、二人で楽しいことやろうや」

学英がニヤリと笑った。

楽しいことって何だろうと知美は想像をめぐらせていたが、その意味に気付いて、

「いけすかない奴！」

と学英の後ろ姿に罵声を浴びせた。

午前零時に学英はタマゴと一緒に「龍門」を訪ねた。店内は水商売関係のホステスや客で混んでいたが、白崎マネージャーが気をきかせて二人を空いている席に案内した。鉄治の女の兄でもあるマネージャーにタマゴは嫌悪をむき出しにして、

「テツはいないの？」

と訊いた。

「まだお見えになっていません」

マネージャーは鄭重《ていちょう》に答えた。

二人が座るとマネージャーの指示で女性従業員がすぐにおしぼりとお茶を運んできた。

「結構、混んでるわね」

タマゴはお茶をひと口すすり、ミニスカートから伸びているスマートな脚を組んだ。

ビールと前菜料理が運ばれてきた。

「遅いわね。樹里とホテルにしけ込んでるのかしら」

タマゴの目に嫉妬の色が浮かんだ。

「かもな。いまさら妬いたってしょうがねえだろう」

学英は他人ごとのように言った。

「妬いてなんかいないわよ。こんな店に長くいたくないだけよ。話を早く切り上げてね」

タマゴは樹里と会いたくないのだった。

だが、間もなく鉄治と樹里が店に入ってきた。マネージャーが鉄治に耳打ちして、学英とタマゴの席を指差した。遠目にも樹里の顔色が変るのがわかった。樹里は奥の席に向かい、鉄治が学英とタマゴの席にきた。タマゴがそっぽを向いている。

「何か用か？」

　席に着くなり鉄治が言った。

「たまにきたっていいでしょ。何よ、その言い方」

　他人行儀な鉄治の態度にタマゴが嚙みついた。

「ちょっと頼みがある。サッカー部にいた後輩を三人ほどよこしてくれ」

　民族学校の高校時代、鉄治は「弾丸」とまで言われた名フォワード選手だった。全国高校最強のサッカー部だった。後輩の中にはJリーグに引き抜かれた者もいる。鉄治もプロに転向したかったが、高校三年の頃にはすでに肥満の体を持てあまし、減量に失敗して諦めたのだった。

「情けない奴だ。本気でプロ選手になりたかったら、減量できたはずだ」

　と学英にさんざんこき下ろされていた。

　その学英からサッカー部の後輩を三人よこしてくれと頼まれた。

　事情を聞かされた鉄治はジョッキのビールを二、三口飲み、

「後輩らは仕事をやってる。おまえの話では当分、つき合わされることになりそうだ。仕事を長期間休んでまでつき合わされるからには、それなりの保証が必要だ」

と言った。もっともな要求だった。

「金は出す。一人につき三百万、場合によっては五百万出す」

もちろん李明淑と相談して決めた金額ではない。学英がその場で決めた金額である。

「かなりヤバい仕事になりそうだな」

何度も修羅場をくぐってきた鉄治は、そう直感した。

「ヤバいかもしれないが、すんなり収まるかもしれない。とにかく明日からでも頼みたい」

学英がこれほど熱心に頼みごとをするのは珍しいことであった。

「おまえは知美とかいう姐ちゃんと一発やったのか」

すぐ下世話な話を始める鉄治を軽蔑するように、

「やってないわよ」

とタマゴは言った。

「やってねえのか。一発もやらず、女のために奔走するとは、おまえらしくないぜ」

学英の変りようが鉄治には理解できないらしい。

「人は変るのよ。テツはいつまでたっても変らないけど。テツは人を愛したことないでしょ」

タマゴの言葉はとりもなおさず鉄治を愛しているという反語だった。

「ガクが知美とかいう女を愛しているっていうのか。冗談だろう。ガクが女を愛するわけねえよ。おれより人を愛したことがねえんだ」

「じゃあ、テツは誰かを愛したことがあるって言うの？　希美子はテツの娘なのよ。それなのに会おうともしない。あんなくだらない女にうつつをぬかして、貢いだりして、希美子には何一つしようとしない。あんな女は歌舞伎町にごろごろしてる。あの女はただの淫売よ」

　樹里を淫売よばわりされた鉄治は、

「黙れ！　おまえはいつも、そんな口のきき方をしておれを追い詰めるんだ！」

と怒鳴った。店の客の視線がいっせいに集まった。

　マネージャーが聞き耳を立てている。

「あたしを追い詰めているのは誰なのよ！　テツでしょ！　希美子とは絶対会わせない。テツは希美子の父親なんかじゃない。あたしの娘よ！」

　タマゴはいきなり立つと大股で奥にいる樹里の席に行き、樹里の頬を打擲した。強烈な平手打ちを喰らった樹里は「キャッ！」と悲鳴を上げて椅子から落ちた。

　素っ飛んできて制止しようとするマネージャーの手を振り切って、タマゴは店を出て行った。

「これだよ。たまんないぜ」

鉄治はジョッキのビールを飲みながら貧乏ゆすりをした。

「希美子をほったらかしにしてるおまえにも責任があるんだ」

第三者から見ても、鉄治は親権を放棄しているようなものだった。

「おまえには言われたくない」

鉄治は太鼓腹を突き出して吐息をついた。

翌日の夕方、鉄治から学英に電話が入った。三人のサッカー部の後輩を手配したという知らせだった。

「今夜八時に『サンタ・マリア』に行く。それからタマゴを『龍門』に連れてくるな」

鉄治は昨夜の騒動でこりたらしい。

「おれは連れて行っていない。タマゴは自分の意思で動くんだ。おれにはタマゴの行動を止めることはできない。それはおまえも知ってるはずだ」

タマゴの言動を止めることは誰にもできないのだった。それは鉄治もわかっていた。

午後八時に二十二、三歳になる三人の鉄治の後輩が「サンタ・マリア」に現れた。高永吉にカウンターの隅のとまり木に座っている学英の前に案内されてきた三人の若者は直立不動の姿勢で、

「オスッ！」

「オスッ！」

「オスッ！」

と気合の入った声で挨拶した。

民族学校における先輩と後輩の関係は絶対的である。

「ご苦労さん」

学英は三人の後輩を頼もしく思った。

そして学英は三人をテーブルに案内し、マネージャーの高永吉に飲み物を注文した。高永吉も三人の先輩にあたる。

ステージの時間だった。三人の後輩は贅沢な雰囲気に気後れしながらジャズに耳を傾けた。

「素晴しい店ですね」

後輩の一人、池成明が言った。

ビールが運ばれてきた。学英は三人にビールをつぎ、グラスをかかげてひと口飲むと、

「話はテツから聞いたと思うが、おれから説明する」

学英が説明すると、

「相手はヤーコ（ヤクザ）ですか」

と南奉順が闘志をむき出しにして言った。

「どこの組かわからないが、ヤーコも出てくる可能性はある。とにかく李明淑さんと知美さんをガードすることだ。もし戦争になったときは考える」

暴力団との抗争は避けたいのが学英の本音だった。しかし、山岸は暴力団を介入させるだろう。それがどういう結果をもたらすのか、山岸にはわかっていない、と学英は思った。

「そのときは、おれのオジキに頼みますよ」

金允洪は得意そうに言った。

金允洪の叔父は全国最大の組織暴力団Y組の大幹部だった。

「ことをあらだてたくない。できれば、おれたちだけで解決したい。暴力団同士が対立すると多くの血を見ることになる。本来の目的から大きく逸脱する。そうなれば、みんなは危険に身を晒すことになる」

学英は三人の後輩に自制を求めた。

「どのみち危険に身を晒すことになります。山岸とかいう野郎を締め上げてかたをつけた方が早いんじゃないですか」

南奉順はすぐにでもかたをつけようと意気込んでいる。

「勝手な真似は許さねえ。おれの命令に従うんだ。わかったか」

先輩の命令には逆らえないのが民族学校の掟《ルール》である。

「わかりました」

三人は異口同音に返事をした。

学英は李明淑と知美に電話を掛けた。そして三十分後に李明淑の部屋で落ち合うことにした。

三十分後、学英は三人の後輩をともなって李明淑の部屋に赴いた。

「ようこそ」

ドアを開けた李明淑は笑顔で四人を招き入れた。豪華な部屋に三人の後輩たちは目を見張っていた。

間もなく知美とタマゴがやってきた。

ソファに座っている三人の若者を見たタマゴは開口一番、

「逞しそうね。昔のテツとガクを思い出すわ」

と相好を崩した。

学英は李明淑をはじめ知美とタマゴを三人の後輩に紹介した。

「よろしく……」

タマゴはまるで食指を動かしたげな表情で体をよじって挨拶した。特に体格の大きい南奉順に色目を使っていた。どこか鉄治に似ている。三人の若者はかしこまっていたが、タマゴの熱い視線に南奉順は目のやり場に困っていた。

「楽にして下さいね」

硬くなっている三人の若者に李明淑は優しく言った。

「明日の午前十時に株主総会を開く。株主総会といっても李明淑さんと知美さんしかいない。相手はたぶんボイコットすると思う。だが、おまえたちは二人をガードしろ。もちろんおれも行く」

おれも行く、という学英に知美は意を強くしているようだった。

「あたしも行くわよ。知美さんから株主になってほしいと頼まれたの」

タマゴは胸を張った。

「役員を入れ替えますから、わたしの会社の役員を三人出席させます」

数合わせである。

「株主総会は別にどうってことない。問題はそのあとだ。いやがらせや無言電話や脅迫電話を掛けてくると思う。あるいは直接行動に出てくるかもしれない。奉順と允洪は李明淑さんを、成明は知美さんをガードしろ。かたがつくまで、朝十時から夜十時までガードしろ。家に帰っても携帯電話に出られるようにしておけ。手抜きをしたり油断すると、その隙を突かれる。相手は虎視眈々《こしたんたん》と狙っている。ぬかるんじゃねえぞ。そのかわり、おまえたちの報酬は月三百万円出す。一カ月続くか、二カ月続くか、それはわからねえ。できれば短期で決着したい。そのためには一歩も譲れねえんだ。一歩譲ると百歩譲るも同じだからな。わかったか」

学英は檄《げき》を飛ばした。

「わかりました」

三人の後輩たちはまた口をそろえて返事をした。

「頼もしいわね。これでわたしもひと安心だわ」

報酬は学英が単独で決めたが、李明淑は暗黙の諒承をした。

「これで決まりだ。奉順と允洪は、明日からおれの事務所で待機しろ。李明淑さんが出掛けるときは必ずガードするんだ。成明も同じだ。明日から知美さんの事務所で待機しろ」

学英の命令に、

「わかりました」

と三人の後輩は返事した。

「ねえ、わたしを一日中監視するつもり？」

と知美が言った。

「監視じゃない。ガードだ」

「わたしが外出すると、尾行するんでしょ」

「尾行じゃない。ガードだ」

知美のわがままに学英は声を荒らげた。

「知美、わがままを言わずに、学英さんの指示に従いなさい。学英さんは、わたしたちのためにわざわざ三人の後輩を呼んでくれたのよ。感謝しなくちゃ」

李明淑は知美を諭した。

「山岸って男は、相当なワルよ。顔に書いてあるわ。金のためなら、どんなことでもやりかねない人間よ。気をつけなくちゃ、何かが起こってからでは遅いのよ」

タマゴがなだめながら忠告した。

実際、金のためなら、どんなことでもやりかねない人間は世の中にごまんといる。タマゴはそれを知っているのだ。

叔母とタマゴに諭されて知美はガードを受け入れるしかなかった。

電話が鳴った。李明淑が受話器を取って、

「もしもし……」

と返事をしたが、相手は応答しない。

「もしもし、どちらさまですか？」

再三聞き返しても黙っている。

「もしもし、どちらさまですか？」

李明淑が声を上げると、電話を切られた。

「無言電話よ」

受話器をもどした李明淑は茫然とした。

脅迫が始まったのだ。学英が予想していた以上に早かった。

「早いな。焦っている証拠だ。これから毎日、数十回の無言電話が掛かってくるだろう。警察に通報しても、そう簡単に犯人は捕まらない。とにかくガードを固めることだ」

ガードをいやがっていた知美も学英の忠告が現実になったので青ざめていた。

翌日の午前十時に三軒茶屋の「三栄不動産」に学英をはじめ李明淑、知美、タマゴ、それに知美の会社の役員三人とボディガードとして三人の後輩が集まってきた。「三栄不動産」の従業員たちは何ごとかと騒然とした。

株主総会には山岸派の弁護士二人と会計士が出席していたが、山岸本人は出席していなかった。三人のボディガードは会議室の外で足をふんばって蟻一匹通すまいと見張っていた。

李明淑が議長になって株主総会の開会を宣言し、自分のすべての株を学英に譲渡する旨を伝えると、全員異議なしと答え、学英は社長に就任した。そして知美は専務、タマゴは常務になった。株主総会は十分で終了した。株主総会の結果を見届けた山岸派の弁護士と会計士はあわただしく会議室を出て行った。

会社の従業員七十二人が会議室に集められた。そして李明淑の口から、新しく就任した社長、専務、常務、二人の役員と監査役員が告げられた。寝耳に水の従業員は唖然としていた。

「山岸専務はどうなったのですか」

五十過ぎの田村営業部長が訊いた。

「馘です。今後、山岸が出社しても専務と呼ばないようにして下さい。山岸は『三栄不動産』と一切、関係ありません」

いつもの優しい気の弱い李明淑とは思えない気迫だった。

「今日からおれが社長に就任した。仕事はいつものように続けてくれ。人事は一週間以内に決める。会社に対して不平不満のある者は、おれに直接言ってくれ。相談に乗る」

自分のことを「おれ」と言ってはばからない学英の態度に従業員は強い違和感を覚えた。そして一週間以内に人事を決めると言う学英の言葉に、身に覚えのある者は震え上がった。これまでの多くの不正は山岸専務の独断専行によるものだが、それに従っていた者を一掃しようとしているのだ。

「これはクーデターだ！」

突然、田村部長は学英を指差して叫んだ。

「おだまり！　わたしは大株主なのよ。正々堂々と対決してます。不正を働いて会社を喰い物にしてきたのは、どこの誰なの。新しく就任した社長は、これから経理を徹底的に調査して、もし不正が見つかれば告訴します。覚悟しておきなさい！」

李明淑は田村部長を睨みつけた。

従業員の間にざわめきが起こった。

不正をしていたのは上層部だが、他の社員も見て見ぬ振りをしていたところがある。いわば山岸専務以下会社ぐるみの共犯関係だったといえなくもない。もちろん名ばかりの社長だった李明淑にも責任はあるのだった。身の置き所がなくなった田村部長は憤慨して会議室を出て行った。

「他に出て行く者はいないか！」

学英が圧力を掛けると、人事部長と総務課長と出納係長が席を蹴って出て行った。その他にも戸惑っている者が何人かいた。

「辞表を出したい奴はおれんとこへこい。弁解したかったら話は聞いてやる。気持を入れ替えて、今後会社に忠誠を誓う者は猶予を与える。そうでない者は容赦しねえ。おれのやり方はちょっとちがう。ただし成績のいい者は、それなりの報酬を出す」

集会が終って仕事にもどった社員たちの間に動揺がひろがった。

女性社員の一人が、

「まるでヤクザじゃない。こんな会社に勤めたくないわ」

と言った。

「でも、社長は若くてハンサムだし、独身かしら」

と興味を示す女性社員もいる。

だが、男性社員は憂鬱そうな表情をしていた。

「いつかこういう日がくると思ってたよ」

男性社員の一人が言った。

「田村部長がクーデターと言ってたが、ぼくもそう思う。新しく就任した社長は、どこの誰なんだ。李学英とか言ってたけど、中国人なのか」

別の男性社員が田村部長の発言に同調しながら新しい社長の身元に疑問を呈した。

突然の反乱劇に、社員の間で不安と疑問がひろがるのも無理はなかった。

株主総会を終えて李明淑の部屋にもどってきた一行は、これからの善後策について話し合った。

まず会社の帳簿をすべて管理して徹底的に調査することであった。その仕事は白井会計士一人では負担が大きすぎるので、学英と知美の会社の会計士に協力してもらうことにした。それから学英は明日から午前九時に出社しなければ社員にしめしがつかないという点で意見が一致した。

「おれはいままで午前中に起きたことがねえんだ。勘弁してくれよ」

学英にとってもっとも苦手な時間である。

「でも午後出社したんでは、社員にしめしがつかないでしょ。あれだけみんなの前で啖呵《たんか》を切ったんだからさ。朝早く起床して、朝食を食べると健康にいいわよ」

タマゴが面白がって言った。

「朝食なんか食ったことねえよ。第一、誰が朝食を作ってくれるんだ」

「知美が作ってくれるといいのよね」

タマゴは含み笑いを浮かべて知美を見た。

「わたしは料理なんか作ったことないわ。かりにできたとしても、毎朝、学英さんの部屋に行って料理を作るわけ？　そんなのできるわけないでしょ、結婚もしてないのに」

タマゴの荒唐無稽な話に知美は本気で怒っていた。

「それみろ。料理もできないのに結婚なんかできるわけねえよ」

学英は嫌味たっぷりに言った。

「いまどきの若い女の子は料理できないのよ。でも結婚してからお料理を勉強すればいいのよね、李さん」

タマゴは李明淑の反応を確かめるように見た。

「そうね、結婚してからお料理を勉強するのもいいけど、結婚する前にお料理を勉強しておくのもいいと思うわ」

李明淑はやんわりと牽制した。

15

社員に啖呵を切った手前、午前九時前には出社しなければならないはめに陥った学英は、遅くとも午前一時には就寝しようと思ったが、長年の生活習慣を簡単に変えられるはずもなく、午前一時を過ぎても学英の目はますます冴えてくるのだった。結局、就寝したのは午前五時である。サイドテーブルの目覚し時計を午前七時半にセットして眠りについたが、睡眠時間は二時間半しかない。だが、睡眠時間が二時間半しかないと思うと眠れないのだった。眠ろうとするが眠れない。何も考えまいとするとさまざまな雑念に悩まされる。この先どうなるのか？　どうなろうと、おれの知ったことかと思いながら、知美はおれと本気で結婚したいのだろうか、お嬢さん育ちのわがままで気の強い知美とやっていけるのだろうかと思ったりする。しかし、知美の純粋さには惹かれるものがある。守ってやりたいという男の見栄が働くのだった。それはとりもなおさず好意にほかならなかった。好意と恋との境目はグレーゾーンである。恋と愛との境目もグレーゾーンである。そして何かを契機にグレーゾーンが明確になることがある。

うつらうつらしながら眠りの底へ引きずり込まれそうになったとき目覚し時計が鳴った。はじめは小さな音だったが、しだいに大きくなってくる。現実と夢の間を彷徨していた学英は寝返りを打って目覚し時計を摑んでうっすらと瞼を開けた。時計の針は正確に七時半を指している。

「くそ！」

まだ体の中に残っているアルコールを払拭するようにベッドの上に起きて眠りの余韻にひたろうとしたが時間がなかった。

けだるい体を引きずって洗面所に行き、小便をすませて鏡の前に立って顔を見た。睡眠不足の目が赤く充血している。学英は歯を磨き、石鹼で洗顔したあと男性用の化粧水をつけ、ヘアトニックを髪にふりかけ、ドライヤーで髪形を整えた。スタイリストの学英は身だしなみに気を使い、何度も鏡をのぞいて確認した。それから冷蔵庫の牛乳を飲み、スペアミントを三粒口に入れた。スペアミントのさわやかな香りが口中にひろがった。起床してから四十分が過ぎている。

通りに出た学英はタクシーに乗って、

「三軒茶屋まで急いで行ってくれ」

と言った。

「さっき駒沢から二四六号を通ってきましたが、渋滞してました」

運転手は乗客の期待通りの時間に行けるかどうかわからないと言いたげだった。

「どの道を通ってもいいから、早く行ってくれ」

要するに運転手はメーター料金を気にしているのである。

甲州街道から幡ヶ谷を抜けて下北沢へ抜ける裏道がある。その道を選べば近道でもあり渋滞を避けられるはずであった。ところが運転手は山手通りを左折した。とたんに渋滞に巻き込まれた。学英はいらいらして文句の一つも言いたかったが我慢した。運転手は淡島通りから三茶通りに入った。「三栄不動産」に着いたのは九時五分前だった。

会社に入ると出社している社員はまばらだった。半数以上の社員がまだ出勤していなかった。

二階の社長室に行こうとする学英に女性社員が、

「あの、どちらさまでしょうか」

と訊くのである。

「どちらさまだと。おれはこの会社の社長だ。よく覚えとけ」

昨日、李明淑から紹介されたばかりの学英を女性社員は覚えていなかった。

「申しわけありません」

女性社員は赤面して謝った。

他の社員たちも学英をあまり覚えていない様子だった。混乱の中で突然、社長に就任した学英を社員たちは実感できなかったのかもしれない。

二階には総務課と会計課と設計課がある。学英が社長室に入ると、総務部長、経理課長、設計部長の三人が挨拶にきた。

「お早《は》ようございます」

三人は学英の前に並んで頭を下げた。いずれも五十歳前後だが緊張している。

そこへ李明淑が二人の会計士をともなって現れた。

「お早ようございます」

李明淑は社長になった学英をたてるように挨拶した。

社長の机の前に座っていた学英は、

「お早うございます」

と軽く会釈して、

「知美さんは……?」

と訊いた。

「知美は自分の会社が忙しくてこれないの」

李明淑は残念がっている学英の表情を見逃さなかった。そして「あとでくると言ってたわ」とつけ加えた。

ソファに座った李明淑は山野総務部長に七人の部課長を社長室にこさせるよう指示した。

だが、山野総務部長は、

「わたしども三人しか残っていません」

と言う。

「あとの四人は辞めたのね」

李明淑が訊くと、

「そうだと思います」

と山野総務部長は答えた。

「でも辞表を出してないわ。辞めるなら辞表を出すべきだと思うけど……」

李明淑は暗に雁首をそろえている三人の部課長の意思を確かめた。

すると三人は学英の前に進み出て、懐から辞表を取り出して提出した。

その辞表を読んだ学英は、

「今後、協力できないってことか」

と訊いた。

「あんたのような人間について行く気はない」

山野総務部長はふてぶてしい表情で開き直った。

「山岸のような悪党の手先になっていたくせに、よく言うぜ。おれを舐めるんじゃねえ。伊達や粋狂で体を張ってきたんじゃねえ。必ずおとしまえをつけてやる」

学英と李明淑は、いまさらのように山岸専務の影響力の根深さを思い知らされた。

踵《きびす》を返して部屋を出ようとする三人に李明淑は言った。

「帳簿を徹底的に調査します。もしあなたたちがかかわっていたことが判明すれば、刑事告発します。そのつもりで」

だが、山野総務部長は、

「どうぞ、ご勝手に」

とせせら笑うようにして部屋を出た。

「こうなったのもわたしの責任ね」

李明淑は自分を責めた。

「山岸の菌は社員全体に感染してる。社員の一人ひとりと面談して会社に残るのか辞めるのか確かめ、場合によっては全社員を入れ替える必要がある」

学英の大胆な考えに弱気の李明淑は同意せざるを得なかった。

その日から帳簿の調査と全社員との面談がはじまった。学英は一人ひとりの社員を社長室に呼び、会社に不満があるのかないのか、仕事の内容と山岸専務に対する評価を訊いた。そして驚いたことに社員の六割以上が山岸専務を評価していたのである。その理由は寛容だったということだった。仕事をミスしてもあまり責任を問われず、自由だったという。これには学英と李明淑は首をかしげた。裏で会社の不動産を売りさばき、その金を横領していながら、社員には鷹揚だったのだろう。そのことを追及すると、社員は口をつぐむのだった。ほとんどの社員は山岸専務の不正を知っていたと思われる。しかもその不正の恩恵を受けていたのだ。

一方、帳簿の調査は遅々として進まなかった。裏帳簿が見つからないためであった。帳簿を巧みに操作し、いくつかの物件の売買をもみ消していた。例えば世田谷の物件と練馬の物件を等価交換したあと、価値のある物件との差額を懐に入れていた。帳簿上は整合性を保っているが、実際は億単位の差額があったにちがいない。だが、それを証明できないのである。国税局のような強制力があれば別だが、強制力のない学英や李明淑たちには刑事告発以外に方法がなかった。刑事告発は最終手段であり、会社の存亡にかかわる。社長だった李明淑の責任が問われるのは必至であった。山岸専務がたかをくっているのもその点だった。二人の帳簿を調査すればするほど先が見えなくなり、泥沼に踏み込んでいくようだった。二人の会計士は頭をかかえてしまった。

「この世に、悪知恵にまさる知恵はないです」

白井会計士は匙《さじ》を投げた。

白井会計士の推計によると、この十年間で山岸専務が不正に取得した金額は約二十一億にのぼるとみられるが、それらの金額は赤字補塡に充当したかのように操作されていた。しかも物件の売買契約書や関係書類は三年ごとに破棄されていた。したがって物件売買の実体は不明であった。これらの不正に会社全体がかかわっていたとなれば、もはや手のほどこしようがなかった。

李明淑の家で打ち合わせをしているとき、学英はきり出した。

「この腐敗を何とかするには刑事告発しかない」

李明淑がうなだれた。

「でも、刑事告発すると、叔母さんも責任を問われるのよ。無傷ではすまないわ」

それはあまりにも理不尽すぎると知美は反対した。

「それじゃあ、どうすればいいんだ。みすみす山岸のような悪党を見逃すのか。二十一億もの金を、あいつらにくれてやるのか。それに会社をこのまま続けることはできない。会社に巣喰ってるどぶ鼠どもを一掃しない限り、同じことのくり返しになる。それより何より、許せねえんだ。おれも悪党だが、体を張ってきた。汚《きたね》え真似はしなかった」

学英は自分に正義感があるとは思っていないが、生理的に許せないのだった。

「くれてやるしかないでしょ。終ったことにして、新しく出直せばいいのよ」

事態の深刻さを理解していないタマゴは、ことなかれ主義で収拾できると思っている。

「山岸がこのまま引き下がるとは思えない。刑事告発しようとしまいと、何か手を打ってくるはずだ」

どういう手を打ってくるのか、それが予測できない。場合によっては暴力に訴えてくる可能性もある。

学英はいったん全社員を解雇し、新会社の経営方針に賛同する者を再雇用することにした。社員を一堂に集めて、そのことを説明すると会場は騒然となった。女性社員の中には泣き出す者もいた。

「みんなに配った書面には、新しい会社の経営方針が書いてある。それに賛同する者は再雇用する」

説明書の中には最重要問題として、旧経営陣の体質に、これまで実質的にも心情的にもかかわってこなかった者のみを再雇用の対象とする、と書いてあった。社員にとって、それは何を意味するのか漠然としていた。

女性社員を含めて数人の社員が社長室に押しかけてきて、自分たちは山岸専務や柳瀬役員と挨拶を交したことはあるが、話したことはないと訴えるのだった。またある社員は、山岸専務の経営方針に従って営業に全力を尽くしてきただけであり、何もやましいことをした覚えはないと訴えた。

「とにかく説明書を読んで、明日中におまえたちの意見を書いて提出してくれ。おれのやり方に不満のある者は、いますぐこの部屋から出て行け」

学英は押しかけてきた社員にドアを指差して断固とした決意を示した。社員たちは学英の気迫に圧倒された。

翌日の午前中までに全社員の書面が提出された。いろいろな意見が書かれてあったが、中には、どんなことがあっても最後まで残りますと書かれた書面もあった。学英は苦笑した。

審査の結果、再雇用したのは七十人中、十八人であった。リストラした五十二人には退職金を支払うことで妥協をみたが、リストラした人数を新規採用しなければならなかった。不動産業界の内実をあまり知らない学英は、模索しながら会社再建に挑むほかなかった。おかげでほとんど毎日、社員が帰ったあとも一人残って、午後十時頃まで仕事をしていた。そして仕事が終ったあと「サンタ・マリア」に寄って一時間ほど飲んで帰宅していた。

「あんなガクを見るのははじめて。可哀相なくらい」

「サンタ・マリア」で知美と一緒に飲んでいたタマゴが言った。

「そうね、学英さんって、義理堅いのね」

知美は数日会っていない学英を偲《しの》ぶように言うのだった。

「ガクがどうしてあんなに頑張るのかというと、あたしの考えでは、知美のためだと思う」

タマゴの意外な言葉に、

「えっ、そんなこと、あり得ない」

と知美は驚いた。

「だってそれ以外に考えられないもの。株を譲渡されると莫大な税金を取られるから、ガクは拒否してるでしょ。お金のためじゃないとしたら、知美のためなのよ」

「それって、わたしを愛してるってこと？」

「そうに決まってるじゃない」

揺れ動く知美の女心を煽るようにタマゴは嫉妬深い目で見た。

「信じられない。学英さんの好きなタイプはわたしじゃなくて、別のタイプよ」

「じゃあ、知美さんの好きなタイプはガクじゃなくて、別のタイプの男なの？」

「学英さんはわたしを愛してるなんて思えない」

「そうかしら。あたしにはそう見えないけど。男って本心を明かさないのよ。特にガクのようなマッチョは、自分から愛してるなんて言わないわよ。その前に抱きたいのよ。抱いてから、おまえが好きだ、なんて口走るのよ」

「つまり、わたしに体を許せってこと」

「そんなこと言ってないわ。でもガクが要求してきたら、どうするつもり？」

「そんなこと、許せるわけないでしょ。あなたも所詮、男なのね。男の論理よ」

「あたしは女よ。だから男を知ってるの」

知美はタマゴの論理に承服しかねた。しかし、もし学英に体を要求されると拒否できないもう一人の自分がいるのを知っていた。心の奥では学英に抱かれたいと思っていたのだ。その心の奥の秘密をタマゴに見破られている気がした。

二日後の日曜日、学英は久しぶりに午後六時ごろに「サンタ・マリア」に顔を出して従業員とミーティングをしたあとカウンターの隅で飲んでいた。そのとき三人の男が入ってきた。

学英は無意識に敏感に反応した。屈強な二人の男をしたがえて店に入ってきたのは高奉桂だった。高奉桂の全身からただならぬ殺気が漂っている。その気配を学英は察知したのだ。カウンターの隅でビールを飲んでいる学英をいち早く認めた高奉桂は、

「久しぶりだな」

と言って近づくと手を差し延べて握手を求めた。学英はとまり木に座ったまま握手した。学英の横のとまり木に座った高奉桂はビールを注文したが、二人の屈強な男は立っていた。明らかに学英を威圧していた。

「二人も座ったらどうだ」

と学英が言った。

レジにいた高永吉とロビーにいる金倫成が緊張した。

高奉桂が立っている二人の男に座るよう目で合図すると、二人の男はとまり木に腰を下ろしたが、学英の一挙手一投足を見逃すまいとしていた。

「大変らしいな。毎日、夜十時ごろまで一人残って仕事をしているらしいじゃないか」

唇に不気味な笑みを浮かべて高奉桂はビールを飲んだ。

「乗っちまった船なんだ。途中で降りることもできないっしょ」

学英は冗談めかして言った。

「降りようと思えば、いつでも降りられるぜ」

入口のドアを開けて李明淑と知美とタマゴが入ってきた。時間のない学英と打ち合わせをするために来店したのだ。

ほとんど客のいない店内の張り詰めた空気に三人は戸惑いながら窓際のテーブルに着いて、カウンターの隅にいる学英と三人の男を見やった。

「あの男は高奉桂よ」

タマゴが声をひそめて言った。

「高奉桂って？」

知美が訊き返した。

「あくどい闇金のボスよ」

「闇金ですって……」

李明淑がおそるおそる高奉桂の横顔を見た。

少し痩せている浅黒い顔の骨格と窪《くぼ》んだ眼窩《がんか》が学英を脅迫しているように映った。

「どうして闇金の人間が店に……」

と知美が不審がった。

「ガクは隠してるけど、この店を開店するときに、あの男からお金を借りたのよ」

「お金を……いくらくらい借りてるの」

李明淑が訊いた。

「はっきりはわからないけど、一億五千万くらい」

「一億五千万……」

とまり木に座っている高奉桂がゆっくり振り返ってテーブルにいる李明淑を恐ろしい目で凝視した。高奉桂はあらかじめ李明淑を知っているようだった。凝視された李明淑は顔をそむけた。

「今日はおまえに頼みがあってきた」

高奉桂はあらたまった口調で言った。

「頼み？　何の頼みだ」

学英は警戒した。この種の人間の頼みにろくなものはない。

「『三栄不動産』のことだが、おれと山岸とは古いつき合いだ。その山岸がいま窮地に立たされていると聞かされた。なんでもおまえが『三栄不動産』の社長に担ぎ出されて、山岸を追い落とそうとしているらしいが、ここはひとつおれの顔を立てて山岸と手打ちしてくれないか。そのかわり、おまえに貸した一億五千万円はチャラにする。悪い話じゃないと思うが」

高奉桂と山岸が古いつき合いだったとは知らなかった。

考えてもいなかった組み合わせに、学英は厄介なことになったと思った。昔、新宿の縄張り争いで高奉桂と抗争になり、高奉桂が送り込んできた刺客に鉄治は腹を刺され、学英も胸や腕を斬られた。その記憶が蘇ってくる。悪党はどこかで悪党とつるむものらしい。

高奉桂の話を黙って聞いていた学英の顔に苦渋がにじんでいた。テーブルにいる三人は息を殺して見守っている。

「悪いが、その話には乗れない」

学英はきっぱり断った。

「どうしてだ。条件が足りねえのか。だったら条件を言ってくれ。たいがいのことは聞き入れるつもりだ」

なにがなんでも山岸を「三栄不動産」の社長にすえたいらしい。高奉桂の冷酷な表情がそれを物語っていた。もしかすると高奉桂は山岸とつるんで「三栄不動産」を喰い物にしていたのではないのか、という疑念が学英の脳裏をよぎった。そうだとすれば、高奉桂は引き下がらないだろう。またしても修羅場になる。

「山岸の野郎は長年『三栄不動産』を喰い物にしてきた。二十億以上の金をポッポしてきたんだ。場合によっては刑事告発も辞さないつもりだが、いまのところおれが抑えている」

学英は刑事告発をほのめかした。

「おまえも裏街道を生きてきた人間だ。裏街道を生きてきた人間が、サツにたれ込むような真似はしないはずだ。それこそ物笑いの種になる」

裏街道を生きてきた人間には、それなりの仁義があるというわけだった。しかし、高奉桂に義理人情は通用しなかった。

タマゴが携帯電話を持って学英のところにきて、

「テツから電話」

と言って携帯電話を手渡した。

タマゴが鉄治に電話を入れて学英と高奉桂が話し合っている状況を伝えたのだ。受け取った携帯電話を耳にあてると鉄治の太い声が聞こえた。

「ガクか、いま高奉桂と何かもめてるらしいな。高の野郎に言っとけ。今度会ったときは、首をへし折ってやるとな」

携帯電話から響いている鉄治の太い声が隣にいる高奉桂にも聞こえた。

「おまえは口を出すな」

学英はひとこと言って携帯電話を切った。

「鉄治の馬鹿か。あいつにつける薬はない」

携帯電話から響いてきた鉄治の声に高奉桂は敏感に反応した。高奉桂にとって鉄治は天敵だった。鉄治は怖いもの知らずだからである。匕首《あいくち》で腹を刺されても、背中に三発の銃弾を喰らっても死ななかった鉄治を高奉桂は恐れていた。

「お互い、血を見るのはごめんだ。そうだろう？　穏便に話し合って解決しようじゃないか。鉄治の馬鹿は見境がない。これはおまえとおれとの話し合いだ」

高奉桂は鉄治が出てくるのを牽制した。

「おかしなことを言うじゃねえか。そもそもおまえがどうして出てくるんだ。山岸とおれとの問題だ。おまえが出てくる筋じゃねえ」

高奉桂が何かを目論んでいるのは明らかだった。そうでなければ金銭にあれほど厳しい高奉桂が一億五千万円の貸借をチャラにするとは言わないはずである。

「さっきも言ったように、山岸とおれとは古いつき合いだ。泣きつかれて黙ってるわけにはいかないだろう。だからおれはおまえに頼んでるんだ。一億五千万円の貸借もチャラにしようと言ってるんだ。おれの頼みを聞き入れてくれれば、悪いようにはしない。おまえはいま社長になってるらしいが、社長になってなんの得がある。おまえは『三栄不動産』のような会社の社長は似合わない。所詮おれたちは裏街道を生きている人間だ」

裏街道を生きてきたという言葉を何度も強調する高奉桂に学英はむかついた。

「おれは極道でもなければ裏街道を生きてきた人間でもない。おれは自前で生きてきただけだ。自前で生きるために戦ってきたんだ。おまえのような薄汚い人間と一緒にされてたまるか。冗談じゃねえ！」

学英はぶち切れて声を張り上げた。高奉桂が連れてきた二人の男がさっと座を立った。彼らの動きに対して高永吉と金倫成も反射的に構えた。状況はいっきに緊迫した。

「何も声を荒らげることはねえだろう。おれは話し合いにきたんだ。気に入らねえんだったら条件を言ってくれ」

高奉桂はあくまでも冷静を装っていたが内心穏やかではなかった。頬の筋肉が引きつっている。

「おまえはこの件から手を引くんだ。いっさい口をはさむな。おれが会社の社長でいる間は誰にも指一本触れさせねえ」

学英の強気な態度に高奉桂はゆっくり腰を上げ、

「おれがそう簡単に引き下がると思ってるのか。最後に泣きをみるのはおまえだ。後悔することになる」

と言って店を出た。

「戦争になるわ」

タマゴが顔を曇らせた。

「戦争ですって……？　どこの国と戦争になるの？」

戦争の意味を知らない知美は、どこか未知の国からミサイルが飛んでくるのではないかと、窓から上空を見上げた。夜空には星屑が輝いていた。

「ガクと高奉桂は力ずくで決着をつけようとしてるのよ。昔も同じことがあった」

タマゴが言うと、

「昔も同じことがあったの？　それでどうなったの？」

知美は興味津々に訊いた。学英の過去が知りたいのだ。

「テツは匕首でお腹を刺され、ガクは胸と腕を斬られた」

「そんな恐ろしいことが始まるのですか」

タマゴのいささか大袈裟な話に李明淑は恐怖を覚えた。

「わたしたちはどうなるの？」

知美は不安をつのらせて訊いた。

「わからない。でも危険だと思う」

タマゴから危険だと言われても李明淑と知美には実感が湧かなかった。

学英がテーブルにやってきた。緊張感で顔が蒼白くなっている。

「あの高奉桂という男は危険だ。手段を選ばない。おれはあいつに借金がある。その借金を清算するために、この店の営業権を売ることになるかもしれない」

高奉桂との貸借関係を清算せずにハンディを背負ったまま戦うのは不利だと判断したのだった。

「えっ、『サンタ・マリア』の営業権を……」

あまりにも急な話に李明淑は絶句した。状況は一時間前と今ではまったくちがっていた。

「静香さんは戦争になると話してましたが、そんな恐ろしいことになるのですか」

平和な日本で戦争など起こるはずがないと思っていた知美にとって戦争という言葉は単なる概念でしかなかった。

「高奉桂は執念深い男だ。絶対に引き下がろうとはしない。殺《や》るか、殺られるかだ」

「殺し合いになるのですか？」

知美の声がしだいに悲壮感をおびてきた。

「そうだ」

「日本は法治国家です。そんなことは許されません」

「許すも許さないもない。戦争が始まれば法律なんか関係ないんだ。イラク戦争を見ればわかるだろう。イラク戦争に法律は関係ないんだ。同じことだよ」

学英の論理は飛躍しているように思われるが、それをくつがえすだけの根拠を知美は持っていなかった。

「この店の営業権は、わたしが買います。わたしに売って下さい」

高奉桂から借りている一億五千万円を肩替りすればいいのだが、それでは学英のプライドが許さないだろうと思い、一時的に店の営業権を買い取ることで知美は協力しようと考えた。他人の手に渡れば、買いもどすのは困難だからである。

学英は知美の好意を察した。

「ありがとう。好意だけ受け取っておく。やはりおれは『龍門』を担保に銀行から借りることにするよ」

学英は知美の協力に感謝した。

ライブがはじまった。ライブの時間になると店は満席に近い状態になる。キャサリンののびのある歌声が観客の感情にしみ込み、陶酔させる。そして一回目のライブが終って休憩に入ったとき、突然、三発の銃声が響き窓ガラスが割れた。「キャッ」と叫ぶ女の悲鳴と驚きと恐怖で店内は騒然となった。通りから店に銃撃したと思われる車が猛ダッシュしてタイヤの軋《きし》む音が聞こえた。ドア近くにいた高永吉があとを追ったが、車は赤信号を無視して逃走した。テーブルにいた客は床に伏せ、這いながら逃げようとしている。誰かを狙った銃撃ではなく威嚇のための銃撃だったが、その効果は充分だった。高奉桂が先制攻撃を仕掛けてきたのだ。床に伏せていた李明淑と知美は戦争の意味を実感した。二人は震えていた。

16

警察が「サンタ・マリア」の回りに立入禁止の黄色い規制線を張って数人の警官を配置し、厳重な警戒態勢をとった。そして従業員はむろんのこと、店にいた客の一人ひとりから事情聴取をした。李明淑と知美とタマゴも事情聴取を受けたが、何も知らないと答えた。内心では高奉桂の差し金にちがいないと思ったが、確たる証拠がないため、うかつに喋れなかった。

オーナーの学英は数時間にわたって細かな経緯を訊かれたが、終始心当たりはないと答えた。警察の介入や高奉桂の報復を恐れたからではない。高奉桂の卑劣な手段に対して学英ははらわたが煮えくり返っていたからだ。

翌日の昼過ぎ、鉄治が「サンタ・マリア」にやってきた。破損した窓ガラスや銃弾の痕《あと》の残る壁を見て鉄治は顔をしかめて、

「あの野郎、ただじゃおかねえ」

と怒りをこめて言った。

「いまから兵隊を集めて、奴の事務所に乗り込み、昔の決着をつけてやる」

鉄治はいまにも高奉桂の事務所に殴り込みをかけそうな剣幕だった。

「おまえは黙ってろ。おれがかたをつける」

学英は鉄治を牽制した。鉄治が動きだすと、最悪の事態を招きかねない。

「どうかたをつけるつもりだ。話し合いでかたがつくような相手じゃない。話し合いでかたがつくくらいなら、チャカをぶっぱなしたりはしないはずだ。おまえは奴に舐められてんだよ。おまえが舐められてるってことは、おれも舐められてんだよ」

鉄治はいきなり上着を脱ぎ、シャツをまくり上げて太鼓腹を晒した。

「この傷が、しくしく痛むんだ」

昔、高奉桂がさし向けた刺客の匕首《あいくち》に刺された傷口がケロイド状になっている。

「殺《や》るか殺られるか、どっちかだ。奴はつぎの手を考えてるにちがいねえ。手をこまねいてる間《ま》はねえんだよ」

思い込みの強い鉄治は暴走しかねない。今回は銃で窓ガラスを破損される程度ですんだが、鉄治が暴走すると何が起こるかわからない。学英がもっとも恐れたのは李明淑と知美を標的にされることだった。

「これは、おれと高の問題だ。おまえは出しゃばるんじゃねえ。おまえが出しゃばると解決するものも解決しなくなる」

「どういう意味だ。おれが邪魔だって言うのか」

「そうだ」

学英の冷たい態度に鉄治は肩をすぼめて、

「わかったよ。あとで泣きを見ても、しらねえぜ。おまえがそこまで言うなら、おれは高見の見物といくか」

鉄治は腰を上げて店を出るとき、ドア近くにいた高永吉に、

「何かあったら連絡しろ」

と小声で言って去った。

「サンタ・マリア」は警察の現場検証と、破損した窓ガラスや銃弾の食い込んだ壁の修理のため一週間休業した。その間学英は、何ごともなかったかのように「三栄不動産」に出社していた。社員たちは新聞やテレビで報道されている事件をうすうす知っていたが、無関心を装っていた。

「警察に協力すべきじゃないかしら」

つぎに何が起こるのか不安を隠しきれない李明淑は沈黙を守っている学英の気持を測りかねて言った。

「おれが動くと奴も動く。ここはじっと我慢して、様子を見ることだ。いまごろ奴は、早まったと思ってるにちがいない。警察に張り込まれて、身動きがとれないはずだ」

学英は妙に余裕を持っていた。

「怖いわ。つぎはわたしの会社が狙われるんじゃないかしら」

知美の声がうわずっていた。

「どうかな、そこまではしないと思うが……」

だが、学英の脳裏に一抹の不安がよぎった。

「今夜から、おれの部屋に泊ったらどうだ」

学英は冗談とも本気ともとれるように言った。

「あなたの部屋に？　冗談じゃないわ。あなたがもっとも危険よ」

知美はあきれた顔をして拒絶した。

「高は昔から困っている人間に金を貸して高利をむさぼり、最後は店や会社を乗っ取って売りさばき、利益を手にしてきた。だが、『三栄不動産』は少しちがう。山岸専務をあやつってるのは、たぶん高だ。高は欲が深くて執念深い男だ。こちらが弱味を見せておじけづき、背中を見せると襲ってくる。奴は『三栄不動産』を丸ごと奪《や》おうと考えてるにちがいない。そのためには手段を選ばないだろう。テツの言うように、殺るか殺られるかだ。そうでなければ決着はつかない」

李明淑と知美にとっては恐ろしい話である。現実にそんな恐ろしい世界が存在するとは考えられない。

「殺るか殺られるかって、どちらかが死ぬことなの？　殺し合いになることなの？」

たとえ架空の話であっても知美は激しい嫌悪を覚えた。しかも、現実に三発の銃弾が撃ち込まれているのだ。

激しく動揺している知美を見かねて李明淑は、

「もう一度、山岸専務と話し合いましょ。もし万一、犠牲者が出ると、会社は解散せざるを得なくなるわ。元も子もなくなるのよ」

と言った。

李明淑自身も動揺していた。

「もちろん話し合いはする。明日、銀行から借りた一億五千万円を用意して高に会ってくる。金を返し、そのうえで話し合ってみる。しかし、あまり期待できない。われわれが会社を手放さない限り、奴はわれわれの条件を呑まないと思う。奴は昔から強欲な人間だ。全部手に入れるまで妥協することを知らない。だから最後は殺《や》るか殺られるかになる」

学英は腹をくっていた。性格的にあとへは引けないのである。

「テツに相談してみたら。力になってくれると思う」

見かねたタマゴが言った。

「テツに相談すると、火に油をそそぐことになる。おれ一人でかたをつける」

学英はかたくなになっていた。実際は鉄治の力を借りたいところだが、昔の事件の二の舞になるのではないかと恐れていたのだ。学英は高奉桂に電話を掛けた。

「もしもし、おれだ」

学英は相手の呼吸を読みながら、

「派手にやってくれるじゃないか。それで脅したつもりかもしれないが、考えてることが古すぎるぜ。明日、おまえから借りている一億五千万円を支払う。借用証を持って午後三時に新宿のKホテルのロビーにきてくれ」

学英の話に「わかった」と高奉桂は答えた。

「とりあえず、おれの借金をチャラにしたうえで、奴と話し合う。奴がどういう条件を出してくるのか訊いてみる。おれの考えはこうだ。山岸専務が横領した金は不問にする。刑事告発もとり下げる。李さんと知美の株は第三者の大手不動産に売って『三栄不動産』は解散する。その場合、売却した株の三パーセントを高に渡す。それだけでも十五億くらいにはなるはずだ。これだけの条件を示せば高も受け入れると思う」

高奉桂との抗争を避けるためとはいえ、学英の考えはあまりにも譲歩しすぎる内容だった。

「山岸の横領した金を不問にしたうえ、高に十五億ものお金を渡すなんて、とんでもないわよ。泥棒に追い銭をくれてやるようなものじゃない。あたしは絶対反対。あくまで山岸の不正を追及すべきよ。三発の銃弾をぶち込んだりして、警察だってじっとしてないわよ。警察に訴えるべきよ」

タマゴは強硬に反対した。

「李さんと知美の命の保障は誰がしてくれるんだ。警察がしてくれるのか？　警察がおれたちを保護してくれると思ってるのか。高はそんな生やさしい人間じゃない。それはおまえも知ってるはずだ」

学英は苦悩をにじませた。

「あいつがガクの条件を受入れるとは思えない。ガクも言ったじゃない。あいつは全部欲しがるんだって」

「こっちの条件を受入れないときは戦うしかない。これは前哨戦だ」

みんなの間に緊迫感が漂った。

「わたしは学英さんにまかせます。もうわたしの手には負えないわ」

李明淑は深刻な表情で言った。

反対していたタマゴも沈黙した。「サンタ・マリア」を銃撃された恐怖が、みんなの間にじわじわと浸透していた。

翌日の午後三時、学英は一億五千万円の現金を入れた旅行カバンを提げて新宿のKホテルに赴き、ロビーの空いている椅子に腰掛けて高奉桂を待った。ロビーの柱の陰から一人の男が現れ、学英に近づいてきた。高奉桂は学英より先にきて、様子を見ていたのである。

「一人か」

学英は高奉桂に訊いた。

「一人だ。部下は地下の駐車場に待たせてある」

高奉桂は唇を歪めて言った。

「一人とは珍しいな」

いつも護衛のため二、三人の部下を連れている高奉桂にしては珍しいことであった。

「おまえの流儀にしたがったのだ。わかるだろう、おれの気持が……」

「おれの気持……？　おまえの気持なんか誰にもわからない。第一、おまえは自分をわかってない」

高奉桂はク、ク、クと笑いを噛み殺しながら、

「この世の中で、自分をわかってる人間なんか、いやしねえ。おまえも自分のことをわかっ

てねえだろう。おまえの体からはけものの臭いがする。おれと同じ種類の人間だ。おまえの魂胆はわかってる。おまえはあの李というババアと知美という小生意気な女をたぶらかして『三栄不動産』を乗っ取ろうとしている。おれはおまえのおこぼれにほんの少しあずかろうとしているだけのことだ」

と得意げに言った。

「五階に部屋を予約してある。そこでゆっくり話し合おう」

学英はそう言って立った。

高奉桂は警戒していたが、学英について行った。

五三八号室に入ると学英は床の上に旅行カバンを置いて鍵を開けた。旅行カバンの中には一億五千万円の現金がぎっしり詰まっていた。

学英は懐から小切手帳を出して、一千五百万円の金額を記入して、

「これは利息だ」

と言って高奉桂に渡した。

小切手を受け取った高奉桂は満足そうな顔をした。

「これでおれとおまえとの貸借はチャラだ」

高奉桂との貸借を清算した学英はあらためてつぎの条件を切り出そうとした。

「おまえもたいした野郎だな。女をたぶらかして一億五千万円もの大金をふんだくるとは。女は一度寝てしまうと弱いからな」

卑猥な笑みを浮かべて高奉桂は札束を数えた。

「冗談じゃねえ。『龍門』を担保にして銀行から借りた金だ」

学英は弁明するように言った。

「本当かよ。おれだったら、『サンタ・マリア』を二億で買ったのによ」

高奉桂は信じていなかった。

札束を数えた高奉桂は旅行カバンを閉じ、ベッドの上に腰をおろして煙草に火を点けると、

「それで、話を聞こうじゃないか」

とあらたまった態度になった。

「『三栄不動産』の株は第三者の不動産会社に売却する。そして『三栄不動産』は解散する。山岸の横領の件も不問にする。刑事告発しないということだ。もちろん、こっちの条件を呑めばの話だが。おまえには売却した株の三パーセントを渡す。少なくとも十五億にはなるはずだ。この条件なら文句はないだろう。反対する者もいたが、おれがすべてを丸く収めるために苦労して出した結論だ」

高奉桂は眉間に皺をよせて隠微な表情になった。

「独り占めする気か。少しはおれにも分け前をよこしてもいいんじゃねえのか。『三栄不動産』の資産は五百億以上ある。せめて、その四分の一か五分の一をくれても罰は当たらないと思うけど、十五億じゃあ、はい、わかりましたとは言えないぜ」

四分の一か五分の一といえば百億以上の金額である。欲の皮の突っぱった高奉桂の顔がみるみる凶悪になっていた。

「欲が深いのにもほどがある。もともとおまえには何の権利もないんだ。そのおまえが百億以上の金を要求するとは、あきれてものが言えない。頭がどうかしてるんじゃねえのか」

実際、学英は開いた口がふさがらなかった。学英の考えが甘かったのである。

「よく言うぜ。おまえこそ何の権利もないのに女をたぶらかして、根こそぎ持っていこうとしてるくせに、そんなこと言えた義理か」

「おれはびた一文、もらったりはしない。下司の勘繰りだ」

「そんなこと誰が信じる。現におまえは李明淑の株を譲ってもらってるじゃねえか」

「株を一時的に緊急避難させせただけだ。李さんとは誓約書を交しているから、彼女の同意なくして、おれが勝手に株を売却したりはできない」

「都合のいいことを言うぜ。知美とかいう女をものにしてしまえば、すべてはおまえの思い通りになる。それも一つの手だが、この際、おれと組まないか。おれとおまえが組めば鬼に金棒だ。なんだってできる。思いのままだ」

高奉桂は脅迫じみたカードを切る一方で手を組もうと誘うのだった。

「断る。おれは誰とも手を組まない」

学英はきっぱり言った。

「テツの野郎と手を組んでるじゃねえか」

「テツはガキのころからの友達だ。あいつとは同じ釜の飯を食い、何度も死線をくぐってきた。この前、テツと会ったとき、いきなりシャツをまくり上げて太鼓腹を晒し、昔の傷がしくしく痛むんだと言ってた。傷が仇を取ってくれと泣いてるそうだ。おれはもう血を見たくない。血を流したくない。おまえもそうだろう。それともおまえは血を見たいのか。血を流したいのか」

警告だった。だが、高奉桂に警告など通じるはずもなかった。

「血を見ることになるのか、血を流すことになるのか、それはおまえ次第だ」

そう言って高奉桂は懐から借用証を出して学英に渡した。借用証を確認した学英は破り捨てた。

「また連絡する。よく考えておくことだ。血を見る前にな」

高奉桂は不気味な笑みを残して、一億五千万円の現金が入っている旅行カバンを持って部屋を出た。

高奉桂の要求を受け入れなければ誰かが血を流すことになる。かといって高奉桂の理不尽な無理難題を受け入れるわけにはいかなかった。力のある第三者に仲介に入ってもらうことも考えたが適当な人物が思い当たらなかった。いるとすれば暴力団関係者だが、暴力団関係者が仲介に入ると高奉桂も暴力団関係者を介入させ、事態はいっそう複雑になり、暴力団同士の抗争になりかねない。

時間的余裕はあまりない。高奉桂が連絡してくるまでに対策を考えておかねばならない。だが、学英はなんの切り札も持ち合わせていなかった。

「サンタ・マリア」の営業を再開したが、銃撃事件の影響で客足は遠のいていた。人気のあった黒人たちのライブもほとんど客のいない店内に虚しく響いていた。学英は相変らずカウンターの隅で一人ビールを飲んでいた。

鉄治がのっそり入ってきた。閑古鳥が鳴いている店内を見回し、カウンターで飲んでいる学英の隣に座った。

「暇らしいな。高の野郎の脅しがぴったし当たったわけだ。タマゴから聞いたが、高の野郎は全部よこせと言ってるらしいな。欲の深い野郎だ。あいつの欲は底なし沼だ。その底なし沼で溺れ死ぬのがあいつに似合いだぜ。そう思わないか？」

鉄治の意味深長な言葉に、

「どういう意味だ？」

と学英が訊いた。

「目には目を、歯には歯を、だ。旧約聖書の言葉だ」

無教養な鉄治が教養をひけらかすときは裏に何かあるのだ。

「気取ってるじゃねえか。何か企《たくら》んでるのか」

学英は単純な鉄治の心理を読んでいた。

「高の野郎は生かしちゃおけねえ」

喉を鳴らしてジョッキの生ビールを三、四口飲んだ鉄治の唇のまわりに泡がついていた。

「どうする気だ？」

学英が訊いた。

「おれにまかせておけ。かたをつけてやる」

鉄治は唇のまわりについている泡を手でぬぐうとジョッキに残っているビールを飲み干し、

「ビールをくれ」

と言った。

そして葉巻に火を点けてふかした。

こういうときの鉄治は頭の中で何かのイメージを展開させて、しだいに興奮してくるのだった。

「どうやってかたをつけるんだ」

しだいに興奮してくる鉄治の険悪な目をのぞいて学英は訊いた。

昔、高奉桂がさし向けた刺客に匕首でどてっ腹を刺された場面をイメージしながら怒りと憎しみを増幅させているにちがいないのだ。

鉄治は携帯でどこかへ電話を掛けた。間もなく相手が出た。

「高か、おれだ、テツだ。おれの兵隊がおまえを二十四時間見張ってる。知ってたか。知らなかっただろう。おまえはそこから一歩も動くんじゃねえ。一歩でも外に出てみろ、そのときは死ぬときだ。おまえの事務所と家にバズーカ砲をぶち込んでやる。おまえを家族もろともあの世へ送ってやる！　覚悟しておけ！」

鉄治は電話を切ると別の携帯で電話を掛け、

「やれ！」

と命令した。

二、三秒後、その携帯電話からドン！　という爆発音がした。

「何をやったんだ！」

学英は驚いて訊いた。

「高の事務所に爆弾を仕掛けたんだ。花火のようなものだけど、それなりに威力はある」

鉄治はほくそ笑んだ。

今度は学英の携帯に電話が掛かってきた。高奉桂からだった。

「てめえ、戦争をやる気だな」

高奉桂の声が少し震えていた。

鉄治が横から学英の携帯電話を取って言った。

「よく聞け、おれとガクに家族はいねえが、おまえには女房と二人の子供がいる。近々、おまえは家族の死体を見ることになる。それがおれの贈り物だ。容赦はしねえ！」

どうやら鉄治は本気でやる気らしい。

「まさか高の家族に手を出すんじゃねえだろうな」

いったん歯車が狂いだすと、とめどなく逸脱していく鉄治の行動を学英といえども制止できないのだった。

「高の野郎がおれの前に跪《ひざまず》かない限り容赦しねえ。いまごろ池沢と金允洪は高の家に行って女房に焼きを入れてるはずだ」

鉄治はすでに池沢国夫や後輩たちに指示を出して着々と実行に移しているのだった。

「焼きを入れる？　何をやる気だ？」

学英には鉄治の考えが想像もつかなかった。

「体に恐怖を叩き込むんだ。高の野郎が二度とおれたちに歯向かえないようにだ。戦争を仕掛けてきたのは高だ。おまえは高に戦争を仕掛けられて追い詰められ、にっちもさっちもいかない状態になった。もう少しで白旗を上げるところだった。おまえは喧嘩のやり方を忘れたのか。喧嘩は先手必勝だ。タマゴから事情を聞かされたとき、一刻の猶予もないと思った。高の出端をくじいて、徹底的にやらねえと、こっちがやられる」

鉄治の指令を受けた池沢と金允洪は、事務所の爆破を知らされた高奉桂が家を出たあと、宅配便を装って妻に玄関のドアを開けさせ、頭から足の爪先まで皮を剝がした犬と猫の死体と人間の片腕を投げ込んだ。人間の片腕は模造品だったが、頭から足の爪先まで皮を剝がされた犬と猫の赤黒い死体は牙をむき、いまにも襲いかかりそうな感じだった。仰天した高奉桂の妻は悲鳴をあげ、失神しそうになりながら夫に電話を掛けた。事務所から家に引き返してきた高奉桂は、あまりにも露骨なやり方に怒り心頭に発したが、妻は恐怖のあまり全身を震わせ、泣き続けていた。そして一通の手紙を見せた。その手紙には「おまえの家族は二十四時間、見張られている。このつぎはおまえの子供の番だ」と書かれてあった。

「くそ！」

高奉桂は唇を嚙みしめ、手紙をくしゃくしゃに丸めて握り潰した。

「警察に通報します」

電話を掛けようとする妻を高奉桂は、

「電話を掛けるな」

と制止した。

「どうして？　子供が狙われてるのよ。皮を剝がされた犬と猫の死体と人間の片腕を見たでしょ」

恐怖におののいている妻を説得できる言葉が見つからない高奉桂は歯ぎしりした。

「サンタ・マリア」を銃撃したとき学英は警察にしらを切り通している。それは高奉桂に対して仁義を通したということである。それに対して高奉桂が警察に通報することは、この世界では仁義に反するのだった。当然、警察は捜査をするだろう。だが、警察は警察なのだ。たとえ何が起ころうと高奉桂から警察に通報し、協力することはできなかった。部下を動員して、あるいは暴力団関係者に依頼して学英と鉄治に報復できないことはなかったが、反撃されるのは避けられない。その結果、家族が犠牲になるおそれがあった。学英はそこまでやらないと思うが、鉄治はやりかねない。狂暴な鉄治の性格を甘く見たのが誤算だった。

高奉桂は鉄治に電話を入れた。

「おれだ、高だ。家族を巻き添えにするとは卑怯な野郎だ。家族は関係ねえ。おれとおまえとで話し合おうじゃねえか」

高奉桂の電話を待っていた鉄治はせせら笑うように言った。

「卑怯なのはおまえの専売特許じゃなかったのか。そのおまえから卑怯者呼ばわりされるとはおそれ入ったぜ」

鉄治は高奉桂を小馬鹿にしたようにゲラゲラ笑った。高奉桂は屈辱に耐えて言った。

「学英の条件を受け入れる。それですべてをチャラにしよう」

高奉桂は真剣な声で言った。

「学英との話は関係ねえ。おまえが蒔《ま》いた種だ。おれのどてっ腹の傷が夜中にしくしく痛むんだ。仇を取ってくれと泣くんだよ。いま、おまえの女房が泣きついてるだろう。おれの傷口も、おとしまえをつけてくれと泣きつくんだ。だからおとしまえをつけることにした」

「八年も前のことだ。お互いに忘れたはずじゃなかったのか」

「おまえが思い出させたんだ。欲の深いおまえが、おれの傷口をほじくって、眠っていたもう一人のおれを起こしたんだ。おれにはどうすることもできねえ。首を洗って待っとけ」

鉄治は冷酷に言い放って電話を切った。

すると高奉桂は学英に電話を入れた。

鉄治の横にいる学英は、

「高の野郎だ」

　と言って携帯電話を耳にした。

「もしもし、おれだ」

　沈痛な声だったが、滑稽に聞こえた。

「横にテツがいるんだろう？　おまえもテツとの電話のやりとりを聞いたと思うが、テツの石頭には何を言っても通じない。テツはヤクをやってんじゃないのか。頭がいかれてる。家族を人質にとるのは人のやることじゃねえ。人非人だ。まるでマフィアと同じだ。おれは条件を受け入れると言ってるのに、ヤツは聞く耳を持たねえんだ。どてっ腹の傷が夜中にしくしく痛むとか、傷口がおとしまえをつけてくれと泣いてるとか、眠っていたもう一人のおれが起こされたとか、わけのわからないことをぬかして、おれの話を聞こうとしない。だからおまえから言ってくれ。これ以上、問題を複雑にしたくないと。血を流したくないと言ってやってくれ。おまえは血を見たくないはずだ。血を流したくないはずだ」

　ミイラ取りがミイラになるとはこのことだろう。学英との話し合いでは一歩も譲らず、すべてを欲求していた高奉桂が、鉄治の過激な反撃に泣きが入った。もともと気の小さい人間だが、自分を大きく見せるために虚勢を張っていたのだ。しかし、こういうタイプの人間は腹の底が見えない。言っていることとやっていることの乖離《かいり》が大きいのである。したがって信用できなかった。うわべは妥協するように見せかけて、裏ではあらゆる手段を弄《ろう》するからである。

だが、鉄治は高奉桂の老獪《ろうかい》な性格などおかまいなしだった。

「おれは血を見たくないと言った。血を流したくないと言った。だが、おまえは全部よこせと言う。戦争も辞さない構えだ。売られた喧嘩は買うしかない。おまえの手の内はわかってる。こうなった以上、殺《や》るか殺られるかだ。八年前を思い出すぜ。あのときはおれたちも若かった。しかし、いまはちがう。家族をどこかへ避難させても手遅れだ」

学英は高奉桂に引導を渡した。

17

鉄治と学英は高奉桂の襲撃にそなえて、新たに十二人の後輩を集めた。仕事をしている者もいたが、事情を説明して一時的に仕事を辞めさせ、警備に当たらせた。

知美の車には運転手を入れて二人、護衛車にも二人が乗って後ろにぴったりへばりついて送迎した。「サンタ・マリア」の前の路上には車の中で二人が見張っていた。李明淑の住まいにも廊下に一人、部屋の中に一人、事務所に二人が待機していた。そして「サンタ・マリア」の入口、道路に面したガラス張りの窓の壁、ビルの入口、知美の会社「エンジェル」の入口などに監視カメラを設置して二十四時間監視した。危険を察知したタマゴは、当分、希美子の通園を控えることにした。

「こんな生活、いつまで続くの？　わたし、もう疲れちゃった」

毎日、緊張を強いられている知美は、一週間もしないうちに泣きごとを言い出した。

「解決のめどはあるのかしら」

李明淑もかなり困憊している。

事情はタマゴも同じだった。学英も行動半径を自主規制していた。だが、鉄治は相変らず二人の後輩をしたがえ、黒塗りのベンツに乗って新宿界隈を飲み歩いていた。白崎樹里以外にもバー「玉美」に勤めている二十一歳になるさえかという女がいた。百五十四、五センチで小柄だが、鉄治好みのグラマーな中国人女性だった。床上手で、発射寸前の鉄治のペニスをさえかは口に含み、精液を吸い込むのだそうだ。それがたまらないという。

「やっぱり中国五千年の伝統の技だよ」

鉄治は馬鹿丸出しの顔で感心して言うのだった。

「テツは病気よ。そのうち誰かに殺《や》られるわ」

タマゴは諦めていた。

あまりにも無防備な鉄治が高奉桂に狙われるのは明らかだった。学英が注意しても聞く耳を持たない。

「殺れるものなら殺ってみろ。おれは不死身なんだ」

怖いもの知らずの鉄治は死神にとり憑かれているみたいだった。

「テツは早く死にたいのよ。前からよく言ってた。早く死にたいって。生きていたって、何の意味もないって。可哀相な人」

タマゴは諦めながら鉄治に同情していた。

高奉桂は兵隊を集め、身の回りを厳重に警戒していた。ほとんど外出せずに家で家族と一緒にたてこもっていた。しかし、一週間もするとフラストレーションが溜まり、五、六人の用心棒を連れて横浜の歓楽街を飲み歩き、

「テツの野郎！　きやがれ！　ぶっ殺してやる！」

とわめきちらし、クラブで暴れる始末だった。

「高か、おれだ。これから行くぜ。首を洗って待ってろ！」

毎日、夜中に掛かってくる鉄治の電話の不気味な声が高奉桂の耳の底にこもるのだった。

高の妻は不眠症になり、鬱状態になっていた。寝室にこもったきり出てこようとはせず、

ろくに食事もとらず、二人の子供たちとの接触も拒んでいた。高奉桂が声を掛けると、

「こっちへこないで！」

　とヒステリックに叫ぶのだった。

　そして突然、台所に駆け込み、包丁で手首を切った。妻の突発的な行為に高はあわてふためき、救急車で病院に運び、ことなきをえたが、高奉桂自身、精神の限界に達していた。考えあぐねた高奉桂は横浜のD界隈を縄張りにしているH組の長尾組長に相談した。

「噂は聞いてる。おまえも悪い相手ともめることになったな」

　長尾組長は言外に高奉桂の相談を忌避している感じだった。

　というのも、じつは学英の実兄は新宿をしきっている関東の大きな組織、G組の大幹部なのである。そしてG組は全国最大の組織、Y組の傘下にあり、Y組の若頭と学英の実兄は舎弟関係にある。長尾組長が高奉桂の相談を受けて介入すると、学英の実兄が乗り出してくるのは明らかだった。そうなると全国制覇を狙っているY組がH組を飲み込もうとするにちがいない。長尾組長はそれを懸念したのだ。

「方法はないですか」

　高奉桂は藁《わら》をも摑む思いで訊いた。

「ない。他の組関係に相談しても無理だと思う。相手が悪すぎる」

そして落胆している高奉桂に長尾組長は言った。

「相手に示談金を出して和解することだ」

「えっ、わたしが示談金を出すんですか。それは逆ですよ」

考えてもいなかった長尾組長の話に高奉桂はがっくり肩を落とした。

「それなら、うちの若い衆が話をつけに行ってもいい」

藪蛇だった。示談金を出してまで和解しなければならないとは屈辱であった。いったいなぜ、こうなったのか高奉桂には理解できなかったが、すべては身から出た錆なのだ。それがわからないのである。高奉桂は一晩考えた末、示談金を出して和解する旨を長尾組長に伝えた。

さっそくH組の幹部二人が学英と鉄治に連絡を取り、赤坂の料亭で会った。高奉桂は顔を出さずH組に一任していた。

H組の二人の幹部と学英、鉄治は料亭の一室で座卓を挟んで話し合いをした。

「うちの組長が、二人はいい度胸してる、素人にしとくのはもったいないと言ってたぜ」

ちょび髭をはやしているにやけた顔の幹部が言った。

「おれたちは極道が嫌いなんだ」

座椅子にもたれて太鼓腹を突きだしている鉄治が言った。

メガネを掛けている四十前後の幹部が、

「極道より極道じゃねえか。変な野郎だな」

と笑いながら言った。

鉄治は独酌でビールをたて続けに四、五杯飲むと呼び出しボタンを押した。

間もなくやってきた仲居に、

「ビールを三本持ってきてくれ。それから飯はないのか」

と訊いた。

「飯ですか……。食事でしょうか」

料亭には手順というものがあるが、鉄治はおかまいなしに自分の欲求のおもむくがままに注文する。

戸惑っている仲居に、

「ステーキはないのか」

と鉄治は訊いた。

「ステーキですか？　厨房で訊いてまいります」

そそくさと部屋を出て行った仲居と入れ替って女将《おかみ》がやってきた。

丁重に挨拶をした女将はにこやかな表情で、

「今日は大田原牛がございます。何グラムにいたしましょうか」

と言った。

「三百グラムくれ」

鉄治はほかの三人は食べないものと決めつけて自分一人分だけを注文した。

「かしこまりました。すぐにご用意させます」

そして女将は四人に酒をついで部屋をあとにした。

無粋な鉄治に二人の幹部は苦笑いを浮かべた。

話は本題に入った。H組の長尾組長が示談金を出して和解するよう高奉桂に勧めたこと、長尾組長の顔を立てて和解に応じてもらいたい旨を告げた。示談金は一億だった。

運ばれてきたステーキを食べながらビールを飲んでいた鉄治が、

「冗談じゃねえ！　奴はおれたちに十五億要求してきたんだ」

と言った。

実際は、学英が高奉桂に示した金額だった。

「いくらなら和解に応じるんだ」

メガネを掛けた幹部が訊いた。

「十億」

それまで黙っていた学英が言った。鉄治は十五億と言いそうだったので、その前に学英は十億と言ったのである。

「十億！」

その金額の大きさに二人の幹部は驚いた。

「高のくそ野郎に言ってくれ。おまえの命の値段は一億しかねえのかって。おれたちが十億で売ってやる。ありがたく思えってな」

鉄治は鯨飲馬食さながらステーキを食べビールを飲み、げっぷをしながら吠えた。

鉄治の高飛車な態度に二人の幹部は不快そうに顔を見合わせ、

「話は聞いた。伝えておく。だがな、あまり調子に乗るんじゃねえぞ」

鉄治の横柄な態度にメガネを掛けた幹部は忠告めいた捨て台詞を残して去った。

「少しは相手の顔も立てたらどうだ。おまえの態度は反感を買うだけだ」

学英から見ても鉄治の態度は横柄すぎると思った。

「高の野郎を思い出すとむかつくんだ。本当は妥協なんかしたくなかったんだ。高の奴の足をもぎ取って歩けねえようにしたかったんだ」

そう言って鉄治は太鼓腹の傷をぼりぼりと掻いた。無意識に腹の傷を掻く癖がついていた。

鉄治は三百グラムの大田原牛をたいらげ、小瓶のビールを十本飲み、満足げに両脚を伸ばして会計をうながした。

そして女将が持ってきた請求書を見て学英は驚いた。三百グラムの大田原牛は三十万円、その他二十万円、合計五十万円だった。カード精算した学英は、

「料亭でステーキなんか食うなよ」

と苦言を呈した。

「いいじゃねえか、食いたかったんだから」

鉄治は子供のように言った。

「おまえは見境がないんだ。女もそうだ。樹里は妊娠してんだろう。それをいいことに今度は中国人の女に手を出して、毎晩その女の店に通ってるそうじゃないか。その女も妊娠したらどうすんだ。希美子はタマゴに預けっぱなしでよ、おまえはやりっ放し、産ませっぱなしでやりたい放題だ。いったい何人の女とやりまくると気がすむんだ」

ステーキの話から女の話に飛火したので鉄治は爪楊枝で歯をほじくりながら、

「早撃ちのガクが聞いてあきれるぜ。知美とはまだやってねえのか。だからおれに八つ当たりするのか。おれに説教なんかする前に、早くやっちまえよ」

と学英をけしかけるのだった。

「馬鹿は死ななきゃ治らないと言うけど、おまえにつける薬はない」

鉄治との話は、何を言っても効果がなく疲れるだけであった。

二日後、H組から学英に条件を受入れるという返事がきた。それから三日後、赤坂の同じ料亭で手打ち式を行うことになった。

その日、料亭の塀を囲むように十二、三台の黒塗りの乗用車が並んでいた。H組の車、高奉桂の部下の車、学英と鉄治の後輩たちの車がお互いを牽制し合うように駐車していた。

料亭の座敷にはH組の長尾組長が中央に座り、両脇に二人の幹部が座っている。そして鉄治と学英は高奉桂と向き合って座った。

鉄治はいまにも立ち上がって高奉桂に襲いかかりそうな形相をしている。高奉桂も警戒心を強め、鋭い目で鉄治を睨んでいた。座敷には緊張感がみなぎり、一触即発の雰囲気だった。

長尾組長がおもむろに口を開いた。

「これから手打ち式を行う。ここで約束したことは守ってもらわねばならない。これは神聖な儀式だ。酒を酌み交し、お互いの怨みつらみを流してもらう。ここで誓ったことを反故にすれば、この長尾が制裁を加える。こころして、己れを空しくして、誓いをたててもらいたい」

五十二歳になる年配の長尾組長は貫禄を誇示して三人を見すえた。長尾組長の両脇にいた二人の幹部が前に進み出て、高奉桂と学英と鉄治の盃に酒をついだ。そして最後に長尾組長の盃に酒をつぐと、四人は酒を飲み干し、盃を盆の上に伏せた。

それから高奉桂は十億円の小切手を学英と鉄治に差し出した。十億円の小切手を受け取った学英は、懐から五億円の小切手を出して、それを長尾組長に差し出した。仲介料であったが、事前にそのような話にはなっていなかった。思わぬパフォーマンスに高奉桂は顔色を変えたが、長尾組長は黙って五億円の小切手を懐に入れた。

手打ち式が終ると仏頂面の高奉桂はさっさと引き揚げた。おそらく高奉桂からも仲介料をしこたま受け取っているであろう長尾組長の表情から笑みがこぼれた。

「これで丸く収まった。高はわしが抑える。安心しろ」

学英から五億円の小切手を受け取った長尾組長は上機嫌だった。

「サンタ・マリア」に帰った学英と鉄治はカウンターで飲み直した。店の外やビルの入口や路上駐車している車の中には数人の後輩たちが見張りを続けている。鉄治は携帯電話で後輩たちに見張りの解除を告げた。

「高の顔を見たか。ハトが豆鉄砲をくったような顔してたぜ。まさかおれたちが長尾組長に五億円の小切手を渡すとは思ってなかっただろう。長尾組長とおれたちがしめし合わせたと思ってるにちがいない。馬鹿な野郎だぜ。これで奴もこりたはずだ」

鉄治は愉快そうにビールを飲み、煙草をふかし、貧乏ゆすりをしながら、店の入口にいる

池沢国夫を呼び、ワニ皮の財布から二百万円の現金を摑み出し、

「これでみんなと好きなように遊んでこい」

と言って手渡した。

「おまえは長尾組長の話を真に受けて安心してるらしいが、おれは安心してねえ。まだ終ってない。始まりかもしれない」

浮かれている鉄治に学英は釘をさした。

「おまえは心配性なんだ。終りも始まりもねえよ。高のような野郎を恐れて、街を歩いてられるかよ。それに一応、手打ち式をやったんだ。長尾組長の顔に泥を塗るような真似はできないはずだ」

鉄治は楽観していたが、学英は違った。見張りを解除したことに不安をいだいていた。しかし、いつまでも見張りを続けるわけにもいかない。手打ち式を行った以上、この件は線引きする必要があった。

李明淑、知美、タマゴ、そして護衛をしていた後輩たちが「サンタ・マリア」に集まってきた。

「話し合いはついたの？」

タマゴが開口一番、鉄治に訊いた。

「ついた。心配はいらねえ」

鉄治は自信たっぷりに言ったが、学英はうかぬ顔をしている。

「ガク、本当に話し合いがついたのね？」

タマゴは学英の言葉を知りたがった。

「話し合いはついた。しかし、用心にこしたことはない」

「話し合いがついたのに、用心しなきゃいけないの？　どうして？」

学英の言葉にタマゴは不安を感じた。

それは李明淑も知美も同じだった。

「ものごとはわからないってことだ」

断定的な言葉を避ける学英のいつもの癖だった。

「そんな言い方をすれば、誰だって明日のことはわからないわよ。話し合いがついたのか、安心できるのか、それを訊きたいの」

タマゴは曖昧な返事ではなく、明確な返事を求めた。

「心配ねえと言ってるだろう」

タマゴの執拗な問いかけに鉄治は反発するように言った。

「テツの話は信用できないのよ。思い込みが強いから」

鉄治の女性関係に不信感をつのらせているタマゴは鉄治の言葉を信じなかった。

「思い込みが強いのはどっちなんだ。おまえだろう。なんでもかんでも疑って信用しようとしない」

女のことでタマゴからつねに疑われている鉄治は自己弁明でもするように言った。

「テツのことを疑ってたら神経がいくつあっても足りないわよ。それにテツは女を見せびらかしてるじゃないの。テツに女が何人いるかくらいは、みんな知ってるわよ。樹里は妊娠五カ月なんでしょ。最近は中国人の女を連れて歩いてるらしいけど、つぎはなに人の女を連れて歩く気？　みんな噂してる。テツは世界一周旅行をしてるって。言っとくけど、テツの尻ぬぐいをするのはごめんだわ。テツが殺されても、あたしは喪主にならないからね」

タマゴの口から喪主という言葉が飛び出したので、居合わせた者は新しい発見でもしたかのように顔を見合わせた。

「おれには喪主なんかいらねえ。道端にころがして腐るにまかせときゃあいいんだ」

鉄治は自暴自棄になって言った。

「縁起でもないこと言わないで。喪主がどうだとか、腐るにまかせておけだとか、この中の誰かが殺されるようなことは絶対にあってはならないことよ。そうでしょ。わたしが殺されるかもしれないってことじゃない」

鉄治とタマゴの口論は痴話喧嘩のようなものだが、知美には耐えられなかった。

「とにかく話はついてる。みんな日常生活にもどればいいんだ」

鉄治とタマゴの口論がこれ以上続くと全員が混乱すると思い、学英は話を打ち切った。

鉄治から二百万円の小遣いをもらった池沢国夫は仲間たちを連れて銀座にくりだした。鉄治はベンツで新宿にもどり、李明淑と知美とタマゴは店に残った。

ステージが始まっても客はまばらで盛り上がらない。

知美はワインを飲み続けている。

「知美、飲みすぎよ」

李明淑に注意されたが、

「今夜は飲みたいの」

と言って知美はグラスのワインをあけるのだった。

学英は考えていた。十億もの金をふんだくられた高奉桂が黙っているはずはない。長尾組長と高奉桂の間で裏取引している可能性がないとはいえない。あまりにもすんなりと手打ち式が行われたからだ。こちらの警戒心を解くための芝居ではないのか。疑えばきりがなかった。

知美が学英のところにきて、

「踊ってくれない……」

と言った。

少し酔っている大きな瞳が、発情した猫のように光っている。

学英は立ち上がり、知美を抱いてゆっくりと踊りはじめた。それを見たボーカリストのカサンドラが感情を込めて歌った。

踊っていた知美が、

「わたしを守ってくれるの？」

と甘えるように言った。

「もちろんだ」

学英は頷いた。

「うれしい！」

知美は両腕を学英の首に回し、ぴたりと体をよせて抱きついた。

「知美……」

学英はあらたまった口調になって、

「結婚しよう」

と言った。

その言葉に知美は驚いたが、一番驚いたのは学英自身であった。

「本当に……？　冗談でしょ……」

あまりにも唐突で信じられない言葉である。

知美は学英の目の奥にある真実を探そうとするかのようにじっと見つめたが、

「キスして」

と言って唇を半ば開いた。

学英は唇を重ねた。

テーブルにいた李明淑とタマゴは、それを見ていた。李明淑は内心どきどきしていた。

「ロマンチックだわ、踊りながらキスするなんて。あたしなんか、勤めていたお店のトイレでテツにいきなり後ろからやられたわ。すごく刺激的だったけど」

タマゴの話はいつも露骨だった。

「トイレですか？　あんな狭いところで……」

李明淑は面喰らっていた。

「できるわよ。セックスって、その気になれば、どんなところでもできるものよ」

タマゴは澄ました顔で言う。

李明淑は黙ってしまった。そして長いキスをしている二人を見て、

「二人は結婚するつもりかしら」

と言った。

「わからない。結婚って勢いでやらないとできないと思う。先のことを考えたり、慎重になったりするとできないのよね。てっとり早いのは、できちゃった婚ね」

「できちゃった婚って？」

「妊娠をきっかけに結婚しようってことになるのよ」

「でも妊娠しても結婚しなかったらどうなるの？　鉄治さんの彼女は妊娠してるんでしょ」

タマゴの顔色が変ったので、李明淑はうかつだったと思って口をつぐんだ。

「テツは結婚しないと思う。結婚してもテツの女癖は治らないから。結婚した女は不幸になるだけよ」

戸籍上、タマゴは男である。それが鉄治との結婚の弊害になっていた。だが、いまとなってはタマゴにとって結婚はどうでもよかった。

学英と知美がしっかり手を握り合ってテーブルにやってきた。

知美の顔が上気している。

「叔母さん、学英さんから結婚を申し込まれたの」

興奮している知美はうわずった声で言った。

「えーっ、本当に、信じられない！」

独身主義で早撃ちの異名を持つ学英が、結婚を宣言するとは青天の霹靂《へきれき》だった。タマゴは学英を知美に奪われたような気がした。

「素晴しいじゃない。わたしは賛成よ」

学英と知美の結婚を望んでいた李明淑は手放しで喜んだ。

「式はいつあげるの？」

気の早い李明淑は式の日取りを訊くのだった。

「いま結婚を申し込まれたばかりなのよ。式の日取りを決めるのは先の話よ」

「それはそうね。でも早い方がいいと思うわ。あなたはもうすぐ二十六歳になるんだから」

二十六歳までに式をあげねばならないような言い方をする李明淑に、

「どうして二十六歳までに式をあげなければいけないの。叔母さんは歳にこだわりすぎよ」

と、これまで李明淑から何十回となく結婚を勧められてきた知美は反発した。

「マジで、本当に結婚するつもりなの？　あたしには信じられない。一時の気紛れとしか思えない」

タマゴは反対でもするように言った。

「どうして、そんな言い方をするの。わたしたちの結婚に反対なの？」

嫉妬でもしているようなタマゴに知美は何かしら憎らしさを覚えた。

「反対じゃないわ。お似合いだと思う。でも急すぎるから驚いただけよ」

鉄治が聞いたらどう思うだろう。たぶん大声をあげて笑うにちがいない。タマゴは鉄治と結婚したかった。だが、結婚できない自分をみじめに思った。

「式は、この件が片づいてからあげたいと思う」

ということは、高奉桂との件は、まだ決着がついていないことを意味していた。

「まだ決着がついてないのですか？」

喜んでいた李明淑の表情が曇った。

「たぶん、まだ決着してないと思う」

学英は言葉を濁した。

「いつ決着するの……」

知美の瞳に不安の色が漂った。

「わからない」

喜ぶのはまだ早いというわけだ。ここにいる四人の頭上を高奉桂の影がおおっているのを李明淑は感じた。

学英は知美をタクシーで送って行った。知美が住んでいるマンションは、「サンタ・マリア」から車で十分もかからない。

タクシーがマンションの前に停まると、

「お茶でも飲んでいきますか？」

と知美が言った。

学英は知美の意思を確認するように、

「部屋に行ってもいいのか？」

と訊いた。

「ええ」

知美は学英を受入れる決意をしていた。

エレベーターで五階に上って知美の部屋に入ると学英はあたりを見回した。広いリビングにソファとテーブルと飾棚があり、想像していたより質素だった。飾棚には額に入った数枚の写真が並べてある。

知美は、その中の一枚の写真を見ていた学英に、

「両親の写真。わたしが小学二年生のとき、飛行機事故で亡くなったわ。わたしは叔母夫婦に育てられたけど、叔父は三年前、心臓発作で亡くなり、身内は叔母さんだけ。叔母さんが亡くなれば、わたしは独りぼっちなの」

と寂しそうに言った。

「おれがいる」

学英は知美を抱きよせて言った。

「そうね、あなたがいるわね。家族が欲しいの。子供を沢山産みたい」

それは知美の切実な願いでもあった。

学英が知美を軽々と抱き上げ、寝室に入りベッドに横たえると、知美は自分から衣服を脱ぎ、恥かしそうに掛け布団をかぶった。

「優しくしてね」

知美は体を学英にあずけた。

「おれのような男でいいのか」

学英は知美の柔らかいすべすべした体を愛撫しながら言った。学英が知美の中に入ってきた。

「わたしは二十五年、あなたを待っていた……」

そう言って知美は低い声で呻きをあげた。

翌朝、知美はいつもより早めに起床してキッチンでハムエッグを作り、トーストとコーヒーの用意をしていた。そして寝室にきてカーテンを開けた。部屋に太陽の光が満ち溢れた。

「朝食の用意ができたわ」

エプロン姿の知美が寝ている学英の上に重なり、耳元で言った。

「いま何時だ？」

眠りから覚めない学英は時間を訊いた。

「午前八時よ。九時には出社しなくちゃ」

知美は学英にキスしながら、起きようとしない学英を無理矢理起こして、

「コーヒーがさめるわよ」

と言った。

学英はしぶしぶベッドから身を起こした。窓から射し込む光が眩しかった。

学英は服を着てキッチンにある食卓テーブルに着いた。

「わたしは料理を作ったことがないから、ハムエッグしかできないの。これから料理を勉強するわ。少しの間、我慢してね」

学英はコーヒーを飲み、トーストをかじり、ハムエッグを食べた。結婚すると毎朝早く起こされるのかと思うといささかげんなりした。しかし、学英は九時には「三栄不動産」に出社しなければならない。やらねばならない仕事が山積みになっている。

朝食のあと、二人は歯を磨き、洗顔した。知美は鏡の前で入念に化粧していた。もともと

美形だが、化粧した知美は別人のようだった。

「女は化粧すると、文字通り化けるんだな」

と学英が言った。

「あら、それってわたしのこと？」

知美はイヤリングをつけ、バッグを持ってあわただしく部屋を出た。そして二人はエレベーターで地下駐車場に行き、知美が運転する赤いフェラーリに乗って発進したが、入口にさしかかったところで一台の車が立ちふさがった。

18

「あの車に突っ込め！　押しのけるんだ！」

学英が叫んだ。

なにがなんだかわからない知美は、しかし学英の指示にしたがって、立ちふさがっている黒い車に突っ込み、アクセルを踏み込んだ。V型12気筒6・0リッターエンジン456KWのフェラーリの力は圧倒的だった。ブレーキを掛けてふんばっている相手の車をうむをいわせぬ力で後退させて駐車場の外に押し出し、そのまま道路を左折して疾走した。助手席の学英が後ろを振り返った。押し出された車から外に出た男が拳銃を構えてフェラーリを狙い、二発、発砲した。一発は車体に当たったが、二発目は当たらなかった。車体に当たった銃弾は火花を散らし、金属音を発した。知美は首をすくめて前方を凝視し、猛スピードで街を駆け抜けた。そして会社に着いて車を駐車場に入れるとエレベーターで三階に上がり、社長室に入った。

「いったい、どうなってるの⁉」

知美の唇が恐怖で震えている。

「おまえを拉致しようとしたのかもしれない。奴がそのつもりなら、ただじゃおかねえ」

白い肌の学英の顔がさらに青白くなり、目の奥で凶暴な光を放っていた。

「どうするの？」

知美は不安になって訊いた。

「今度こそ、かたをつける」

「かたをつけるって？」

「殺《や》るか、殺られるかだ」

「そんな……どっちにしても、あなたは無事でいられないわ。無事でいられる方法はないの。お金で済むことなら、わたしが出します。あなたを失うくらいなら、お金なんかいらない」

知美はすがりつくように言った。

「奴はそんなに甘くない。奴と決着をつけない限り、おまえの安全も保障できない」

学英はその場で鉄治に電話を入れたがなかなか出ない。午前中は眠りこけているのだ。学英は鉄治が電話に出るまで辛抱強く待った。

ようやく電話に出たのは中国人のさえかだった。

「どなた……」

しわがれた隠微な声が学英の耳に響いた。

「ガクだ、テツを起こしてくれ。急用だ」

さえかが隣に寝ている鉄治を起こしている。

「うるさい！　眠いんだ」

鉄治が起きようとしない。

「ガクさんから電話。急用だって」

さえかの声が聞こえる。

鉄治がしぶしぶ電話を取って、

「おれだ、急用だって？」

と訊いた。

「高奉桂の手下に銃撃された」

「なんだって！　いつだ」

「十分ほど前、知美のマンションで襲われた」

「わかった。今度こそ決着をつけてやる。おれはこのときを待ってたんだ」

学英は話を続けようとしたが、興奮した鉄治は電話を切った。鉄治が後輩を集めて高奉桂に殴り込みを掛けるにちがいなかった。学英もあちこちに電話を掛けて兵隊を集め、「サンタ・マリア」の事務所に集結することにした。

あわただしく動き出した学英を知美は制止できないと思った。

「わたしはどうすればいいの？」

知美はうろたえた。

「おまえはここにいろ。この部屋から出るな。三、四人で会社を警備させる。心配するな」

学英は知美を抱いてキスした。知美は学英を放すまいと上衣の襟をしっかり握りしめていたが、学英は知美を振り切って部屋を出た。知美は茫然とした。もう会えないような気がした。

学英と入れ替るようにタマゴが部屋に入ってきた。

放心状態の知美を見て、

「どうしたの？」

と訊いた。

そして今朝からの出来事を聞かされてタマゴは愕然とした。

「今日のことは、八年前から運命づけられてたのよ。避けられなかったんだわ」

タマゴは諦観するように言った。

「警察に通報する」

知美が受話器を取った。

タマゴはその手を押さえて、

「駄目よ、これは運命なの。決着がつくまで、誰にも止められない。抗争がはじまれば、どのみち警察が動くわ」

と言った。

タマゴは、鉄治と学英が高奉桂を駆逐してくれるだろうと、ひそかに期待していた。

「サンタ・マリア」の事務所には学英が連絡した後輩たちが十二人集まってきた。いよいよ決着のときがきたと思っているのか、全員がいささか興奮している。池沢国夫が鉄治と連絡を取って打ち合わせをしていた。

「四台の車が列をつくって行くのは目だちすぎる。それぞれ距離をとって目だたないように行くんだ。池沢は四人を連れて高の事務所へ行け。おれは四人を連れて横浜の高の家に行く」

学英がみんなに指示をした。

「鉄治さんが八人で高の事務所を襲撃すると言ってます」

鉄治は一気にかたをつけようとしているらしかった。

「人数が多すぎる……」

住民から警察に通報されて混乱が起こるだろう。だが、いまとなっては、それも仕方ないことだった。学英が鉄治の行動を制止しようとしても聞く耳を持たないだろう。

池沢が学英を一台の車に案内してトランクを開けた。拳銃が十五丁、自動小銃が四丁、手榴弾が五個、用意してあった。高奉桂との抗争がはじまってから池沢はいつかこういう日がくるのではないかとひそかに用意していたのだ。

それぞれが武器を分担し、李明淑を警備するために四人を残して四台の車に分乗して出発した。

学英の車は高速道路に乗って横浜の高の自宅に向かった。池沢が率いる二台の車は五反田にある高の事務所に向かった。そして高の事務所の前にきてみると鉄治が待っていた。車の中で葉巻をふかしながらビルの五階にある高の事務所をじっと見ていた。

池沢と合流した鉄治は、

「事務所の様子を見てこい」

と池沢に言った。

池沢は二人をともなってビルのエレベーターに乗り、五階の高の事務所の前にきてひと呼吸おくと、「宝栄物産」という表札のあるドアをバールでこじ開け、蹴破って突入した。もし高奉桂がいれば射殺するつもりだったが、事務所はもぬけの殻だった。

池沢は携帯で事務所には誰もいないことを鉄治に連絡した。

「もぬけの殻？　本当か……」

鉄治は拍子抜けした。

事情は学英も同じだった。大きな門構えの高奉桂の豪邸の近くに車を停めて、二人の後輩に様子を見に行かせた。二人の後輩がチャイムを押すと五十歳前後の家政婦と覚しき女性が勝手口を開けて、

「旦那さまはおりません」

と言った。

二人の後輩は家政婦を押しのけて家の中に入り、十数部屋を隈なく探したが誰もいなかっ

た。

二人の後輩から報告を受けた学英は鉄治に携帯電話で状況を説明すると、高の事務所も閉鎖されていると聞かされて考え込んだ。

「サンタ・マリア」の事務所に戻ってきた学英と鉄治は高奉桂に翻弄されているような気がした。高奉桂の家族はどこへ雲隠れしたのか。

「たぶん日本国内にはいないと思う」

考え込んでいた学英が言った。

「じゃあ海外に雲隠れしたとでもいうのか⁉」

高奉桂にだし抜かれた鉄治は憮然としている。

「そうだ。海外に雲隠れしたら探しようがない。手打ち式のあとすぐに日本を出たのだと思う。しかも奴は、海外から何者かに指令を出しているような気がする。今朝、おれと知美を襲った連中も、海外にいる高から指令を受けたにちがいない」

警察なら航空会社の名簿を調べることもできるが、学英と鉄治にそれはできなかった。

「卑怯な野郎だ」

手も足も出ない鉄治は口惜しがった。

しかし、このまま見過ごすわけにはいかなかった。なぜなら、高奉桂が海外から指令を出しているとすれば、その命を受けた殺し屋どもに狙い撃ちされる可能性もあるからである。どうすればいいのか、早急に対策を講じなければならない。いま、この瞬間にも殺し屋どもに狙われているかもしれないのだ。

「高の部下が何人かいるはずだ。奴らを捕まえて、高の居場所をゲロさせるんだ」

たぶん部下も高の居場所を知らないだろうが、とりあえず部下を捕まえて情報を得るしかないと学英は思った。

「高の右腕といわれていた下田って野郎が、銀座のクラブ『ミンク』に入りびたりでしたよ。以前、クラブ『ミンク』で下田に会ったことがあります。店の里美とかいうホステスに入れ込んでいるらしいです」

後輩の金信夫が言った。

「よし、そいつをとっ捕まえて、『龍門』の事務所に連れてこい」

鉄治は自分で下田に吐かせるつもりだった。

「手加減しろよ。やりすぎると死んじまう」

学英が注意した。

「手加減はしねえ。ゲロしないときは徹底的に痛めつけてやる。こっちも命がかかってんだ」

鉄治は憎悪を剝き出しにした。

「おれたちの相手は高だ。手下じゃねえ」

逆上すると鉄治は見境がなくなり、相手を殺しかねないのだった。

「そんな甘いことを言ってると、殺《や》られちまうぜ。高はおれたちのことをお見透しなんだ。特におまえが甘ちゃんだってことをな」

鉄治は学英がときどき見せる慎重な性格を非難した。

「おれは用心してるだけだ。おまえのようにこの時期に飲み歩いたりはしねえ。おまえこそ殺られちまうぜ」

「二、三発撃たれたって、どうってことはねえ。おれはいままで何発も撃たれてるが、この通りぴんぴんしてる。殺し屋が怖くて部屋にすっこんでられるか。おれは好きなときに、好きなところへ行って飲み、好きな女と寝るんだ」

いつものことだが、後輩たちは二人の口論を少しうんざりしながら聞いていた。

とりあえず一同は「サンタ・マリア」で腹ごしらえをすることにした。厨房は仕込みの最中だったが、急に十数人の食事を用意しなければならないので仕込みどころではなくなった。

そこへ高奉桂が海外に逃亡したのではないかという情報を耳にした知美とタマゴがやってきた。

知美の姿を見た学英が、

「動くなと言っただろう」

と叱責した。

「でも、じっとしていられなかったの。高は海外に雲隠れしたんですって？」

意外な展開に知美は仕事が手につかない状態だった。

「ずる賢い男よ。自分は高飛びして姿を隠し、秘密の指令を出して高見の見物ってわけね。こうしてる間にも、あたしたちは誰かに狙われてるのよ」

タマゴは仲間の中にスパイでもいるかのように集まっている一人ひとりを疑うような目で見回した。

「そのうち必ず、奴の居場所を突き止めてやる」

ステーキを食べながらビールを飲んでいる鉄治が言った。

「海外に消えた相手を、どうやって突き止めるのよ」

なんの手掛かりもない、その場限りの鉄治の言葉にタマゴは鋭く反問した。

「草の根を掻きわけてでも探し出す」

「だから、どうやって探し出すのよ。具体的に言いなさいよ。相手はお馬鹿なテツをどこかでせせら笑ってるわよ」

とめどなくビールを飲んでいる鉄治が、タマゴには無能な豚のように見えた。

今朝、知美が作ってくれたハムエッグとトーストを食べている学英は、コーヒーを飲みながら煙草をふかしていたが、おもむろに口を開いた。

「山岸と会って話してみる」

高奉桂にだけ気をとられていたみんなにとって山岸は意識の対象外になっていたが、考えてみると、元はといえば、高奉桂は山岸の利害を代弁しているのだった。

「そうよ、山岸だわ。すべての元凶は山岸なのよ。あの男を追及すれば、高の行方もわかるはずよ」

タマゴは目の前の霧が晴れて、遠い景色を眺望《ちょうぼう》するように目を輝かせた。

「奴のことはすっかり忘れてたぜ。どうして忘れてたんだろう。目の前のことだけを考えていたから忘れてたんだ。もっと視野を広げて考えないと、足元をすくわれる」

遠くばかりを見ていると足元をすくわれると言うのならわかるが、視野を広げなければ足元をすくわれるというのでは話がつながらない。ただ、誰もが鉄治の言葉を妙に納得した。

「さっそく山岸の野郎をとっ捕まえてゲロさせるんだ」

鉄治は肥満の体を持ち上げて腰を上げようとした。

「おれ一人で会う」

学英は鉄治を牽制した。おそらく山岸も警戒しているにちがいないのだ。山岸もどこかに身を隠している可能性があった。

「一人で行くのか？　殺《や》られちまうぜ」

学英から牽制された鉄治は不満だった。

「山岸がおれを殺るとは思えない。奴は小心な男だ」

「でも、高の雇った殺し屋に狙われるわ」

一人で山岸と会うのは無謀だと知美は思った。

「せめて池沢を同席させるべきよ」

タマゴが池沢の同席を提起したが、

「相手の警戒心を解くためにも、おれ一人で行く」

と学英は主張した。

「勝手にしろ。ただし時間を決めるんだ。おまえが山岸と会って一時間か二時間後に帰ってこないときは、おれが乗り込む」

本当はいますぐにでも山岸の自宅へ乗り込んでいきたいところだが、ここは学英に譲歩して、鉄治は様子を見守ることにした。

「奴との話し合いは一時間だ」

鉄治が時間を切った。

「わかった」

学英は諒承した。

それから学英は山岸の自宅に電話を入れた。

「もしもし……」

中年女の声だった。

「もしもし、わたしは李という者ですが、山岸さんはご在宅ですか」

相手の女は警戒する様子もなく、

「ちょっとお待ち下さい」

と言って電話から離れたが、間もなくもどってきて、

「主人はいま外出しております」

と答えた。居留守を使っているのは明らかだった。

「そうですか。山岸さんがお帰りになりましたら、わたしから電話があったことを伝えて下さい」

「わかりました」

相手の女は電話を切った。

「居留守を使ってやがる。これから山岸の家に行く。池沢、一緒にくるんだ」

一人で行くと言っていた学英は、皆の意見を考慮して池沢を連れて行くことにした。山岸の家を張り込むことになると思ったからだ。

山岸の自宅は世田谷区野毛の閑静な住宅街にある。学英は池沢の運転する車の助手席に座ってあたりを警戒するように目をこらした。山岸が住んでいる地域の路上には車が一台も停められていない。山岸宅の斜向いに停めた学英の車は目立っていた。

車から降りた学英は、あたりに目を配り、山岸の家のチャイムを鳴らした。

「どなたさまですか？」

電話と同じ女の声だった。

「先ほど電話をしました李です」

学英は穏やかな口調で言った。

「主人はまだ帰っておりません」

女の声が警戒しているようだった。

「わかっています。郵便受けにメモ用紙を入れておきますので、山岸さんが帰りましたら、見せて下さい」

学英は用意していたメモ用紙を郵便受けに入れた。そして車にもどって様子を見た。

十分もすると、家の中からメモ用紙を持った山岸が血相を変えて出てきた。

そして斜向いに停めている車にきて、

「なんだ、このメモは！　わたしを脅迫する気か！」

と言葉を荒だてた。

閑静な住宅街に山岸の言葉が響いたので、山岸自身、自制するように、

「わたしに何の用だ」

と声を落とした。

「興奮するな。車の中で話し合おう。手荒な真似はしない。おれが保障する」

学英は興奮している山岸をなだめて後部席に乗せて自分も隣に座ると車を発進させた。

車は多摩川の土堤沿いに停めた。川原には野球をしている大勢の人たちが歓声を上げている。鉄橋を渉って行く電車が見えるのどかな風景である。学英は車窓を開け、煙草を一本山岸に渡してライターの火を貸した。川上から吹いてくる風が涼しかった。

学英は高奉桂との間に起こっている事態を説明した。

すると山岸は顔を歪めて、

「わたしには関係ないことだ」

と言った。

「いいか、よく聞け。こういう事態になったのは、もともとおまえの野心からだ。『三栄不動産』を乗っ取ろうとして失敗したおまえは高奉桂に泣きついた。おまえの話を聞いて、以前から李明淑の資産に目をつけていた高奉桂は、このときとばかりに攻勢を仕掛けてきて力ずくでものにしようと思ったが、八年前から因縁のあるおれたちとまたしても戦争がはじまった。関係がないとは言わせない。このままでは、この先、何人か死ぬことになる。死ぬのはおれかもしれないし、おまえかもしれない。とにかく、ただではすまないってことだ。警察に通報しても、事態は解決しない。これは長年の因縁なんだ」

山岸は学英の話を黙って聞いていた。煙草をはさんでいる指がかすかに震えている。

「おまえの助かる方法は一つしかない。高の居場所を教えることだ」

「わたしは知らん。高とは一週間以上、電話を交していない」

「おれはともかく、おまえのそんないい草をテツは信じない。テツは見境のない男だ。おまえの家族に累《るい》がおよぶかもしれない」

学英は鉄治を引き合いに出して山岸を攻めた。

「家族になんの関係があるのだ。そんな脅しに、わたしは乗らない」

「脅しではない。これから実際に起こることを言ってるんだ。おれたちは死を覚悟してる。おまえがあくまでシラを切るなら、おまえとおまえの家族は死んでもらうことになる。それがおれたちの掟だ。四の五の言ってる場合じゃない」

学英の言葉が重くのしかかり、山岸の額に汗がにじんでいる。

「わたしは『三栄不動産』を辞めているし、復帰はとっくに諦めている。わたしは高に出しに使われているだけだ。わたしには関係ない」

「そうはいくか。火を点けたのはおまえだ。糞をたれた尻は、自分で拭いてもらう。それが道理ってもんだ」

山岸は苦渋をにじませて、しばらく考えていた。恐怖におののいている瞳孔《どうこう》が空洞のようだった。

空は晴れ渡り、涼しい風が吹いている。川原で野球をしている人たちの歓声やはしゃぎ回っている子供たちの笑い声が聞こえる。だが、山岸の顔色はどす黒く濁っていた。何かに怯えているのだ。

「あんたと会っていることが高にわかると、わたしは殺されるかもしれない」

山岸の乾いた唇から、声がもれた。

「心配するな。おれたちがおまえの家族を守ってやる」

学英は安心させたが、山岸はにわかに信用できないらしく口を閉ざして瞼を閉じた。

多摩川の対岸に停まっている車の中から一人の男が望遠カメラで学英と山岸を撮影してい

た。

「高はニューヨークのウエスト80にいる。高の女房とわたしの家内は親しい友達だ。彼女からわたしの家内にさきほど電話があった。ウエスト80のホテル・チェスターフィールドからだ」

つい喋ってしまったことを山岸は後悔しているようだった。頭をがくりと垂れ、煙草を大きく吸うと吐息でもつくように煙を吐いた。

学英はすぐに池沢に電話し、山岸の家に二人の見張りをつけるように伝えた。

「外出のときは必ず、おれたちのボディガードと一緒に出掛けるんだ」

山岸は学英の言葉をうわの空で聞いていた。

学英が山岸を自宅に送ると、すでに家の前に池沢が手配した二人の後輩の車が停まっていた。

「この二人は、おまえたち家族を守ってくれる」

学英は二人の後輩を山岸に紹介した。

「夜はどうなる？」

山岸は心配そうに訊いた。

「かたがつくまで二十四時間、見張る。心配するな」

そう言って学英は山岸の家をあとにした。

それから学英は鉄治に報告するため「龍門」に向かった。

事務所では鉄治と三人の後輩がトランプに興じていたが、学英が入ってくると三人の後輩はトランプをやめた。本来の任務についていない者に対して学英はうるさいのである。

「どうだった?」

鉄治はあまり期待していないようだった。

「高はニューヨークにいる。ウエスト80のホテル・チェスターフィールドに家族と滞在してるらしい」

「追うのか」

「追うしかないだろう」

「誰が行くんだ」

「おれが行く」

学英は決意していた。

鉄治が葉巻に火を点けてふかすとニターと笑い、

「李学英、ニューヨークに死す、か」

と言った。

「死ぬとは限らない」

「いや、生きて東京には帰ってこれない。ニューヨーク市警に撃ち殺されるか、マフィアに撃ち殺されるか、どっちかだ。だから、おれが行く。おれは撃たれても死にやしねえ。おれは不死身なんだ」

「おまえのようなデブは目立ちすぎる。空港に降りたとたん、体を蜂の巣にされちまう。昔は俊足だったが、いまじゃ、よちよち歩きの赤ん坊より遅いから、逃げることもできないだろう」

二人はお互いを面罵するのだった。

そのとき池沢が、

「おれが行きます」

と名乗り出た。

鉄治と学英は、池沢の気持を汲みとって冷静になった。

「おまえの気持はありがたいが、おまえ一人では無理だ。おれと一緒に行こう」

学英の意見に鉄治も反対しなかった。ボディガードとして池沢がついて行けば心強いからだ。

「これで決まりだ。出発前に、やることがいくつかある」

学英はさっそく計画を練った。まず問題なのは、高を殺《や》るか殺らないかであった。

「殺るしかねえだろう。なんのためにニューヨークに行くんだ。奴を説得するためか。奴は説得に応じるような人間じゃない。説得に応じるような人間なら、東京で話し合いができたはずだ。奴は話し合いを拒否してニューヨークに雲隠れして、おれたちを殺害するために指令を出してる。こっちが少しでも躊躇すると、その隙に殺られる。いいか国夫、奴は追い詰められると家族を盾にするかもしれない。そのとき同情したり躊躇すると、おまえが殺られる。そういうときは家族も殺るんだ。容赦するんじゃねえ」

鉄治は池沢国夫に忠告しながら、実際は学英に忠告しているのだった。

学英にもわかっていた。高は手段を選ばないだろう。あらゆる状況を想定して挑まねばならない。

「サンタ・マリア」に戻ると、ライブの演奏者たちが出勤してきた。学英はピアニストのジミーとギタリストのウィントンを事務所に呼んだ。店に勤めてから二人が事務所に呼ばれるのははじめてである。解雇されるのかと、二人は緊張している。

「いつもいい演奏をしてくれて感謝している。ところで二人に頼みがある。おれは十日後くらいに池沢とニューヨークに行く。おれたちはニューヨークがはじめてだから、不案内なんだ。そこで車の運転ができる友達を紹介してくれないか。多少手荒なまねも引き受けてくれる奴がいい。一カ月ほど雇いたい。報酬は充分に出す。仕事の内容は知らない方がいい」

学英の奇妙な依頼を、ジミーとウィントンはうすうす理解した。通りに面したガラス張りの席を突然銃撃されたり、何人もの男たちが店を厳重に警備したり、李明淑や知美を警護したりして緊張感が高まっていることには気付いていた。何か途方もない事態が発生しているのだろうと感じていた。

「ブロンクスに暮らしているおれのダチ公に連絡してみます。サムっていうんですが、奴は車の運転も抜群にうまいし、裏社会にも通じている。それに信用できる男です」

ジミーがこころよく引き受けてくれた。

「ブロンクスに二十年以上住んでる日本人がいる。おれと同じギタリストだが、モトヤマというんだ。サムとも仲がいい。向こうで日本語が通じないと不便だろう。その点、モトヤマがいると便利だ。奴はニューヨークに精通してるから」

ギタリストのウィントンはモトヤマを売り込むのだった。

「わかった。モトヤマも使うことにする。一人につき一万ドル払う」

「一万ドル！　すげえ！」

ジミーとウィントンは驚き、かつ大騒ぎしていたが、考えてみると、一人一万ドルというのは破格のアルバイト料である。たぶん仕事には相当な危険がつきまとうのだろうと二人は思った。だが、ブロンクスに暮らしている者にとって一万ドルはめったに手にできない大金である。

ジミーはその場でブロンクスにいる友人のサムに電話を入れた。日本とニューヨークとでは時差が十三時間ある。ニューヨークは午前七時ごろだろう。

サムが電話に出た。

「サムか、おれだ、ジミーだ。いま東京から電話を掛けてる。おまえに素晴しい話があるんだ。十日後におれのボスがニューヨークに行く。ミスター・リーというんだ。おまえとモトヤマは、ボスを車で迎えてくれ。おまえとモトヤマを一カ月ほど雇いたいと言ってる。報酬は一人につき一万ドル出すそうだ。凄いだろう。めったにない仕事だ。一万ドルあれば借金を払い、欲しい物を買い、家族で豪勢な食事ができる。引き受けてくれるか」

確かに一万ドルあればちょっとした借金を清算し、欲しい物を買い、家族で豪勢な食事ができる。だが、サムは話がうますぎるので懐疑的だった。サムはジミーにいろいろ質問をしていた。

「危険はないと思う。運転と通訳がメインの仕事だとボスは言ってる。しかし、ニューヨークってとこは何が起こるかわからない。そのときはボスをガードするのは当然だろう。一万ドルの大金をもらって何もしないわけにはいくまい。時給五ドルや六ドルもらって道路工事をしていることを考えれば、腕の一本くらい失くしたってどうってことはないはずだ。もしかすると、ゴミ溜めのような生活から抜け出せるかもしれない。めったにないチャンスだ。モトヤマは一度、日本に帰りたい、帰りたいと言ってたが、帰る交通費がなくて、二十年間ブロンクスから出られなかったんだ。一万ドル入れば、日本に何回も帰ってこられる」

19

ジミーはモトヤマの郷愁を引き合いに出してサムを説得した。もちろん一万ドルの報酬はサムにとっても魅力的だった。

「わかった。一万ドルくれるなら引き受ける。ただし前金だ。おまえの紹介だから信用しないわけじゃないが、前金だと、張りきれるってもんだ」

金が後払いの場合、値切られたり、不払いになるのを警戒したのだろう。それにサムは一刻も早く金を欲しがっている様子だった。

「ボスに言っとく。たぶん前払いしてくれると思う。そのかわりおまえたちも、ボスの命令に体を張って従うんだ」

サムとは二、三日後、もう一度電話で、ニューヨークのケネディ空港に到着する日時を打ち合わせることにした。

　電話を切ったジミーは、

「サムは前金を要求してます」

　と学英に言った。

「わかった。ニューヨークのホテルで払う」

　学英は承諾した。

　学英は考えていた。ニューヨークで高奉桂を殺《や》るのか、それとも話し合いの余地はないのか。いまだに心が揺れていた。しかし、鉄治が忠告していたように、高奉桂は話し合いには応じないだろう。

　毎日が緊張の連続だった。何人もの後輩たちが、李明淑、知美、タマゴ、学英、鉄治、そして「龍門」と「サンタ・マリア」を警護するのは大変な労力であった。学英はニューヨークまで行く必要があるのかとさえ思った。だが、高奉桂が何者かに指令を出している以上、ニューヨークに行ってかたをつけねばならなかった。

　学英は毎晩、護衛をかねて知美の部屋に泊っていた。もちろん二人が愛し合うためでもある。

　学英に抱かれたあと、知美はうっとりしながら、

「こんなこと言うのは変だけど、いつまでも誰かに狙われていたいと思ったりする。狙われているから、学英さんはわたしを毎日守ってくれるんでしょ」

と甘えるように言った。

「馬鹿なことを言うな。この前、地下駐車場で襲われたのを忘れたのか。拳銃に撃たれると熱い鉄の塊が回転しながら肉を灼き、骨を砕き、血を沸騰させるんだ。激痛が脳天を突き抜け、沸騰した血が喉に詰まり、息ができなくなる。目の前が真っ白になったかと思うと、つぎは真っ黒になって何も聞こえなくなる。そしてすべてを失う」

実感のこもった学英の話に知美は体をこわばらせた。

「あなたがニューヨークへ行ったあと、わたしはどうなるの。ニューヨークであなたにもしものことがあれば、わたしは生きていけない。あなたと離れるなんて、わたしには考えられない。わたしもニューヨークに行きたい。別々になるのはいや。だってわたしを守ってくれるのは、あなたしかいないのよ。そうでしょ」

知美は悲愴感をこめて学英にすがりついた。

「だだをこねるんじゃねえ。おまえとニューヨークへ一緒に行けば、高の思う壺だ。おまえは足手まといになるだけだ」

「あなたの足手まといになるようなことはしない。あなたに迷惑はかけないわ」

「迷惑かけないだって。いま迷惑をかけてるだろう」

学英はベッドから起き上がると裸でキッチンに向かい、冷蔵庫からビールを取り出し、寝室にもどってきてソファで飲み始めた。

「わたしはあなたをこれほど愛してるのに、あなたはわたしがあなたを愛してるほどわたしを愛してないのね」

愛の証を求める知美の話を理解するのは学英には無理だった。

「おまえの話はややこしくて、おれにはわかんないよ。おれはおまえを守るために体を張ってるんだ。命を賭けてる。これ以上、おれに何を証明しろっていうんだ」

「あなたがわたしのために命を賭けてくれてるのはわかってる。でも、もっと優しく愛してほしいの」

「もっと優しくって？　どうすればいいんだ」

「だから言葉じゃなくて、心で……」

「心で……？　おれはおまえのためなら死んでもいいと思ってる。なんだったら、いまこのマンションの五階の部屋から飛び降りてもいいぜ。おまえが望むなら」

「わたしがそんなこと望むわけないでしょ。あなたって、わたしのこと、何もわかってないのね」

　知美はとうとう泣きだした。

　わけのわからない学英はベッドにきて知美を抱きしめ、

「悪かった。おれは馬鹿だからよ、女の気持がよくわからないんだ」

　と機嫌をとるのだった。学英の態度は、どこか不自然だったが、知美は学英に抱きついてキスした。

「わたしはあなたに甘えたいの。いままで誰にも甘えたことがなかったから、思いきり甘えたいの。女社長のわたしは男まさりで、厳しくて、近よりがたい女だと思われていたけど、わたしを女としてたらし込んでくれたのはあなたがはじめてだった。わたしは普通の女。弱い女なの」

　知美はいつになくしおらしく言った。

「そんなことはない。おまえは強い女だ。どんなときでも一人で生きていける女だ」

「それって、あなたがいなくても生きていけるって意味？　いままではそうだったわ。何があっても一人で生きていけると思ってた。でもあなたと出会ってから、わたしは一人では生きていけない女になったの。あなたしか見えないの。あなたのいない世界なんて考えられない」

　知美はまるでロマンチックな映画の主人公のような台詞を口にして自己陶酔していた。

学英はいささか白けていたが、頑固で自己主張の強かった知美が自分を頼りきっていることにいとおしさを感じないでもなかった。

「ねえ、あとでまた抱いてくれる？」

涙を流していた瞳が恥かしそうにしている。

「もちろん、今夜は四、五回抱いてやる」

学英は知美の形のいい乳房に舌を這わせ、ひきしまった体を愛撫した。

「あなたって逞しいのね。だから好きよ」

知美は体をくねらせながら学英の愛撫に恍惚とした。

翌日、学英は車で知美を会社に送った。学英の車の後を、二人の後輩が乗っている車が護衛していた。

「七時に『サンタ・マリア』に行くわ」

そう言って知美は車を降りた。

学英はその足で李明淑の様子を見に行った。

李明淑の家では、護衛している二人の後輩がリビングのテーブルで朝食を食べていた。李明淑が作ってくれたスクランブルエッグとフレンチトーストだった。

「コーヒーはいかがですか」

李明淑が言った。

「いただきます」

李明淑がコーヒーをたてている間、

「何か変ったことはなかったか？」

と学英は二人の後輩に訊いた。

「いまのところ、何もないです」

後輩の一人が言った。

コーヒーを淹《い》れてきた李明淑が、

「一人はソファで、一人は床に布団を敷いて寝てるの。申しわけなくて……。おかげでわたしは安眠できるけど」

と感謝した。

「油断は大敵です。外出はできるだけひかえて下さい。『サンタ・マリア』にくるのはいいですが。『サンタ・マリア』には四人が見張ってますから」

コーヒーを飲んで「それでは」と席を立った学英に、

「ニューヨークに行くんですって？」

と李明淑が訊いた。

「ええ、十日後に行きます」

「高奉桂と会うためですか。知美が心配してました」

「大丈夫です。腹を割って話し合うだけです」

「それならいいんですが、もし何かあったら、知美は耐えられないと言ってました」

「何があっても、必ず知美のもとへ帰ってきます」

学英はまるで新妻を残して戦場へ赴く兵士のような心境になった。何度もエクスタシーに達して学英にしがみついてくる知美の声と体が、学英の皮膚感覚の一部になっている。学英は秘かに決意していた。高奉桂と会った瞬間、撃ち殺そうと。

「サンタ・マリア」では四人の後輩が緊張した面持で店の中と外を見張っていた。

学英が店に入ると四人の後輩たちが「オッス！」と押し殺した声で、しかし気合を入れて挨拶した。厨房ではチーフ以下五人の従業員が仕込みに追われている。池沢国夫が三人のウエイターにいろいろと指示していた。

学英がカウンターの隅に座ると池沢がやってきて、

「チケットは十日後の午後十二時十分発ケネディ空港行きを二枚予約しました」

と報告した。

「ビジネスを予約したか」

「はい、ぼくもビジネスを予約しました」

池沢は恐縮して言った。

「それでいい。おまえはいつもおれの側にいてくれ」

「それから金ですが、いくら持って行きますか」

「そうだな、とりあえず現金《げんなま》で一千万持って行きたいが、持って行けるのか」

ひところ日本政府は海外旅行に持ち出せる現金を制限していたので一千万円の大金を持ち出せるのか学英にはわからなかった。

「調べましたが、海外旅行で持ち出せる現金に制限はないそうです。ただ百万円以上の場合は、支払手段の携帯輸出入届出書という書類を空港の税関に提出する必要があります。税金はかからないそうです。アメリカに持ち込んだ場合も、一万ドル以上は、現金・通貨・トラベラーズチェック・有価証券の別なく申請書を航空機内で提出しないと、わかったときは没収を含めた民事・刑事罰が科せられるそうです」

「要するに申請すりゃあいいわけだ」

「そうです。それから日本で円をドルに交換した方がいいと思います。ニューヨークでは一千万円どころか、百万円でもドルに交換するのは大変だと聞きました。疑われるんです。スーパーで買い物をして五十ドル紙幣を出すと、レジ係がベルを鳴らして店の責任者を呼ぶんですよ。そして責任者は五十ドル紙幣が本物か贋物かを調べるんです。アメリカはそういう社会ですから」

「やっかいな社会だな」

手間のかかることが苦手な学英は、いまから思いやられた。

「とにかくおまえにまかせるから、うまくやってくれ」

学英の経理は池沢がすべて管理していた。

池沢との打ち合わせを終えた学英は二階の事務所に行ってソファに横になった。知美を一晩中抱いた学英は、さすがに疲れていた。

女性事務員の近藤美佐子が、

「お疲れのようですね」

とまるで一晩中、知美を抱いていたことを知っているかのように言った。

「まあね」

学英はなま返事をして瞼を閉じると眠ってしまった。

近藤美佐子はロッカーから毛布を取り出して眠っている学英の上にそっとかぶせた。

池沢に揺り動かされて学英は目を醒ました。

「知美さんとタマゴがきてます。話があるそうです」

腕時計を見ると午後八時だった。十時間近く眠っていた。こんなに長く眠ったのは久しぶりだ。

学英は洗面所で歯を磨き、洗顔すると、櫛で髪の手入れをした。どんなときでも学英は身だしなみに気を使っていた。

鏡の中の自分をじっと見つめて、

「くそったれ！」

と自分に悪態をついた。

「サンタ・マリア」はショータイムだった。店が襲撃されてから客足が遠のいていたが、最近、少しずつもどっている。

学英が店に入ると歌っていたキャサリンが腰をひねってウインクした。太ってはいるが魅力的な女である。数日前、ピアニストのジミーと結婚したのだ。

知美とタマゴは店の奥の隅のテーブルに座っていた。そして見知らぬ男が同席していた。直感的に在日コリアンか韓国人だと学英は思った。

学英が知美の隣に座ると、知美が熱い眼差しで学英を見つめて手を握った。学英も知美の手を握り返した。無言の愛のメッセージが伝わってきた。同時に知美は男を警戒するような目で見ていた。

「こちらは韓さん」

タマゴが学英に男を紹介した。

鰓《えら》が張り、頬骨が突き出た、あくの強そうな四十前後の男である。

「こちらは、この店のオーナー」

タマゴは男に学英を紹介した。

「韓命斗です。よろしく」

韓国語で鄭重に挨拶し、両手を出して学英に握手を求めた。学英は握手した。

「わたしに用ですか？」

学英は韓国語で言った。

「いえ、あなたに用はありません。李明淑さんに用があります。しかし、李明淑さんはあなたに会って諒解を取ってほしいと言われました」

男は落着いていた。いったい何者だろう？　どこかふてぶてしいところがあり、手強そうな相手である。

「李明淑さんに、どういう話があるのですか？」

李明淑が学英の諒解を取ってほしいというからには、直接会いたくない相手なのだろう。

韓命斗は知美とタマゴを見て、

「直接、李明淑さんに話します」

と言った。

「知美は李明淑の姪で、花井静香はわれわれの身内です。どんな話も口外はしない」

学英は、信用しないのなら話は打ち切るといった強い態度に出た。

「わたしはソウルにいる高承賢の弁護士です。高承賢は李定夫氏の第二夫人で、二人の間には三人の子供がいます。三年前、李定夫氏が亡くなったときに手切れ金をもらいましたが、二人の間に三人の子供がいるのに、わずかな手切れ金だけではあまりに不公平だということで、あらためて財産分与を主張しています。すくなくとも資産の三分の一をもらう権利があると思います」

寝耳に水である。学英の通訳に一番驚いたのは知美だった。

「叔父さんに第二夫人がいたなんて聞いたことないわ」

あまりに意外な話に知美は言葉を失った。

こういう話は学英の手に負えない問題だった。

李明淑から直接話を聞くほかなかった。

学英はその場で李明淑に電話を掛けた。

「もしもし……」

李明淑の弱々しい声が聞こえた。

「学英ですが、いま韓国の弁護士と会って話をしてます。しかし、おれにはよくわかりません。明淑さんと直接話した方がいいと思いますが、部屋に行ってもいいですか」

「……」

李明淑はしばらく黙っていたが、

「きて下さい」

と言った。

四人は席を立って李明淑の部屋に向かった。

玄関のドアを開けた李明淑は青白い顔をしていた。何かを恐れているようだった。

リビングのソファに座った韓命斗弁護士は李明淑に名刺を差し出したが、李明淑が受け取ろうとしなかったので、名刺をテーブルの上に置いて挨拶した。

知美がキッチンでお茶を淹れて運んできた。タマゴは椅子に座ってミニスカートから伸びている網タイツをはいた長い脚を組み、わざと黒いパンティをちらつかせながら韓命斗弁護士を挑発していた。

学英が韓命斗弁護士の話を李明淑に伝えた。

青白かった李明淑の顔が興奮したからなのか赤く変化した。めったに感情を表に出さない李明淑が語気を強めて言った。

「高承賢さんとのことは、三年前に決着しています。いまごろ話をむし返すなんて、いいがかりです」

学英が韓国語に訳すと、

「それは高承賢さんとのことであって、三人の子供にはそれぞれ財産分与の権利があります」

と韓命斗弁護士は主張した。

「いいえ、三年前、高承賢さんには二億、三人の子供にはそれぞれ一億、計五億を払いました」

李明淑は韓命斗弁護士の話を受付けようとしなかった。

「それは一時金であって、正式な財産分与ではありません。ですから、あらためて高承賢さんは財産分与の権利を正当に主張しているのです」

李明淑は傍らにあった紙箱から二枚の書類を取り出してテーブルの上に置いた。

一枚は日本語で、もう一枚は韓国語で書かれている。

「これはそのときの誓約書です」

誓約書には、今後、財産分与の権利については一切放棄します、と書かれ、立会人の弁護士各二人と高承賢本人の署名・捺印がしてあった。

「裁判では、こういう書類はなんの有効性もありません。法は誓約書や念書より優先されるのです」

通訳している学英は混乱してきた。双方の意見が正しく認識されているのか判然としないからであった。

これまで秘密にされていた話を聞いた知美は衝撃を隠しきれずに、

「叔母さん、本当なの。叔父さんには韓国に第二夫人がいて、三人の子供もいたの？」

と訊いた。

だが、李明淑は黙して語らなかった。語るまでもなく、いま目の前で、韓国の弁護士と言い争っているのが何よりの証であった。

知美がいたたまれなくなって部屋を出ると、タマゴもあとを追った。

「韓国と日本で裁判をします。失礼ですが、あなたと李定夫氏との間には子供がいないですね」

韓命斗弁護士は李明淑のプライドを傷つけるように言った。

「いません。でも姪が一人います」

李明淑は誇らしげに言った。

それから李明淑はあらたまった口調で、

「裁判なり、なんなり、好きなようにして下さい。言っておきますが、わたしの財産は、この部屋と、このビルの家賃だけです。それ以外のすべての資産は、ここにおられる学英さんに譲渡しました。ですから裁判をしても意味がないと思います」

と言って隣にいる学英を振り向いた。

「なんですって、この李さんに全資産を譲渡した？　そんな馬鹿な！」

韓命斗弁護士は驚愕した。

「これは策謀です。いつ譲渡したか調べればわかりますが、資産の譲渡は無効です」

「わたしは法にのっとって譲渡したのです。まったく問題ありません」

李明淑は厳しい表情で韓命斗弁護士を睨んだ。

韓命斗弁護士は唇を噛みしめ、

「日本か韓国の法廷で会いましょう」

と悔し紛れに言って席を立った。

韓命斗弁護士が帰ったあと、李明淑は虚ろな目をしていた。

あくの強そうな韓国の弁護士が、そう簡単に引き下がるとは思えなかった。

「わたしにはこのビルしか財産がないのよ。裁判をしたって、わたしから取れるものは何もないの。調べれば、相手もわかると思う」

李明淑はシニカルな笑みを浮かべた。

「訊いてもいいですか？」

学英は疑問に思っていることを、この機会に聞こうと思った。

「いいわよ」

懐疑的になっている学英の目を見て李明淑は静かに呼吸をした。学英が何を聞こうとしているのか、わかっているようだった。

「高承賢が財産分与の権利を主張してくると思ってましたか？」

「そうね、思ってたわ」

「それで資産をおれに譲渡したのですか。緊急避難として」

「それもあるわ。でも、わたしは知美とあなたが結ばれると信じたの。結婚すれば資産はあなたたち二人の物よ。その資産をどう使うかは、あなたたち二人が決めることです。主人が亡くなって、わたしの人生は終ったのです」

「そんなにご主人を愛してたのですか」

「いいえ、憎んでました」

学英はどきっとした。

「あなたに聞いてほしい話があるの」

何か切羽詰ったような李明淑の語調に、学英は話を聞かない方がいいような感じがした。

「おれに話さない方がいいと思います」

学英はこれ以上、他人の秘密めいた話を聞きたくなかった。

「お願い、話を聞いてちょうだい。これ以上、わたしは自分の中に秘密をかかえ込むのは死ぬほど苦しいの。誰かに話して少しでも楽になりたいと思っていた。でも知美には話せなかった。知美に話すと、あの子は生涯、わたしを許さないでしょう。長い間、話を聞いてもらえる人がいなかった。でも、あなたに会ったとき、そして知美があなたを愛するようになってから、わたしはあなたなら聞いてくれると思った」

李明淑は涙を浮かべ、唇を震わせた。

その切実さに学英は座り直して話を聞くことにした。

「結婚したのは、わたしが二十五歳で主人は三十歳だった。五反田のある小さな不動産会社にわたしたちは勤めていたの。わたしの口から言うのもなんだけど、主人は背が高くてハンサムで、度胸があったわ。だから周りの女性からもてたの。そんな彼をわたしは遠くから見ているだけだったけど、ある日、食事に誘われて、帰りのタクシーの中でキスされたので、わたしは気が動転したわ。そのとき主人から突然、結婚を申し込まれて、わたしはうわの空で、もちろんイエスと言ったわ。それから二カ月後に結婚しました。結婚を申し込まれて二カ月後に結婚するのは早すぎると両親や周囲の人たちから反対されたけど、わたしは一日も早く結婚したかった。一日も早く結婚しないと彼がわたしから離れていくような気がしたのよ。だってそうでしょ。背が高くてハンサムで、度胸があって、女性からもてるんだもの。どこか学英さんに似てたわ」

李明淑が思い出し笑いをした。

「おれはあなたのご主人ほど頭の切れる男じゃないですよ。どちらかというと馬鹿ですよ。だからテツのような馬鹿とコンビが組めるんです」

学英は謙遜した。

「鉄治さんとはあまり会ったことがないのでよくわからないけど、あなたたち二人とタマゴさんは面白いわ。あまりいないタイプね」

少し間をおいて李明淑は話を続けた。

「わたしは主人を愛していたし、主人もわたしを愛してくれた。結婚して三年後に主人は独立して自分で不動産会社をはじめたの。三軒茶屋にある会社は、主人が不動産業をはじめた所なの。その後、そのビルを買い取って建て直してから会社は大きく躍進した。バブルのまっただ中で、調布駅からバスで十五分のところにある十五坪ほどの古い家屋が、九千万円で売れたのよ。買ったときは二千万円だったのに。とにかく凄い勢いで主人はマンションを買い取ったり、建てたりして、十五年間で千百室あまりのマンションを所有して、バブル崩壊の前に、マンションの売買を一時やめたの。その点、主人は時代を見る目があったと思う。

資産はどんどん増え、主人は毎日仕事に追われて帰りはいつも夜中だった。わたしは主人が体をこわして倒れるのではないかと心配して何度か注意したけど、仕事をやめるわけにはいかなかったのは確かだった。そして主人は仕事の関係で韓国へ行くようになりました。はじめは二、三カ月に一度だったのが、そのうち月に一度になり、週に一度、二度と頻度が高くなって三、四日帰ってこないこともあった。主人は釜山生れですから、やはり故郷が懐かしくてソウルに行った帰り、釜山に寄っているのだろうと思っていたのだけど、三、四日帰ってこなくなって、わたしははじめて韓国に女がいるのだと気付いたのです。われながら鈍感な女だと思う。

でも、わたしは主人に問い質すことができなかった。怖かったの。問い質して主人から別れたいと言われたらどうしようと思って、訊けなかった。そのころから、わたしたちの夫婦生活はなかった。わたしは女ではなくなったのよ。主人の浮気相手はどんな女だろうと思った。そのうちどうしても知りたくなって、興信所に調査を依頼しました。そして興信所の人から十枚の写真を見せられ、ショックを受けたわ。相手は二十八歳の若くて美しい女だった。

わたしがもっとショックを受けたのは三人の子供がいたこと。十歳と八歳の男の子と七歳の女の子で、三人とも可愛い子供だった。

この写真でわたしたち夫婦に子供ができない原因がわたしにあることがわかったのです。わたしは打ちひしがれ、主人の浮気を責める気力を失くしました。

わたしは主人を許そうと思いました。たとえ仮面夫婦でもいいと思いました。わたしにも意地があったからです。主人をソウルにいる女と結婚させないためにも、絶対離婚はすまいと決めたのです。それがわたしの許し方だったの」

李明淑の話は終りのない物語のように思えた。学英はいささか退屈してきたが、苦悩をたえて自分自身に語りかけているような李明淑の話を最後まで聞かないわけにはいかなかった。

李明淑も学英の気持を察したのか、

「話が長くなってごめんなさい。もう少し我慢してね」

と言った。

「女って悲しい生き物ね。わたしは石女《うまずめ》だったのよ。それがわかると、わたしは世の中の母親や子供が憎らしくて、どうしてわたしだけが子供を産めない体なんだろうと天を呪ったわ。主人が子供を欲しがっているのを知っていたから、なおさら悔しかった」

李明淑の目は赤くなり、いまにも涙が溢れてきそうだった。

「主人は亡くなる一年ほど前、突然、別れてくれと言ったの。ソウルに女と三人の子供がいることを告白したわ。わたしと別れてソウルの女と結婚しなければ、子供たちは妾の子として差別され、将来にまで影響すると言うの。さらに主人は、ソウルの女とは結婚して籍まで入れているというのよ。お金で役所の人間を抱き込んで、女の籍を入れたのよ。二重の裏切りよ。許せなかった」

李明淑の目から涙が流れた。

ハンカチで涙を拭きながら、

「ごめんなさい。わたしは罪深い女なの」

と言った。

何が罪深いのか、学英にはわからなかった。

20

「主人は韓国の役人をお金で買収して女の籍を入れたけど、日本の籍からわたしを抜くことはできなかった。日本の籍からわたしを抜くためには区役所に離婚届を提出しないと駄目なの。主人に再三、離婚届に印鑑を押してくれと迫られたけど、わたしは印鑑を押さなかった。わたしとの離婚が成立しないと、主人は重婚の罪に問われかねないので焦っていたのね。主人は財産の半分をやると言ったわ。わたしは全財産をちょうだい、そしたら別れてあげると言った。全財産が欲しかったわけじゃない。主人と女が憎らしくて、復讐したかったの。

　そのうち主人はビルやマンションを売って、そのお金を韓国に移していったのよ。そんなある日、久しぶりにソウルから帰ってきた主人は、酒を飲みながら『おまえのような性悪女は、この家から叩き出してやる！　おまえにはびた一文も残さない！』と怒鳴りながらブランデーの瓶を投げつけ、テーブルをひっくり返し、わたしは殴られた。長い結婚生活の中で、主人から殴られたのははじめてだった。逃げようとしたわたしは主人に髪を摑まれて引き倒された。そのとき主人は、うっと唸《うな》って胸に手を当ててしゃがみ込んだの。主人は以前から狭心症を患っていていつも薬を携帯していたけど、ポケットにある薬を取り出せなかった。わたしはポケットの薬を取り出してあげたかったけど、怖くて取り出せなかった。主人は胸を押さえながら、わたしに訴えるような表情をしていた。主人の顔はみるみる青白くなり、息も絶え絶えの状態だった。わたしは心の中で、いい気味だと思った。わたしが苦しんだ分を苦しむがいいと思った。でも主人がぐったりしてきたので、わたしはあわててポケットから薬を取り出して主人に無理矢理飲ませたけど、主人の意識はすでに混濁していた。わたしは一一九番に電話して救急車を呼びました。救急車は五、六分できたわ。そして病院に搬送している間に主人は亡くなりました。わたしは主人を見殺しにしたのです。殴られていなければ、ポケットの薬を主人に与えていたかもしれない。暴力を振るわれたわたしは、目の前で苦しんでいる主人に対して死ねばいいと思ったの。主人の件について警察も病院も心筋梗塞の発作による死亡であると判断し、何の疑いも持ちませんでした。そしてわたしも、主人が死に至るまでの状況を説明しませんでした。というより、わたしは嘘をついたのです。警察と病院はわたしの嘘を信じました」

李明淑がなぜこんな話をするのか、学英には理解できなかった。

夫婦の深い溝の底にうごめく愛憎のもつれは、学英の計り知れない世界である。李明淑は何を言いたいのか？　警察に自首したいのだろうか？　李明淑の話から推測すると、夫を見殺しにしたといえなくもない。ただ、遅まきながら薬を夫に与えたのが事実だとすれば、夫を見殺しにしたとは言えないのではないか。だが、そもそも李明淑の話の内容は果たして信用できるのだろうか。どこまで整合性があるのか、それも明確ではない。

やはり話を聞くのではなかった、と学英は思った。学英は脚を組み直して煙草に火を点けてふかした。

「いまさら、何の意味もないと思います」

学英は冷たく突き離した。

「何の意味もないですって？　どうして？」

李明淑は虚を突かれたように学英を見た。

「おれは他人の人生に口を出したくない。あんたの告白を聞いたところで、おれには何の意味もない。あんたが罪の意識にとらわれているのはわかるが、それでどうするんだ。警察に自首するんですか。いまさら自首したって罪の意識が消えるわけじゃない。それにあんたが旦那を見殺しにしたかどうかも、あんた自身はっきりしていないと思う」

学英は第三者としての意見を述べた。

「話の続きを聞いてほしいの」

「話の続き？」

夫婦間の愛憎のもつれを告白するだけではおかしいと思っていたが、話の続きとは何だろう。学英は少しだけ好奇心を覚えた。

「妾の高承賢には兄がいます。高奉桂が兄なの」

李明淑は妾という言葉を強調した。

「なんだって、本当か！」

長々とした告白じみた話が、ここにきて高奉桂と結びつくとは思わなかった。

「本当です。妾の高承賢は主人が亡くなってから兄の高奉桂に財産分与の件を頼んでいます。高承賢は背後で兄の高奉桂をたきつけているのよ。いつも無言電話を掛けてきたり、亡くなった主人の古いパンツや、わたしの両目に穴を開けた写真や、入籍している韓国の戸籍謄本のコピーを送りつけてきたりしてる。主人が亡くなればすべての財産は自分と三人の子供たちのものだという主人の念書のコピーも送ってきたわ。あの女は主人が亡くなるのを望んでいたと思う。若い肉体にものをいわせて、主人が心臓を病んでいるのを知りながら、夜な夜な激しいセックスをしていたんだわ。だから主人の狭心症は悪化していったのよ。ソウルから帰ってきた主人はいつも疲れきった様子だった。仕事の疲れだけじゃなくて、あの女に籠絡されてセックスに溺れていたからだわ。あの女が主人を殺したようなものよ」

　李明淑の話の続きは、高承賢に対する激しい憎しみからくる妄想のようにも思われたが、高奉桂が高承賢の実兄だとすれば、妄想として聞き流すわけにはいかない。それにしても、夫を見殺しにしたかもしれないという自責の念が、ひき続く話では、その責任をいきなり飛躍させて愛人の高承賢に転化したのには学英も驚いた。李明淑には明らかに情緒不安定なところがあった。

「さっきは旦那を見殺しにしたかもしれないと言って悩んでいたのに、今度は愛人が旦那を殺したと言ってる。おれにはさっぱりわからない」

「今回のことも遠因をたどれば、あの女が企んでいたんだわ。兄の高奉桂をたきつけ、わたしと知美を殺そうとしている」

温厚なはずの李明淑の顔が険しくなり、目に殺意のような憎しみがこもっていた。学英は女の怨念の恐ろしさをあらためて感じた。

これ以上、李明淑の話を聞いても憎しみと妄想がないまぜになるばかりだと思って、学英は腕時計をちらと見るふりをして、

「用があるので、これで失礼します」

と腰を上げた。

「ごめんなさいね。忙しいのに引き止めたりして。あなたはわたしの話を半信半疑で聞いているようだけど、高奉桂の背後で高承賢がわたしたちを殺そうと煽ってるのは確かよ。わたしの話を信じてくれるわね」

李明淑は救いを求めるような目で学英に訴えた。

「信じますが、少し頭の整理をしないと、こんがらがって、よくわからない」

と学英は率直に言った。

「わたしが話したことを知美には言わないで。あの子は何も知らないのだから」

早く部屋を出たかった学英は、ドアを開けながら、

「わかりました」

と言った。そして店に降りてきた学英はカウンターの隅に座ってビールを飲みながら考え込んだ。

夫婦の確執については学英のあずかり知らぬことだが、高奉桂が高承賢の兄だとすれば話は別である。ニューヨークへ行く前に高承賢が高奉桂の妹なのかどうかを調べる必要があった。

学英は鉄治に電話を掛けた。

「おれだ、ちょっと話がある」

学英の声がいつもとはちがう口調だったので、

「どういう話だ？」

と鉄治は訊いた。

「いまから、そっちへ行く」

学英は電話を切ってすぐに店を出ると表通りでタクシーに乗った。

「龍門」の事務所に入ると鉄治はソファに横になって相変らずテレビを観ていた。

「おまえはテレビを観る以外にやることがねえのか」

と学英が言った。

「テレビを観てると、世の中のことがいろいろわかるんだ」

鉄治はポップコーンを食べながら言った。

「子供か女の子みたいにポップコーンを食べながらテレビを観てりゃ世話ねえよ。世の中の何がわかるってんだ」

いつもは鉄治が椅子に座って机に脚を投げ出していたが、今日は学英が椅子に座って脚を投げ出した。

「たとえばイラク戦争だ。アメリカはイラク戦争に年間八兆円くらい使ってる。八兆円だぜ。ベトナム戦争のときより多いんだ。アメリカ経済がおかしくなるのも当り前だぜ。アフガン情勢も険悪になってる。壊滅したはずのタリバン勢力も復活してアフガン戦争は拡大してる。ビン・ラディンはいまだに見つからない。そこへもってきてサブプライム問題が世界経済の足を引っぱっている。日経平均は一時一万五千円台を切った」

鉄治はポップコーンを口に放り込み、テレビを観ながら訳知り顔で解説するのだった。

「それがどうした。そんなことは誰だって知ってる」

「おまえは知ってるのか」

「知ってるさ、おまえが株に手を出してるってこともな。株をやるためには刻一刻と変る世界情勢を知らないと駄目だってタマゴに言ってたそうだな」

ポップコーンを食べながらテレビを観ていた鉄治がガバッと起きて、

「あの野郎、くだらねえことを喋りやがって」

とタマゴをののしった。

「それで買った株は上がってるのか？」

と学英は訊いた。

鉄治が渋い顔をしている。

「その顔を見ると下がってるらしいな。いくら損してるんだ」

鉄治は「うむー」と唸って口を開こうとしない。

「どうやらかなり損してるみたいだな。いくら損してるんだ」

学英から執拗に問い詰められて、

「一億二千万円だ」

と答えた。

「一億二千万円だって！　おまえは馬鹿じゃねえのか！　何がイラク戦争だ。何がアフガン戦争だ。何がアメリカ経済だ。開いた口がふさがらねえや」

鉄治は少し後悔しているようだったが、

「一万八千円台のとき売っときゃよかったんだが、欲をかいちまってよ。人間、欲をかくとろくなことねえや」

　と、まるで他人《ひと》ごとのように言うのだった。

「それで金はどこから工面したんだ」

　鉄治が一億二千万円もの金を持っているはずはなかった。

「知美から借りたんだ」

「知美から……よくやるぜ。知美からは何も聞いてない」

　学英はあきれて腹をたてる気にもなれなかった。

「いいじゃねえか。どうせおまえと知美が結婚すると、おまえには莫大な財産がころがり込むんだから、そのおすそ分けに少しくらいあずかっても罰は当たるめえ」

　鉄治は悪びれる様子もなく言った。

「おまえがそんな卑しい人間とは思わなかったぜ。おれが知美と結婚するとは限らないぜ。結婚しないときはどうするんだ」

「結婚しないのか」

「そんなこと、わからねえだろう」

　学英は知美と結婚したいとは思っていたが、実際のところ、結婚するかどうかはわからないのだった。

「おまえが知美と結婚しないときは、この店を抵当に銀行から金を借りて返済するさ」

「好きなようにしてくれ。だが、忘れるなよ。この店の半分はおれの物だからな」

学英は釘をさした。

「おまえがこの店を売り飛ばして金を使おうと、おれは文句を言わねえ。そしておれがこの店を売り飛ばして金を使おうが、おまえも文句を言うな。おれたちはそうしてやってきたはずだ」

確かに学英と鉄治は運命共同体であった。どんなときでも二人は体を張って自分たちのテリトリーを守り抜いてきたのである。

「ところで、おれに話があるんじゃねえのか」

と鉄治が言った。

電話の件をすっかり忘れていた学英は思い出したように、李明淑の話を伝えた。

「本当か。面白くなってきた。すぐに誰かをソウルに行かせて確かめさせよう」

鉄治は急に張りきりだした。

「相手にわからないように調べないと、真実がわからなくなる」

「真実か……そんなものがあるのか」

鉄治はにんまりして、真実がどうあれ、事態が思わぬ方向に動き出すのを感じ、電話で後輩の一人を呼んだ。

ホールにいた白容学が事務所にやってくると、

「おまえは南奉順と明日、ソウルへ行け。ソウルに行って高承賢という女の戸籍謄本を取ってこい。彼女の家族の写真も撮ってくるんだ」

と指示した。

事情がよく呑み込めない白容学は、

「どこに住んでるんですか？」

と訊いた。

「だから調べろと言ってるんだ」

相手の女の顔もわからず、どこに住んでいるのかさえもわからないのに調べてこいと言われて白容学は途方に暮れたが、

「二、三日中に調べてこい。急ぐんだ」

と鉄治に急かされて、

「わかりました」

と答えるしかなかった。

「相手にわからないように調べるんだ。わかったな」

鉄治に念を押されて、白容学は、

「はい」

と答えて部屋を出た。

「それで……」

葉巻の端を歯で嚙みちぎって鉄治は火を点け、懐疑的な目をした。

「おまえは李明淑の話をどこまで信じてんだ」

と言った。

「おまえは李明淑の話を信じないのか」

学英は反問した。

「当たりめえだろう。あんなくそババアの話を信じられるわけねえだろう。亭主が韓国に女を作って三人の子供がいるだの、そんな話は、そのへんにごろごろしてる。おれの周りにも、ちょっと金のある在日コリアンの親父どもは韓国で女を作ってる。高奉桂と李明淑の亭主の妾が兄妹だったってことには驚いたが、どうも話ができすぎてる」

普段は能天気だが、こういうことになると、鉄治の本能的な直感が働くのだった。

「容学がソウルから帰ってきたらわかるさ」

学英は李明淑に対する見解を保留した。

「いいや、容学がソウルから帰ってきてもわからないと思うぜ。問題は、おまえがニューヨークに行ったときだ」

「おれがニューヨークに行ったとき？」

「そうだ。高奉桂がどういう態度に出るかだ」

「決まってるだろう。殺《や》るか殺られるかだ」

「うーん」と鉄治は考え込み、葉巻をぷかぷかふかしながら、しきりにテレビのチャンネルを変えるのだった。

「チャンネルをいじくり回すな、子供みたいに」

チャンネルを変えるたびに音声も変るので、学英はいらだった。

鉄治はリモコンをソファに放り出し、ホールに電話を入れて従業員にビールを二本持ってこさせた。それから独酌でグラスにビールをついで飲むと、

「もし李明淑の話が本当だとしたら、あのババアはおまえに高奉桂を殺らせるつもりだ。そうすれば、なにもかもうまくいく。高奉桂の妹もショックを受けて黙り込むはずだ。二度と財産分与の要求などしてこないだろう。そこがあのくそババアの目のつけどころかもしれないぜ」

と言った。

「考えすぎだ。高奉桂とおれたちは昔からの因縁だ。いつかこうなると思ってた。李明淑とは関係ない」

「李明淑は知美の叔母だから、おまえの気持もわかるけどよ、知美だって怪しいもんだぜ」

知美まで疑っている鉄治の無責任な発言に学英はむっとした。

「なんの根拠があって、おまえはそんなことを言うんだ。知美はまったく関係ねえ。おれは知美の性格を知ってる」

「何回か寝たからって、女の本性がわかるのかよ。昨日まで愛し合ってた男女が翌日、殺し合う事件はいくらでもある。要するに愛だのセックスだの、なんの役にも立たねえんだよ」

「それはおまえのことだろう。おまえは穴さえあれば、こと足りるんだ」

「けっ、よく言うぜ。おまえも穴の中を這い回ってるくせに」

二人はいつしか下世話な口論を始め、学英は腹を立てて事務所を出て行った。

三日後、ソウルから白容学と南奉順が帰ってきた。学英は「龍門」の事務所に赴いた。三日前、学英と鉄治はお互いにさんざんけなし合っていたが、そんなことはすっかり忘れていた。

白容学がカバンから戸籍謄本のコピーと写真を取り出してテーブルの上に置いた。

戸籍謄本には長男・高奉桂、長女・高承賢、次女・高令順の兄妹の名前が記入されている。

父親は八年前に亡くなっていた。そして写真には男児二人と女児一人を両手につないでいる笑顔の高承賢が写っていた。

「美人だな。三人の子供がいるようには見えない。これからが女として脂が乗ってくるところだ」

鉄治が助平ったらしい目で言った。

「これで李明淑の話が裏付けられた」

学英は鉄治の疑念を払拭するように言った。

――鉄治も認めないわけにはいかなかった。

「とにかくおれはニューヨークに行く。その先は、ニューヨークで考える」

学英は一週間後、ニューヨークへ発つことになっていた。

ニューヨークへ発つ前夜、学英と知美はレストランで食事をして、そのあと赤坂のホテルに宿泊した。二人はまるで最後の別れを惜しむかのように抱き合った。

「昨日、叔母といろいろ話したわ。高奉桂の要求を聞き入れたら、学英さんはニューヨークへ行く必要がないでしょって言ったの。そしたら叔母から学英さんに聞いてみなさいと言われた。あなたがその気になれば、ニューヨークへ行かなくてすむのよ」

知美は訴えるように言った。

「そのかわり莫大な財産を奴に奪われる」

「財産なんかいらない。わたしが経営している会社にもそれなりの資産はあるわ」

「奴はその資産も欲しがるようになる。こっちが弱腰になると、そこをつけ込まれるんだ。それに奴とは昔からの因縁がある。これは運命なんだ」

「運命は自分の力で切り開くものだわ」

「だからおれは奴を倒しに行く」

力の世界に生きてきた学英を説き伏せることはできなかった。知美はただ学英の無事を祈るしかなかった。

出発の日、鉄治をはじめ知美、タマゴ、そして二人の後輩が成田空港まで見送りにきた。

「国夫、ぬかるんじゃねえぞ。ガクとおまえが成田を出発すると、おそらく誰かが高の野郎に連絡するはずだ。ケネディ空港で待ち伏せしてるかもしれねえ。ニューヨークには殺し屋どもがうじゃうじゃいる。高の野郎が殺し屋を雇っていると考えて行動しろ」

鉄治は池沢国夫に注意を喚起した。

「わかってます。学英さんはおれが体を張って守ります」

「こころ強いことを言ってくれるじゃないか。安心したぜ」

実際、池沢国夫は、これまで何度かあった新宿での抗争で体を張って学英と鉄治を助けてきた。

李明淑は見送りにこなかった。

翌日の午後二時頃、学英と池沢の乗った旅客機は、ケネディ空港に到着した。十三時間ほどの時差だった。

「昨日の正午ぐらいに成田を出発したのによ、今日の午後二時ごろニューヨークに着いたってことは、やっぱり地球は丸いってことが証明されたよ」

学英はしきりに感心していた。

「つうことは、飛行機は空に浮いてただけですか？」

と池沢は言った。

「馬鹿、ニューヨークまで飛んできたんだ」

どっちもどっちだが、二人は巨大な旅客機が高度一万メートル、時速千キロ以上のスピードで飛行していること自体、不思議でならなかった。

税関を出ると、ジミーの友人であるサムと在米日本人のモトヤマが迎えにきていた。

「待ってました」

モトヤマが手を差し延べて学英と池沢と握手した。サムも二人と笑顔で握手した。

学英と池沢は手荷物だけだったので、税関を出るとサムが運転してきた車に乗ってホテルに向かった。

ホテルの目の前はセントラルパークだった。観光客の馬車が数台並んでいて馬の匂いが立ち込めていた。その中を大勢の人々が行き交っている。歩道には似顔絵を描く画家たちが通行人に声を掛けていた。

「みんな中国人ですよ。絵をろくに描けない奴もいます」

モトヤマが言った。

ホテルの部屋に入った学英はさっそくボストンバッグから二万ドルを取り出し、モトヤマとサムに一万ドルずつ手渡した。

「ありがとうございます」

モトヤマは満面の笑みを浮かべた。

「運転だけじゃなくて、ボスのいうことならなんだってやるぜ」

一万ドルを手にしたサムの目がぎらぎら光っている。

「これから高が宿泊しているイースト80あたりを調べて、奴を監視できる場所を選ぶ。あと車を一台とおれたちの携帯電話を用意してくれ」

学英はモトヤマに頼んだ。

「わかりました。すぐに手配します」

二時間後にモトヤマは車と携帯電話を手配してきた。

それから四人は一台の車に乗ってイースト80のアムステルダム・アベニューとブロードウェイの間の一方通行の道路に面しているホテル・チェスターフィールドの前を徐行しながら通った。

「奴はホテル・チェスターフィールドに宿泊してる。このホテルは長期滞在できる。事務員は日本人で宿泊客も日本人が多い」

ホテルの前を通り過ぎながら学英が説明した。

ホテルの前の一方通行の路上には車がぎっしり駐車していて空いている場所がない。

「この通り以外で監視するのは難しい。駐車している車が移動するのを待つしかない」

いったんホテルにもどった学英は作戦を練った。

「まず拳銃がいる。拳銃を手配してくれ」

と学英が言った。

「わかりました」

モトヤマは拳銃の手配を英語でサムに伝えると、

「オーケイ」

とサムは得意そうに頷いた。

「今日は夕食を取って早く寝ることにしよう。明日は午前十時に、この部屋で落ち合おう。体を休めておけ。明日から本番だ」

学英は三人に言った。旅の疲れもあって一晩ゆっくり休養しておこうと思ったのだ。

夕食のあと、学英はシャワーを浴びて早々に就寝しようとしたとき、ノックの音がした。

「誰だ……」

学英は用心深い声で相手を確かめた。

「池沢です」

ドアを開けると、池沢がウイスキーの瓶を提げていた。

「東京では遅くまで起きてたものだから、なかなか眠れなくて」

学英も早々に就寝しようとしたが眠れそうになかった。

「日本はいま午前九時頃かな」

「そうです。まだ眠っている時間です」

東京では仕事の関係上、就寝するのはいつも午前四時頃になる。

水割を飲みながら窓からニューヨークの夜景を眺めていた池沢が、

「高はおれが殺《や》ります」

と言った。

「状況次第だ。高はボディガードを雇っているにちがいない。アメリカのボディガードは容赦なく撃ってくる」

「わかってます。おれにまかせて下さい」

池沢は高と刺しちがえることを考えているようだった。

池沢の考えはわかっていたが、学英は黙っていた。学英は池沢より早く高と刺しちがえる覚悟だった。

翌日の午前十時、学英の部屋に三人が集まってきた。サムが大きなカバンを提げている。そのカバンをベッドの上に置いて蓋を開けた。カバンの中にはさまざまな銃がずらりと並んでいた。

「銃を用意してきた。これらの銃は無登録の銃だから、使った者を特定することはできない。だから安心して使える」

サムはヤニだらけの歯を見せてニッと笑った。

「これはドイツ製のＨＫ45Ｃセミオートマチック銃だ。音が静かで、三十メートル先の標的を殺傷できる」

サムはＨＫ45Ｃセミオートマチック銃を学英に手渡した。学英は銃を持って構えた。冷たい銃の感触から兇々《まがまが》しい情念のようなものが伝わってくる。

「これはトルコ製のファティル13・380ACPセミオートマチック銃だ。破壊力が強い。一発で相手を仕留めることができる。こいつは小型だがショットガンだ。ビルの壁をぶち抜くことができる。相手に当たれば粉々になる。おれがもっとも好きな銃はこの電動コンパクトマシンガンだ。一秒間で十二発の弾が飛び出す。標的を正確に狙う必要がない。小型だから上衣の陰に隠して持ち歩くことができるし、片手で撃つこともできる。相手を威嚇《いかく》するにはもってこいの銃だ。もちろん何人だって殺せるぜ」

サムは電動コンパクトマシンガンに電池をはめ、弾を装填《そうてん》して片手で構えてみせた。ワルサーP99フルオート、コルト・パイソン2・5インチ、ワルサーP38など、全部で十種類の銃を見せて説明した。総額七千ドルという。使用後の処理費用も含めてサムは一万ドルを要求した。学英はその場で一万ドルを支払うと、ドイツ製のHK45Cセミオートマチック銃とコルト・パイソン2・5インチ銃を選んだ。サムは電動コンパクトマシンガンを手に取り、池沢はトルコ製のファティル13・380ACPセミオートマチック銃を、モトヤマはショットガンを選んだ。

四人は銃を隠し持って地下駐車場に行き、二台の車に分乗した。そしてイースト80のホテル・チェスターフィールド前にきたが、一方通行の狭い路上には相変らず車輌がぎっしり駐車していて割り込む隙間がなかった。仕方なく学英と池沢はアムステルダム・アベニューの路上で、サムとモトヤマはブロードウェイの路上で駐車している車が移動するのを待つことにした。

21

八車線のアムステルダム・アベニューの中央分離帯は二メートルほどあり、信号待ちしている子供や老人が休めるように長椅子が置いてあった。実際、老人が長椅子に座って信号待ちしていた。

道路の両側には中華飯店、韓国料理店、日本料理店、すし店、有名なステーキ店、アパレル店、靴店、雑貨店、コンビニ、スーパー、映画館等々、あらゆる店が軒を並べている。車の量も多く、人通りも多い。信号の角のレストランは歩行者専用道路に数脚のテーブルと椅子を置き、そこで喫煙できた。昼どきになると、レストランの外のテーブルは満席になっていた。だが、ホテルの前の一方通行にはほとんど人通りがなく、見透しはよかった。

学英と池沢はホテルの出入口をじっと見ていた。もちろんモトヤマとサムもホテルの出入口を見ていたが、いつ出てくるかわからない高奉桂を待ち続けるためには忍耐が必要だった。

9・11テロ事件以後、ニューヨークは厳戒態勢に入っていると聞かされていたが、国内便の空港のチェックは甘く、旅行者はほとんどノーチェックだったという。時給五ドルか六ドル程度で雇われている黒人の警備員はやる気がなく、サボタージュしているとモトヤマが言っていた。

「時給五ドルや六ドルではやる気が起きるわけねえよ。警備員を増やしているけど、ほとんどが安い賃金で雇われている黒人で見せかけだけの厳戒態勢なんだ」

そういえば警官の姿を一人も見たことがない。モトヤマに言わせれば、警官は9・11テロ事件の現場周辺を集中的に取締まっていて、他の地域を巡回する余裕がないというのである。つまり高奉桂を殺《や》るには好条件だというのだ。しかし、それはあくまでモトヤマの推測にすぎない。学英は万一に備えて、チェック態勢の甘い国内線でカリフォルニアに飛び、そこから東京へ帰ることにしていた。

排気ガスの影響もあるかもしれないが、ニューヨークの残暑は厳しかった。

二時間ほど過ぎたとき、ホテルから二人の白人が出てきて、あたりを警戒するように見回し、ホテルの中にいる人物に頷いた。少し頭の禿げた髭面の男が現れた。髭面だったので一見高奉桂に見えなかったが、学英の目は誤魔化せなかった。

学英は携帯電話でモトヤマとサムに高奉桂がホテルから出てきたことを知らせた。するとサムがいきなり車から飛び出し、ホテルから出てきた高奉桂に向かって自動小銃を撃ちまくった。タ、タ、タ、タ、タ……と自動小銃の音があたりに響いた。駐車している車の車体に穴が開き、窓ガラスが割れ、建物のコンクリートの破片が飛び散った。二人の白人にガードされていた高奉桂は地面に伏せた。同時にボディガードの一人が車の陰から自動小銃を撃ちまくっているサムに銃を発砲して反撃した。何かがはじけるような大きな音だった。犬を散歩させていた老婆は何が起こったのかわからず茫然としている。

ボディガードから反撃されたサムは車の助手席に乗り、急発進して逃げた。高奉桂は二人の白人にガードされながらホテルの中に逃げ込んだ。サムの勇み足で計画は失敗した。学英はその場を引き揚げ、ホテルにもどって東京へ帰る仕度をしているところへ部屋の電話のベルが鳴った。

受話器を耳にあてると、

「ガクか、おれだ、高だ」

としわがれた高奉桂の声が聞こえた。

「ドジったな。今度はおれがおまえを殺《や》る番だ。だが、その前に話がある」

「話？　何の話だ」

「長びく話だから、電話ではできない。会って話したい」

「会って話したい？　おれをおびき寄せて殺るつもりか」

「おれはそんな卑怯な真似はしない」

「おまえはいつも卑怯だった」

「おまえはおれを殺《や》りそこねた。それでおあいこだ。おれの話を聞いてから、おれを殺っても遅くはないはずだ。おれの話を聞かずにおれを殺ると後悔することになる」

いつもとはちがう高奉桂の声に、学英はある種の真実が含まれているように感じた。

話とは何だろう？　高奉桂は平気で嘘をつく。針小棒大な話もあれば、まったく虚構の話もある。どちらの場合も、高奉桂は嘘をつきながら、自分自身本当の話であると思い込むことで、他人を錯覚させるのだった。

危険だが、学英は高奉桂と条件を付けて会うことにした。

「危険です。罠ですよ」

池沢は学英を引き止めたが、「おれの話を聞かずにおれを殺ると後悔することになる」という高奉桂の謎めいた言葉が気になっていた。

場所は学英が投宿しているホテルに決めた。ホテルの入口で池沢が高奉桂と二人のボディガードを厳重にチェックし、高奉桂一人が学英の部屋にくることになった。

当日、高奉桂が一人でやってきた。

入口にいた池沢が、

「ボディガードは」

と訊くと、

「ボディガードはどのみち部屋に入れないから、おれ一人できた」

と答えた。

「一人で……？」

池沢は何か仕掛けがあるのではないかと疑ったが、高奉桂以外にボディガードはいなかった。

池沢は学英に携帯で電話を掛け、

「高が一人できてます」

と伝えた。

「一人で……他にボディガードはいないのか」

学英は不審がったが、

「よし、通せ」

と言った。

一人でくるとは大胆な野郎だと猜疑心をつのらせ、ドイツ製のHK45Cセミオートマチック銃をベルトに差し込み、コルト・パイソン2・5インチ銃を上衣の内ポケットに忍ばせた。

もちろん高奉桂が挙動不審な態度に出なければ拳銃を使うつもりはなかった。

ノックの音がした。学英は椅子に座って脚を組み、右手をベルトの上に置いた姿勢で、

「入れ」

と言った。

ドアが開き、高奉桂が入ってきた。不敵な笑みを浮かべている。

「久しぶりだな」

部屋に入ってきた高奉桂は手を差し延べて握手を求めたが、

「そこに座れ」

と学英はベルトの上に右手を置いたまま言った。

「ぶっそうな物に手を掛けるんじゃねえぞ。おれは丸腰だからな」

ベルトに差し込まれている拳銃を見た高奉桂は椅子に腰を下ろした。

「さっそくだが、おまえの話を聞こうじゃねえか」

学英が急かせると、高奉桂は右手を上衣のポケットに入れようとした。学英は反射的にベルトに差し込んでいる拳銃に手を掛けた。

「煙草を吸いたいんだ。そうぴりぴりするな」

高奉桂は煙草とライターを取り出し、火を点けてゆっくりふかし、

「おまえは李明淑を信用してるようだが、あのババアは、とんでもない喰わせ者だ」

と言った。

「なんだと。おまえの口車に乗せられてたまるか」

学英は高奉桂の口車に乗せられまいと構えた。

「確かにおれは、おまえとテツを騙したことがある。しかし、これから言うおれの話は本当だ。信じようが信じまいが、それはおまえの勝手だけどよ」

相手の心理につけ込むのが上手い高奉桂の常套句である。

「話だけは聞いてやる。だが、おまえの話には嘘が多すぎる。今度、嘘をつきやがると、必ずおまえを殺してやる。覚悟して喋れ」

学英は念を押した。

「おれがなぜ、丸腰で危険を冒してまで、おまえに話しにきたのか、それは自分の身を守るためだ。おまえはあのババアにそそのかされて、おれを殺《や》るためにニューヨークまで追ってきた。おれは女房に泣きつかれて日本を脱出した。おまえがニューヨークまで追ってくるとは思わなかった」

高奉桂は煙草の煙をくゆらせ、目で追った。

「前置きが長いんだよ。おれをいらつかせるな」

学英はいつでも発砲できる用意をしていた。

「おまえは『三栄不動産』の謄本を見たことがあるのか。ないだろう。千百室あまりのマンションのうち四分の三は抵当権が設定されている。競売に掛けられるのは時間の問題だ。おまえはあのババアに勧められるがままに代表取締役になったが、近々、私文書偽造罪で検察庁に起訴されるはずだ。李明淑は弁護士と結託して会社の謄本を偽造し、山岸に会社を乗っ取られるかのように見せかけている。だが、山岸は借金だらけの会社を乗っ取る気などない。ただ残っている四分の一のマンションを保全したいだけだ。四分の一のマンションは、おれの妹に権利がある。妹は李明淑の夫、加藤定夫こと李定夫の子供を三人産んでいる。李定夫と李明淑の間には子供がいない。当然、四分の一のマンションは三人の子供たちのものだ。それを主張して何が悪い？　李明淑はマンションを独り占めしようとしているが、つぎからつぎへと銀行から借金している。その金はどこへ消えているのか？　考えてもみろ。百億単位の金が消えてるんだ。おかしいと思わないか。その答えは、李明淑に男がいるってことだ。李明淑はいい年こいて男に貢いでたんだ」

学英が想像もしなかった言葉である。

「出鱈目を言うんじゃねえ！　そんな話、知美からも聞いたことがない」

「知美がそんな話をおまえに言うわけないだろう」

「じゃあ聞くが、李明淑が好きな男っていうのは誰なんだ。言ってみろ！」

学英はベルトに差していた拳銃を抜いた。

「誰だか知らない。だが、本当だ」

「誰だか知らないのに、本当だと言うのか！　このペテン野郎！　てめえの頭をふっ吹ばしてやる！」

学英は銃口を高奉桂の頭に突きつけた。

「やめろ！　やめるんだ！　嘘じゃない。知りたかったら李明淑に聞け！」

高奉桂は叫んだ。

その叫び声に、廊下を見張っていた池沢がドアを開け、いましも高奉桂の頭に突きつけている拳銃の引き金を引こうとしている学英を見て驚き、走り寄って制止した。

高奉桂は腰が抜けて、へなへなとその場に座り込んだ。

「いい加減なことをぬかしやがって。てめえの悪事を正当化するために嘘八百を並べたてておれを騙そうたって、そうはいくか」

へたり込んでいた高奉桂は急に笑い出し、

「もっと言ってやろうか。おれの妹が言ってた。李明淑は好きな男に指図されて、夫を殺したそうだ」

と学英を挑発するように言った。

学英が高奉桂の顎を蹴り上げた。高奉桂はたまらず二回転してテーブルに衝突した。口から血を流していたが、それでも高奉桂は学英の神経を逆撫でするようにケ、ケ、ケと笑っていた。

「落着いて下さい。ボディガードがくると撃ち合いになります」

池沢は興奮している学英をなだめ、

「こいつは、おれが殺《や》ります」

と言った。

「冗談だろう。おれを殺って何の得がある。おまえたちは罠にはめられたんだ。現実をよく見ろ。おれを殺るとニューヨークから一歩も出られない。ニューヨーク中の警官に追い詰められて、体を蜂の巣にされるだけだ」

高奉桂は必死に抗弁したが、

「言いたいことはそれだけか。立て」

と池沢が口から血を流して倒れている高奉桂を立たせると、学英の旅行カバンからガムテープを取り出し、後ろ手に縛った。

「本当におれを殺るつもりなのか。馬鹿なことはよせ。おれはおまえを信じてボディガードを連れてこなかった。学英ともあろう男が、丸腰のおれを殺るのか」

高奉桂は泣きそうな声で哀願した。

「悪かった。おれは嘘をついてた。おれの話はみんな出鱈目だ。許してくれ」

悲愴感をにじませて、高奉桂は謝り、命乞いをするのだった。

「おまえの話はみんな嘘だというのか」

学英は高奉桂を睨んで言った。

「そうだ。みんな嘘だ。出鱈目の作り話だ」

「嘘だというのも嘘じゃねえのか」

「本当だ、嘘じゃない」

「何が本当で、何が嘘なんだ！」

学英が怒鳴った。

高奉桂自身も何が本当で、何が嘘なのか、頭が混乱している様子だった。

「おまえは生れつきの虚言症だ。舌を抜いてやる」

学英は銃口を高奉桂の口中に突っ込み、ハンガーの金具部分で舌を刺した。

「うわーっ」と高奉桂は叫びを上げて暴れた。

池沢が暴れる高奉桂を押さえ込んだ。

だが、ハンガーの金具で舌を貫くのは難しかった。

高奉桂の口から血がどくどくと流れている。

「舌を出せ。拳銃で舌だけに穴を開けてやる」

高奉桂は体をがたがた震わせ、頭を横に振って拒否した。目から涙がこぼれている。

「国夫、フロントに行って鋏《はさみ》を借りてこい」

「わかりました」

池沢がフロントに行っている間、高奉桂はわめき続けた。

「おまえはどうかしてる。正気じゃない。おれの舌を抜いてどうする気だ。焼いて食べるのか、そのまま食う気か。どっちにしてもおれの舌はまずいぞ。舌を抜かれる前に、もうひとつ言ってやる。あのくそババアはヤク漬けにされている。ヤク漬けにされて、男のいいなりになってるんだ。ざまあみろ！」

血まみれになっている高奉桂は最後の抵抗でもするように毒づいた。

「口のへらない野郎だ」

学英は高奉桂の腹を蹴った。

「うっ！」

呻いた高奉桂は急に、

「頼む、助けてくれ。いまの話も嘘だ。おまえの言う通り、おれは生れつきの虚言症なんだ。病気なんだよ。二度とおまえの前には姿を見せない。おれは本当のことを話そうとして、つい嘘をついてしまうんだ。おれの話を信用するな。李明淑が男に貢いでることも、ヤク漬けになってることも、みんな嘘だ」

と自分で自分を虚言症だと言いながら、その実、学英に先入観をすり込んでいるのだった。高奉桂のしたたかな陥穽《かんせい》にはまるまいと思いながらも、学英は高奉桂の話をいますぐ確かめずにはいられなかった。

池沢がフロントから鋏を借りてきた。そして悶えている高奉桂を見て、

「おれがこいつの舌を抜きましょうか」

と言った。

「もういい。放してやれ。おれはこれから東京にもどる。すぐ手配しろ」

学英は池沢に指示した。

成田空港に到着したのは午後九時頃だった。「サンタ・マリア」はいつものように営業していた。学英がニューヨークから突然もどってきたので、見張りをしていた後輩や店の従業員が驚いた。カウンターでタマゴが飲んでいる。学英はタマゴの隣に座ってビールを注文した。

「疲れた顔してるわね。高は殺《や》ったの？」

タマゴはニューヨークでの成果を訊いた。

「いいや、殺らなかった。殺るだけの相手じゃねえ」

学英の言葉はどこか曖昧だった。

「殺りそこねたのね。それとも許したの？　どっちにしてもあいつを生かしとくと危いわよ」

タマゴは煙草をふかしながら冷静に言った。

「あいつに、そんな度胸はない。ただの臆病者だ」

「臆病者が怖いのよ。自分を誇示したいと思ってるから」

タマゴは依然として高を警戒していた。

「『三栄不動産』の千百室のマンションのうち、四分の三は抵当権が設定されてるらしい。競売に掛けうれるのは時間の問題だそうだ」

何の脈絡もない学英の話にタマゴは眉をひそめた。

「そんな話、誰から聞いたの？　高奉桂からでしょ。それでガクは高を見逃したのね。高は口の達者な男よ。平気で嘘をつく山師よ。それはガクも知ってるでしょ。なのに、どうして高の話を信じるの」

人を信じやすい学英の性格を非難するようにタマゴは言った。

「明日になればわかるさ。池沢が明日、法務局に行って『三栄不動産』の謄本を取ってくる。もし高の話が本当だとしたら、おれは李明淑に乗せられたことになる。知美は知っていたのかもしれない」

「馬鹿なこと言わないで。知美まで疑ってるの。知美はガクを愛してるのよ。それはガクも知ってるでしょ」

高奉桂の話を真に受けて、知美まで疑っている学英にタマゴは強い反発を覚えた。

「高の話を鵜呑みにしているわけじゃない。しかし、どこか辻つまが合う」

「どこがどう辻つまが合うのよ。そもそも高を信用すること自体おかしいわよ。高を殺《や》りに行ったのに、逆に高に洗脳されるなんて、お笑い草よ。どうかしてる」

タマゴはブランデーを飲み干し、バーテンに催促した。

「知美はどこにいる?」

「会社で仕事してるわ。あとで会うつもり」

タマゴはそっけなく答えた。

「知美には、いまの話をするな。明日、会社の謄本を見て、おれから話す」

「知美との愛をぶち壊すつもりなのね。知美を愛してなかったの?」

タマゴにとって愛は神聖な領域だった。たとえ何があろうと愛を信じていた。その愛を学英は踏みにじろうとしているかのように思えた。

「おれは知美を愛してた」

愛してたと、言葉は過去形になっている。

「いまも愛してるの？」

タマゴに鋭く問われて、

「わからん」

と学英は言った。

大きな疑惑をいだいている学英の心は暗い闇におおわれていた。

「冷酷な男ね。本当は知美を愛してなかったのよ。本当に愛していたら、そんな言い方はしないはずよ」

タマゴは失望して席を立った。

「知美には言うな。おれから話す」

立ち去って行くタマゴに学英は念を押した。

一人になった学英は知美を疑っている自分を責めた。高奉桂の陥穽に踊らされているのではないのか。高奉桂の話はどこまでが本当で、どこまでが嘘なのか、判別できなかった。人間の心の奥をのぞくことは不可能であった。学英は人間の心の迷宮の森を彷徨していた。迷宮の森には入口もなければ出口もない。真実は霧におおい隠され、疑惑が晴れることはないのだ。

店に李明淑と知美が入ってきた。二人はマネージャーに案内されて奥の窓際のテーブルに座った。

学英はカウンターを離れて二人のテーブルに行き、

「いらっしゃい」

と挨拶した。

「あなたが帰ってきたって聞いたからきたの」

知美の瞳が濡れているようだった。

「無事でなによりだわ。心配してたの」

李明淑が言った。

「高奉桂と会って話し合った」

学英の言葉に李明淑が敏感に反応して、

「何を話し合ったの？」

と訊き返した。

「いろいろ……謎が解けてきましたよ」

学英の意味ありげな言葉に、

「謎って……？」

と知美が不審な顔をした。

「高奉桂を殺《や》らなかったのですか」

学英が高奉桂を殺らなかったことが不満らしく李明淑は暗い表情をした。

「高奉桂を殺るのを期待してたんですか」

学英は李明淑の心の奥を探るように言った。

「高奉桂はわたしたちの命を狙っていました。だから高奉桂が生きてるってことは、これからもわたしたちの命が狙われるのではないかと思って……」

李明淑が怯えるように言うと、

「学英さんが高奉桂を殺害すると殺人者になるのよ。そんなのいや。恐ろしいことだわ」

と知美は言った。

「どんな話をしたのですか」

学英と高奉桂の話が気になるらしく、李明淑はまた訊いた。

「明日話します。明日の午後二時頃、部屋にうかがってもいいですか」

と学英は李明淑の都合を訊いた。

「ええ、わたしはいつでも部屋にいます」

李明淑の顔が無表情になった。

ライブがはじまった。

「それではごゆっくり」

学英は他人行儀に告げて席を立った。

いつもとはちがう学英の態度に知美は不安を覚えた。

翌日、池沢は法務局に赴き、「三栄不動産」の謄本を取ってきた。

「三栄不動産」の謄本はかなり複雑だった。十五、六年ほど前からG銀行、E銀行、F銀行などから資金を借り入れ、多くのマンションが根抵当権を設定されている。バブル崩壊後、「三栄不動産」のマンションを抵当につぎつぎと銀行から資金を借り入れていたのである。しかも千百室のうち三百五十室はすでに売却されていた。さらに四百七十室は競売寸前だった。巨額の資金を長年にわたり自転車操業していたとは信じ難い。これほど杜撰で荒っぽい資金繰りは常識では考えられなかった。会計士が管理しているはずなのに、いったいどうなっているのか。

学英は「三栄不動産」の代表取締役に就任するとき、李明淑から提出された経理の帳簿を見ている。だが、不動産の謄本は見せられていなかった。マンションは当然、無傷であると思い込まされていたので、あえて謄本を取り寄せなかったのである。その罠にまんまとはまったのだ。弁護士と会計士が見抜けなかったほど、帳簿は巧妙に捏造されていたのだ。弁護士も会計士も頓馬といえば頓馬だったが、相手が一枚上手だったといえる。

「よくやるぜ」

謄本を見ていた学英は感心したようにあきれた。

李明淑が一人でできることではなかった。裏で李明淑を操っている人物がいるにちがいない。高奉桂の話が現実味をおびてきた。ではなぜ、学英と争っているとき、高奉桂は暴露しなかったのか。おそらく妹に少しでも多くの財産分与をもたらすために、表沙汰にしたくなかったのだろう。

裏で李明淑を操っている人物はいったいどういう人物なのか。高奉桂の話では李明淑はその男の愛人ということだが、李明淑はそれほどまでにその男を愛していたのだろうか。学英には理解できない男女関係である。

学英は考えあぐねた。李明淑を問い詰める前に、タマゴに相談してみようと思った。タマゴは男女関係について鋭い洞察力を持っている。それに知美との関係もある。タマゴから「冷酷な男」とののしられたこともあり、ここは冷静に対処しなければとり返しのつかない結果を招くかもしれないと思い、学英はタマゴの携帯に電話した。

「もしもし……」

タマゴが出た。語尾が高くなる独特の声である。

「おれだ」

学英は低い声で言った。

「なによ、こんな時間に」

タマゴはまだむくれていた。

「ちょっと相談したいことがある」

「相談したいこと？　珍しいわね、あたしに相談したいだなんて」

「重要な話だ」

学英の声がくぐもっている。重要な話にちがいないとタマゴは直感した。

「わかった。これから、そっちに行く」

喧嘩をしてもすぐに忘れて気軽に対応してくれるのがタマゴの性格のよいところだった。

タクシーで「サンタ・マリア」に駆けつけてきたタマゴは入浴のあとだったのか、化粧を落としていたので、レジにいた池沢は判別できず、「いらっしゃいませ」と挨拶した。

学英も化粧を落としたタマゴの素顔を見るのは二度目くらいで、目の前にきたタマゴがまったく別人のように見えた。もともとタマゴは美形だった。毎日、入念に手入れしている肌は女性のようにきめ細く、艶があり、身のこなし方や表情も女性そのものだった。

カウンターの隅に座っている学英の隣に腰掛け、

「相談って何よ？」

とバッグから煙草を出して点火した。ライターはいま流行の派手なラインストーンで飾られていた。

22

「この謄本を見てくれ」

学英は法務局から取り寄せた「三栄不動産」の謄本を見せた。

謄本を黙って見ていたタマゴの表情がしだいに驚きの色に変った。

「信じられない。どういうことなの？」

「見ての通りだ。『三栄不動産』は破産寸前なんだ」

「破産したらどうなるの？」

「全部、差し押さえられ、競売に掛けられる」

「このお店も？」

「たぶん……」

「そんな馬鹿な。知美は知ってるの」

「わからない」

知美が知っているのか知らないのか、わからなかった。

しかし、知美が叔母の資産の相続をかたくなに拒んでいたのは、「三栄不動産」の内情を知っていたからではないのかとタマゴは思った。

「知美は『三栄不動産』の内情を知っていたから、資産の相続を拒否してたんじゃない？」

タマゴが疑念を呈した。

「おれもそう考えたが、実際は知らないと思う」

「知美をかばうのね」

「そうじゃない。知美は自立心の強い女だ。叔母の資産を相続するのが、単にいやだっただけだと思う」

「ガクは知美を愛してるのね。知美が羨ましい」

タマゴはねたましげに言った。

「おまえはすぐ、愛だの恋だのと言いたがるが、そういう問題じゃねえ」

「じゃなんなのよ。この世に愛と恋が失くなったら、何が残るのよ。何も残らないわよ。すべては愛と恋に還元されるの」

　恋愛至上主義者のタマゴの持論である。

「とにかく厄介な問題だ。どうすればいいと思う？」

　タマゴの恋愛至上主義に閉口しながら、学英は現実に直面している重大な問題について意見を聞きたかった。

「明淑さんに問い質すしかないわね。知美にも話した方がいいと思う。知美が、この件に関与しているのかいないのか、はっきりさせるべきよ」

　恋愛至上主義者のタマゴは、とたんに現実主義者になるのだった。

「ガクが知美に言えないのだったら、あたしが知美に訊いてみる。だって、この問題は知美にとっても重大よ」

　タマゴの表情はカメレオンみたいにくるくる変るのだった。

　タマゴは携帯電話を掛けようとした。

「どこに掛けるんだ。テツか、テツには話すな」

「どうして？　テツにも相談した方がいいわよ。どうせ、そのうちテツにもわかるんだから」

「テツに話すと、問題がさらに複雑になり、大きくなる」

学英は鉄治の介入を牽制した。

「この店が差し押さえられたり、競売に掛けられたら、それこそ大変よ。テツが黙ってるわけないでしょ。何が起こるかわからないわよ」

鉄治はときどき、人の噂などを拡大解釈して、頓珍漢な結論を引き出し、暴走することがある。今回の件も、事前によく説明して鉄治が暴走しないように歯止めを掛けておくのが賢明だとタマゴは主張した。タマゴの言い分にも一理あった。

タマゴが携帯電話を掛けると、「いま忙しいんだ！」と鉄治の怒鳴り声が聞えた。

「あたしよ、何がそんなに忙しいの？　いま女を連れ込んでやってるんでしょ。息づかいが荒いわよ」

学英の問題を話そうと電話を掛けたはずのタマゴが、いきなり感情的になって鉄治を非難するのだった。

「うるせえ！」

ひとこと怒鳴って鉄治は電話を切った。

電話を切られたタマゴは憤然とした。

「女とやってる最中よ。くそったれ！　あたしとは半年以上やってないのに」

タマゴはいまにも鉄治のところへ押しかけていきそうだった。

「そうカリカリするな。いまにはじまったことじゃねえだろう。あとでおれからテツに話しとく」

学英は興奮しているタマゴをなだめた。

「別居してるのをいいことに、女を入れ替り立ち替り部屋に連れ込んでやりまくってるのよ。新宿ではテツとやってない女はいないって噂されてる。ガクも気をつけた方がいいわよ。テツと穴兄弟になるかもしれないから」

「冗談じゃない。テツと穴兄弟になるわけねえだろう。あいつとは趣味がちがうんだ」

「わかるもんですか。男はみんな同じよ」

タマゴは男を十把一絡げにこき下ろした。

タマゴに相談したところでらちのあく問題ではなかった。

「知美を呼んで訊いてみるわ」

知美に電話を掛けようとするタマゴを、

「ちょっと待て」

と学英が制止した。

「明日、弁護士と会計士に相談する。そのあと知美の話を聞いても遅くはない」

学英の意見にタマゴも同意して、翌日の午後二時に会うことにしてその日は帰宅した。

翌日、学英は弁護士と会計士を事務所に呼んで「三栄不動産」の謄本を見せた。弁護士と会計士は一様に驚いていた。

「いやあ、うっかりしてました。まさか、こんなにひどいとは思わなかったです。『三栄不動産』といえば、業界でも絶対的な信用がありましたからね。調べてみないとわからないものですなあ」

加川弁護士は自分の無能を棚上げして他人ごとのように言うのだった。

「膨大な裏帳簿を隠してるはずです」

白井会計士も裏帳簿のせいにするのだった。

学英は弁護士と会計士を解任したいと思ったが、事態は一刻を争うので、二人に責任をとらせる形で継続させることにした。しかし、二人は自分たちの責任を自覚していなかった。ただ、これまでの事情を知っていることもあって、事態の深刻さを多少なりとも受け止めていた。

「とにかく、まず李明淑さんから事情を聞くことです。まだ隠してることがあると思います。表に出したくない問題があると思います」

加川弁護士が言った。

学英もそう思っていた。表に出したくない問題にこそ問題があるのだ。しかし、李明淑は、そう簡単に表に出したくない問題を語るとは思えなかった。なぜなら真実は必ずしも問題を解決するとは限らないからだ。

学英はタマゴを待っていた。だが、約束の時間がきても、タマゴは現れなかった。

学英がタマゴの携帯に電話を掛けると、

「遅れてごめんね。いまタクシーでそっちへ向かってるところ」

と言った。

そして十五分後にタマゴがやってきた。昨夜と同じように素顔だった。

事務所に入ってくるなり、

「朝から警察で事情聴取受けてたのよ」

と顔を曇らせた。

「何かあったのか？」

タマゴは泣きはらした目をしている。

「ニューハーフの友達の朴美順が、同棲していた若い男に殺されたのよ。ずっと貢いできたんだけど、お金がないって断ると、殴る蹴るの暴行を加えられたあげく、刃物で首や胸や腹など十数カ所刺されて殺されたの。あまりにもひどい話よ。あたしは以前から、若い男は何をするかわからないから別れなさいって忠告してたんだけど、彼女は別れられなかったのね。愛って残酷だわ」

タマゴは涙を浮かべ、ハンカチで目頭を押さえた。

「美順は前から男に暴行されてた。だからテツに言ったのよ。美順と別れさせてって。でもテツは、好きで同棲してんだから、放《ほ》っときゃあいいんだ、なんて、いつもの調子でとり合わなかった。ああいう、どうしようもない若い男は弱い者を徹底的にいじめるけど、強い者にはへっぴり腰になって逃げ出すのよ。テツが言えば、別れたと思う。いまとなってはあとの祭りだけど」

タマゴはテツが協力していれば、事件は未然に防げたと言うのである。

「それはどうかな。癖の悪い野郎はテツが言ったからといって、別れるとは思えない」

「腕の一本もへし折れば、別れるわよ」

タマゴは無念さをにじませて言った。

「おまえの気持はわかるが、いまさらどうしようもない」

学英は困惑した表情で言った。

「そうよね、死んだ者は生き返らないわ。可哀想な美順。愛してた男に殺されるなんて、どんな気持だったかしら」

悲嘆に暮れているタマゴに、

「世間にはよくある事件ですよ」

と加川弁護士が言うので、

「あなたに何がわかるって言うの。三流弁護士のくせに。今度の件だって、あなたが頓馬だから見抜けなかったんじゃない。弁護士を辞めて選挙にでも出たら」

と嚙みつかれて、加川弁護士は二の句がつげなかった。

タマゴの感情的な態度に、一瞬、場が白け、何を相談していたのかわからなくなった。

「これから李明淑さんの部屋を訪ねて、直談判しましょう」

白井会計士が言った。

「明淑さんがガクを騙したとは思えないんだけど、どういうことなのかしら?」

タマゴはまだ信じられないといった表情で李明淑の部屋に行くのを渋っていた。

「謄本がすべてを物語ってます」

加川弁護士は、現実を直視するようタマゴにいま一度、謄本を見せた。

学英が決断して立ち上がると加川弁護士と白井会計士も立ち上がった。

「あたしはここにいる」

タマゴは立ち上がらなかった。

「好きにしろ」

学英はタマゴを残して事務所を出るとエレベーターに乗って三階に上がり、李明淑の部屋のチャイムを鳴らした。だが、応答がない。学英は二度、三度チャイムを鳴らしたが、やはり応答がない。いつもなら一度のチャイムで応答があったのに、二度、三度チャイムを鳴らしても応答がないのはおかしいと思った。外出しているとは考えられなかった。李明淑はめったに外出しないからである。不自然さを察知した学英はドアに体当たりしたが開きそうにないので知美に連絡を取って、きてもらった。学英は部屋の中に飛び込んだ。ガスが充満していた。

「気をつけろ！」

学英はそう叫んで二カ所の窓を開放し、キッチンに行ってガス栓を閉めた。

李明淑はベッドに横たわっていた。深い眠りに入っているようだった。顔は蒼白く、目尻や顎にあった皺がなくなり、十歳以上若く見えた。

「明淑さん！　明淑さん！」

学英は声を限りに李明淑の名前を呼んで体をゆさぶったが、何の反応もなかった。

信じられない事態に知美はショックのあまり絶句した。

学英はすぐに一一九番に電話を掛けて事情を説明した。

加川弁護士と白井会計士はおろおろしているばかりだった。

異変に気付いたタマゴがエレベーターで李明淑の部屋に駆けつけてきて、変り果てた姿に驚愕した。

「明淑さん！　明淑さん！」

タマゴは叫び、とり乱した。

救急隊員が李明淑の遺体を運び出そうとしていた。

知美は叔母の遺体にしがみつき、

「どうして、どうしてなの……」

と号泣した。

警察が黄色い規制線を張りめぐらせ、ビルの前の道路を通行禁止にした。

第一発見者である学英、知美、加川弁護士、白井会計士は警察の事情聴取を受けている。

司法解剖の結果、ガス中毒による酸欠死と確認された。警察から遺体を引き取った知美は、近くのお寺で通夜を行った。誰にも通知したくないという知美の意向を汲み取って参列者は十人に満たなかった。その中に、李明淑とは高校時代から四十年来のつき合いだという山口美佐子がいた。山口美佐子は知美とも親しかった。

「李学英さんですか」

山口美佐子は学英に近づいて声を掛けた。

「そうです」

山口美佐子は白髪の混じった上品な老女だった。

「あなたのことは明淑さんから聞いています。明淑さんは、あなたを息子のように思ってました」

いまさら息子のように思っていたと言われても、学英は困惑するばかりであった。

「わたしは明淑さんが死ぬと思っていました。でも、止められなかったのです」

山口美佐子は奇妙なことを言いだすのだった。

「死ぬことを知っていた？　どうして知ってたのですか？」

死ぬことを知っていながら止められなかったとは、どういうことだろう？　傍観していたというのか。

「ここでは言えません。葬儀が終って少し落着いてから、あなたにだけお話しします」

「おれにだけ……」

「そうです。あなたにだけです」

山口美佐子は悲嘆にくれている知美をちらっと見て、

「わたしから聞いた話を、知美さんには言わないで下さい」

と言った。

老女の上品な表情が謎めいて見えた。

李明淑と四十年来の友人だとすれば、きっといろんな内情を知っているだろう。しかし、いったいどういう話なのか、学英には想像もつかなかった。

「明日の告別式にはこられませんが、二、三日後、あなたにお電話します。携帯電話の番号を教えてくれませんか」

山口美佐子に言われて、学英は名刺を渡した。

翌日、葬儀はとどこおりなく行われ、遺骨を持った知美は李明淑の部屋に帰ってきた。そしてその日、急遽、買い求めた小さな仏壇の前に遺影と遺骨を置いてロウソクの灯りをともし、線香を炷《た》いて知美は両手を合わせ、嗚咽《おえつ》した。たった一人の身内であり、母親のような存在だった叔母を突然失くした知美は途方に暮れていた。学英とタマゴは慰める言葉もなかった。李明淑の自死には、学英もかかわっていると思わざるを得なかった。謄本を見せて、李明淑の真意を追及しようとしていた矢先の出来事だったからだ。李明淑はそれを察知したのかもしれない。李明淑が残していった莫大な負の遺産の事後処理をどうすべきか、学英には見当もつかなかった。

どうやら知美は何も知らないらしかった。内情を知ると、知美は卒倒するにちがいない。

だが、唯一の相続人である知美に内情を伏せて事後処理はできない。葬儀が終って、少し落着いたころ合いを見計らって、「三栄不動産」の内情について話そうと学英は考えた。その前に、山口美佐子の謎のような話を聞く必要があった。

悲嘆にくれ、孤独にさいなまれている知美の涙にうるんだ美しい瞳が、学英を求めていた。学英は黙って知美を抱きすくめた。

「わたしには、あなたしかいないの」

知美は不安な声で言った。

「わかってる。おまえにはおれがいる。おれにはおまえがいる」

学英が強く抱きしめると、

「嬉しい……」

と知美は学英の胸にしがみついた。

「知美にはガクがいるからいいわね。あたしには誰もいない」

タマゴがねたましそうに言った。

「タマゴには希美子がいるじゃないか」

側にいた池沢が言った。

「そうね、希美子は、あたしの希望だわ」

池沢の言葉に励まされて、タマゴは溜め息をもらした。

李明淑の葬儀から三日が経った。李明淑の部屋は当分、そのままにしておくことにした。「三栄不動産」の内情を知らない知美は、学英の意見に従ったのである。

四日目の夜、「サンタ・マリア」にいた学英の携帯に山口美佐子から電話が掛かってきた。学英は人目を避けるために、これまで何度か使ったことのある赤坂の料亭で山口美佐子と落ち合うことにした。

中庭に面した奥座敷で待っていると、料亭の女将に案内されて山口美佐子が現れた。白いスーツを着ている山口美佐子は少し緊張した面持で学英の前に座り、黙って一礼をした。

「食事をとりますか？」

学英は食事をすすめたが、

「いいえ、食事はすませました」

と山口美佐子は遠慮した。

「何か飲みますか」

学英が気を使って聞くと、

「では、ビールを少しだけ」

と山口美佐子は答えた。

女将が山口美佐子にビールをつぎ、

「ご用がありましたら、このボタンを押して下さい」

と言って下がって行った。

山口美佐子はつがれたビールをひと口飲み、しばらく沈黙した。

煙草をふかしていた学英がじれったそうに、

「話を聞かせてもらいたい」

と口火を切った。

「ずいぶん昔のことになります」

山口美佐子は重い口を開いた。

「わたしと明淑とは同じ高校を卒業しました。大学は別々でしたけど、高校を卒業してからもずっとつき合ってきました。わたしはK商事会社に勤め、明淑はB銀行にいったん採用されたのですが、一週間後、不採用になったのです。納得できなかった明淑はB銀行に赴いて、なぜ不採用になったのか、その理由を教えてほしいと聞くと、外国人は採用できないと言われたのです。それまで明淑は自分を日本人とばかり思っていたのですが、はじめて韓国人だったことを知って強いショックを受けていました。わたしもショックを受けましたが、理不尽だと思いました。明淑は美人で、学校の成績もよくて、優れた女性だったのです。それ以来、明淑は家に閉じ込もりがちでした。なぜもっと早く韓国人であることを教えてくれなかったのかと両親を怨んでいました。そして二十五歳のとき、日本国籍に帰化した在日コリアンの加藤定夫と結婚したのです。日本国籍を持っている加藤定夫と結婚したことで、明淑も晴れて日本人になれたのです。けれども韓国人だったことを隠し続ける生活は続きました。それに加藤との夫婦生活もあまり良くなかったのです。加藤は仕事の忙しさを理由に家を空け、浮気をしていたからです。夫婦喧嘩が絶えなかったのです。子供ができれば、加藤も少しは落着くのではないかと思っていたのですが、子供は十年近くできませんでした。

そんなとき、明淑は大学の同窓会に出席して、同級生だった塚越清司と会い、懐かしさもあって意気投合して一夜を過ごしたのです。塚越清司にも妻子がいました。もちろん二人は大人ですから、一夜限りの関係であることを充分承知していたのですが、一度だけの関係で明淑は妊娠したのです。何度も産婦人科に通い、不妊治療を受けていたのに、夫との間には子供ができなかった明淑が、一回の関係で妊娠したのは皮肉としかいいようがありません。子供を堕すべきか産むべきか、明淑はずいぶん悩みましたが、いま産まないと二度と子供に恵まれないのではないかと思い、出産を決意したのです。

一年以上も夫婦関係がなかったのに、妻が妊娠したので、当然、加藤は疑いました。そして加藤から追及された明淑は事実関係を告白して別れようと思ったのです。ところが夫の加藤は別れようとしなかったのです。

　明淑の父は金融業をやっていました。いわゆる街金です。加藤は明淑の父から多額の金を借りていたのです。離婚すると、明淑の父から借金の返済を迫られると思ったのではないでしょうか。明淑の父は金融業をやっていることもあり暴力団とも親しく、加藤は怖れたと思います。でも生れてくる子供は認めないと言われ、結局、明淑の姉夫婦の子供として育てることにしたのです」

　山口美佐子がひと息つくと、学英が訊いた。

「ということは、知美は明淑さんの娘ということか」

「そうです」

　山口美佐子は沈痛な表情で頷いた。

「そのことを知美は知らないのか」

「知りません。不幸なことに、明淑の姉夫婦は、知美が小学校二年生のときに航空事故で亡くなったのです。姉夫婦は絨毯の卸問屋をしていて、旅行をかねてインドへ品物を仕入れに行く途中、航空事故にあったのです。それ以来、明淑は知美の面倒を見ていました。実の子なのに姪として。不幸は続くといいますが、その後、明淑の両親もつぎつぎと病死しました。

　加藤が韓国に女をつくり、三人の子供を産ませたのも、明淑に対するあてつけだったかもしれません。そして決定的なことが起こります」

「決定的なこと？」

山口美佐子は明淑の人生と知美の生い立ちについて話してきたが、学英には、その意図がいまひとつはっきりしなかった。決定的なこととは何なのか？　学英はつぎの言葉を待った。

「わたしが話すことであなたと知美は深く傷つくかもしれません。でも、わたしの口から話すことで、二人の愛がよりはっきりするのではないかと思って、わたしはあえてでしゃばることにしました」

山口美佐子の回りくどい話に学英はいらいらした。

「はっきり言ってくれ。おれは何を聞いても驚かない」

学英は強い意思を示した。

「そうね、あなたは何を聞いても驚かないと思う。あなたは強い人間のようだから」

山口美佐子は学英に楔《くさび》を打っているようだった。

「知美は亡くなった両親の家に一人で暮らしていたのですが、大学二年のある日の夜、酒に酔った加藤がやってきたのです。知美はいささか驚きながら加藤を部屋に上げたのです。叔母の夫ですから、部屋に上げないわけにはいかなかったのでしょうね。まさかレイプされるとは思わなかったと言ってます。部屋に上がった加藤は、いきなり力ずくで知美を押さえ込み、レイプしました。その後、加藤から関係を叔母にばらすと脅迫されて、何度か体を許したそうです。でも耐えきれず自殺も考えた末、わたしに相談してきたのです。わたしはすぐ明淑に話しました。それ以後、加藤は知美の家にくることはなくなったのですが、加藤と明淑の夫婦関係は険悪なものになりました。

三年前、加藤が心臓発作で倒れたとき、明淑は薬を与えませんでした。心臓発作で倒れ、苦しみ、もがいている加藤が死んでいくのをいい気味だと思って見ていたそうです。それから数日後、明淑は警察に自首すると言いました。わたしは止めました。あなたは殺《や》ってないと言って思いとどまらせたのです。でも、それ以後、明淑は罪の意識にとらわれていたのです。

知美は不幸な星の下に生れた子です。純心で、気だてが優しくて、聡明で、あなたを心から愛してます。知美を幸せにできるのはあなただけです」

知りたくないことを知らされるのは苦痛である。

「おれにどうしろというんだ」

もちろん答えはわかっていた。知美と結婚して幸せにしてあげてほしいということだった。

「それはあなたが決めることです。わたしはただ知美の不幸な生い立ちを話しただけです」

結論を出しておきながら、山口美佐子は問題を学英にあずけた。

「冗談じゃねえ。おれの手足を縛る気か。世の中には不幸な人間はごまんといるんだ。そういう不幸な連中を、幸福にしろというのか。おれは牧師じゃねえんだ。おれだって不幸な人間なんだ。だが、おれは自分を不幸だと思っていない。幸福だとも思っていない。生きてる限り、幸福とか不幸はつきまとうんだ。どうすれば幸福になれるかは、おれの知ったことじゃねえ！　自分で考えることだ」

みもふたもない学英の言葉に山口美佐子はあきれて、

「あなたに話すんじゃなかった。あなたのような男と一緒になった女は、必ず不幸になるわ」

と憤然として席を立った。

「くそババア……」

学英は独酌でビールを飲み干し、話を聞くんじゃなかったと後悔した。だが、話を聞いてしまった以上、消し去ることはできなかった。涙ぐんでいる知美の美しい瞳が脳裏にちらついた。山口美佐子の話を払拭しようとすればするほど知美が愛しく思えるのだった。学英は老獪な山口美佐子に自分の弱点を見抜かれていると思った。知美が学英を愛しているというより、学英が知美を愛しているのではないのかと錯覚しそうだった。いつの間にか知美を愛していることに気付かされたのである。おれは自己暗示にかかっている。いつの間にか知美を愛していることに気付かされたのは自己暗示にほかならない。愛は瞬間的なものであって、永遠ではない。逆にいえば、愛は永遠だが瞬間的なものなのだ。いわば宇宙論に似ている。宇宙は有限なのか無限なのか。論理的に証明できたとしても、実際に宇宙の果てまで行って証明することはできない。

座敷の中で、学英はビールを飲みながら一人悩んでいた。愛について悩んでいる自分の姿が滑稽だった。

「サンタ・マリア」にもどってからも、学英はカウンターの隅でビールを飲みながらしょんぼりしていた。

そこへ仕事を終えたタマゴが入ってきて、カウンターの隅にいる学英の隣に座り、

「憂鬱そうな顔してるわね。どうしたの?」

と訊いた。

「おれは知美を愛してるのかな?」

学英は真顔で聞くのだった。

「へんなこと言わないで。あたしに訊いてどうすんのよ。そんなこと、あたしにわかるわけないでしょ。自分に訊きなさいよ」

「自分に訊いてもわからねえんだ。頭がこんがらがってくる」

「そういう感情って、愛してる前兆だわ。あたしも前は、テツに対してそういう感情を持ってた。いまはないけど。愛って、お互いが必要としない限り、駄目なのよ。ガクは自分にもっと正直になりなさいよ。愛って無防備になることよ。自分を晒け出すことよ。テツとガクはいつも構えてるでしょ。攻撃に備えて、いつも自己防御本能が働いてるのよ。知美が可哀相だわ。だってガクは何も受入れようとしないんだもの」

タマゴはちくり、ちくりと学英を責めるのだった。

23

知美が入ってきて、タマゴの隣のとまり木に座った。学英を見つめる知美の瞳が発情している。発情している熱い眼差しに男は本能的に欲情する。学英のペニスが勃起していた。あらためて知美はいい女だと思った。

「ガクがさ、知美のことを愛してるのかなって言ってるわよ」

先ほど学英がつい洩らした言葉をタマゴが暴露すると、

「本当に……？」

と知美の目が輝いた。

「おれがいつそんなこと言った」

学英は即座に否定した。

「言ったじゃない。男らしくないわね。自分の言ったことくらい責任持ちなさいよ。政治家じゃあるまいし」

つい自分の気持を吐露したのだが、おしゃべりなタマゴに暴露されて、学英はいったん否定したが、否定しきれない何かがあった。これまでつき合ってきた多くの女に対する感情とはちがう何か特別な感情をいだいていることに気付いた。それは言葉では言い表せない感情だった。

「知美、おまえに話がある」

知美は期待に胸をふくらませて、

「話って、どんな話？」

と訊いた。

「事務所で話そう」

学英は席を立って店を出た。そのあとを知美がついて行った。タマゴは不安そうに二人の後ろ姿を見送った。

事務所に行くと学英は知美をソファに座らせ、書類の束をテーブルの上に置いた。

愛し合うのかと思っていた知美は、目の前のテーブルの上に書類を積まれて肩すかしを喰った感じだった。

「この書類は何なの？」

知美が不審そうに訊いた。

「『三栄不動産』の書類と謄本だ」

「『三栄不動産』の書類と謄本？」

知美は顔色を変えた。学英から重大な話を聞かされると直感した。

「『三栄不動産』の謄本は見たことがあるのか？」

学英に訊かれて、

「ないわ。見る必要がないもの」

知美は生理的な反発を覚えた。何かを追及されているような気がしたからだ。

「じゃあ、『三栄不動産』の謄本を見ろ」

学英に言われて、知美は「三栄不動産」の謄本をめくり始めた。そして「三栄不動産」の謄本を見ていた知美は驚愕した。

「嘘でしょ、こんなこと……」

知美は言葉を失って茫然とした。

「明淑さんが自殺した原因の一つだ」

学英が言うと、

「原因の一つ……？　他にも原因があるの？」

と知美は敏感に反応した。

「いや、他に原因はない。この謄本がすべてを語っている」

明淑は夫を殺害したかもしれない可能性がある。だが、それはあくまで推測の域を出ないのであり、何も知らない知美に話すべきことではなかった。

「どうすればいいの？」

学英が「三栄不動産」の代表取締役であることを考えると知美は身震いした。

「方法は一つ、『三栄不動産』は残りの不動産を売却して、破産申告するしかない」

「あなたはどうなるの？」

「『サンタ・マリア』を売る」

「そんなこと、わたしがさせない。わたしが『サンタ・マリア』を買い取ります」

「明淑さんと身内のおまえが買うと、破産申告は受理されない。いったん競売に掛けて、テツに買い取らせるつもりだ。それなら法的に抵触しないはずだ」

「わたしがお金を出します」

「おまえは関与しない方がいい。おまえが関与すると、ややこしくなる」

「でも叔母のことはわたしにも責任があるわ」

「おまえに責任はない」

学英はあくまで、知美の協力を拒否した。知美に協力させると、知美を追いつめてしまう可能性がある。とりあえず知美も「三栄不動産」の実情を知っておく必要があると思って学英は書類と謄本を見せたのである。

ショックを受けた知美は、しばらく仕事が手につかなかった。学英に嫌われたのではないかと悩んでいた。

「ガクはそんな男じゃないわよ。ただ、あなたを巻き込みたくないだけよ。『三栄不動産』の件が片づけば、また元通りになるわ」

タマゴが知美を慰めたが、二人の関係はもう元にはもどらないだろうと知美は思った。

学英は「龍門」に行ってテツに事情を打ち明けて協力を求めた。

「それみろ、いわんこっちゃねえ。知美とかいう女の底なし沼に引きずり込まれやがって。おまえは女に甘すぎるんだ。昔、女に裏切られてひどい目に遭ったのに、こりもせずに、また女に裏切られるとは、あきれるぜ」

鉄治は今度の件を知美のせいにするのだった。

「知美は関係ねえんだ。勝手に話を作るな。おまえの悪い癖だ」

鉄治は話を曲解する癖がある。これまでも人の話をよく聞かずに早合点し、勝手な解釈をして捏造し、トラブルを起こしてきた。

「とにかく、手を貸すのか貸さねえのか、はっきりしろ」

知美を口実に協力を渋る鉄治の態度に、学英はもどかしげに言った。

「どこにそんな金があるんだ」

鉄治が開き直るように言った。

「銀行にいくらある」

「龍門」は毎月黒字続きで、銀行に多少の金はあるはずだったが、

「金なんか、あるわけねえだろう」

と鉄治は悪びれる様子もなく言った。

「銀行に金がない？　どうしてないんだ？」

学英が追及すると、

「使っちまったよ」

と鉄治は投げやりに言った。

「使っちまった？　何に使ったんだ。女か、飲み代か」

だが、いまさら追及してみたところでせんないことであった。

「知美のことをさんざんこき下ろしておきながら、てめえも女に金をつぎ込んで底なし沼に引きずり込まれてるんじゃねえか、偉そうな口を叩くんじゃねえ！」

二人は正反対の性格だが、浪費という点ではともに人後に落ちない。

学英が溜め息をついた。脚を組んでいる鉄治は貧乏ゆすりをしていた。

「貧乏ゆすりはやめろ！」

学英がいらいらして言った。

「おまえも女みたいに、溜め息つくのはやめろ！」

鉄治もいらついて言った。

「龍門」を担保に、銀行からまた借金するしかなかった。この数年、二人は銀行から借金しては返し、借金しては返し、銀行のために働いているようなものだった。しかし、ことここに至って背に腹は代えられない。一刻も早く「三栄不動産」の物件を処分し、莫大な債務を清算しなければ、負債は膨れ上がる一方である。

学英は会計士と弁護士と一緒に、朝から晩まで事務所に閉じ込もり、「三栄不動産」の書類を整理し、物件をつぎつぎと処分していった。そして法務局に破産申告の書類を提出した。一カ月の審査の結果、破産申告は受理され、「三栄不動産」の残りの物件と「サンタ・マリア」は差し押さえられた。

　問題は競売に掛けられた「サンタ・マリア」をいかに安く落札するかであった。そのためには落札者を限定することである。公示された競売物件をプロに依頼して落札してもらうことだった。落札値の上限を決めて謝礼を渡し、鉄治が落札することになっていた。

「サンタ・マリア」の競売日、学英と鉄治とタマゴが見守る中、競売価格は百万円から開始された。

「はい百万、百万、はい二百万、はい五百万、五百万……はい一千万、一千万、はい二千万、二千万……はい三千万、三千万……」

　独特のせりのだみ声に会場はしだいに興奮の渦に巻き込まれていく。競売価格はみるみる上昇し、五分後には一億を超えた。

　競売を見守っていた学英と鉄治とタマゴも興奮していた。落札価格は一億三千万円以下を想定していたが、一億三千万円を突破する勢いだった。依頼した数人のプロは一般の落札者を牽制し、落札価格を抑えようとしていたが、抑えきれそうになかった。そして一億三千万円を突破した。数人のプロは諦め顔になっている。競売価格は一億五千万円に達し、なおも競っている。背後で何者かが操作しているのは明らかだった。競売価格は激しいつば迫り合いを見せて、結局一億八千万円で落札された。学英が設定していた落札価格より五千万円も高額であった。あまりの高値に学英と鉄治とタマゴは言葉を失った。いったい誰が落札したのか。

「龍門」に帰って店のテーブルに着いた三人は、落胆のあまり会話すらできなかった。手も足もでなかったのだ。

そのとき学英の携帯に電話が掛かってきた。

「おめでとう。知美とかいう女は、よっぽどあんたに惚れてるんだな。彼女に負けたよ」

高奉桂からの電話だった。

「なんだと、知美が……」

にわかには信じがたい話だった。

「そうだ。彼女はたとえ二億だろうと三億だろうと、絶対に落札するつもりだったと思う。おれには彼女の強い意志が、はっきりと伝わってきた。だからおれは一億六千万円で投げ出した。勝てる見込みはないと思ったからだ。おまえのような見栄っ張りの女たらしには、彼女の気持はわからんだろう」

「うるせえ！　てめえの説教なんか聞きたくねえ！」

学英は怒声を上げて電話を切った。

「誰からの電話なの」

複雑な表情をしている学英にタマゴが訊いた。

「高だ」

高奉桂の名前を聞いた鉄治は驚いて、

「なんだと、落札したのは高の野郎か！」

と声を荒らげた。

「ちがう、落札したのは知美だ」

学英が複雑な表情をしているのも無理はなかった。

「なんですって、信じられない」

タマゴは素頓狂な声を上げた。

「余計なことしやがって……」

学英はむしろ高奉桂に落札された方がすっきりしたと思った。

「知美が『サンタ・マリア』を落札したのは愛の証なのよ」

タマゴはとりつくろうように言った。

「おれを金で買うつもりなのか」

学英が言うと、

「そうだ、あの女はおまえを金で買うつもりなんだ。あの女は、そういう女だ」

と鉄治はけしかけるのだった。

「馬鹿なこと言わないで。知美はそんな女じゃないわ。叔母さんを亡くした知美は、天涯孤独の身なのよ。寂しくて寂しくて、しようがないのよ。ガクを求めてるのよ。切ないのよ。わかる？」

タマゴは知美の気持を代弁するように言った。

「おまえが泣きごと言うことねえだろう。あの女は金にものを言わせて、欲しい物を手に入れるタイプだ。『三栄不動産』の件だって、あの女が知らないわけがねえ。『三栄不動産』の資産の相続を断ったのも、内情を知っていたからだ。ガクを愛してるふりをして、ガクにすべての責任を負わせようとしたんだ。腹黒い、計算高い女だ。おれは言ったはずだ。あの女のオマンコは底なし沼だって」

なぜ鉄治がこれほどまでに知美を毛嫌いするのかわからないが、たぶん鉄治好みの女とほど遠いからかもしれない。鉄治がつき合ってる女はほとんどが水商売の女であり、夜の世界に生きている女である。鉄治は夜の世界が好きなのだ。

「言いすぎよ。相手を知りもしないで、独断と偏見でものを言うのはテツの悪い癖よ。人を愛したこともないくせに、わかったようなこと言わないで。ガクもテツと同じよ。知美を愛してるのか、愛してないのか、はっきりしなさいよ」

男の勝手な論理と煮えきらない学英の態度に業を煮やしたタマゴは部屋を出て行った。

その日から学英は、毎晩、六本木、赤坂、新宿を朝まで飲み歩いていた。事務所にも立ち寄らず、「サンタ・マリア」にも顔を見せなかった。「サンタ・マリア」がどうなっているのかわからなかったし、知りたくもなかった。ときどき女とホテルにしけ込んだりしたが、なぜか虚しかった。女をホテルに誘っておきながら、そのまま眠ってしまうこともあり、女はむくれて帰ってしまうのだった。

ある日、タマゴが鉄治に呼び出された。「龍門」の事務所に行ってみると、鉄治がしょげ返っていた。

「どうしたのよ」

鉄治がしょげ返っているのは珍しいことだった。

机に脚を投げ出し、葉巻をふかしている鉄治が、何か悪戯《いたずら》をした子供みたいな顔をして、

「おまえに頼みがある」

と言った。

「何よ、頼みって」

タマゴは警戒した。こういうときの鉄治は、タマゴの弱味につけ込んでくるからだ。

「樹里が子供を残して家出したんだ」

「なんですって、樹里が子供を残して家出したって言うの？　いつよ」

「昨日だ」

「昨日……それで子供はどこにいるのよ」

そのとき、事務所の隅の揺りかごの中から赤ちゃんの泣き声がした。

タマゴが驚いて揺りかごをのぞくと、生れて二、三カ月しかたっていない男の赤ちゃんが弱々しい声で泣いていた。

タマゴは思わず赤ちゃんを抱いて、「よし、よし」とあやした。

「おしめが濡れてるのね。いま替えてあげるから。おしめはどこにあるの？」

タマゴが訊くと、

「そこのバッグの中にある」

と鉄治が顎でしゃくった。

タマゴは赤ちゃんをソファの上に寝かせておしめを取り替えながら、

「自分の子供をおいてけぼりにするなんて、最低の母親だわ。最低の母親と最低の父親の間に生れたあなたは可哀相な子」

タマゴはひとりごちて、バッグの中にあったミルクを飲ませながら、

「テツはやりっぱなしで、母親は産みっぱなしってわけ。生れてきた子供はどうなるのよ。

ゴミじゃあるまいし。テツはこの子の父親なのよ。わかってるの？」

と言った。

「わかってる」

鉄治は他人ごとのように返事した。

「わかってたら、父親らしくしなさいよ」

鉄治に反省をうながしたが、鉄治は迷惑そうに、

「母親がいないんだから、どうしようもねえんだ。だからおまえに頼んでるんだろう」

と責任回避するのだった。

「あたしは希美子を育ててきたのよ。そのうえ、この子も育てろって言うの」

タマゴは拒否したが、にっこりほほえんでいる可愛い赤ちゃんを見ると、愛情が湧いてきて拒否できないのだった。

「母親がもどってくるまで面倒みてくれ」

と鉄治は言う。

「母親がもどってくるわけないでしょ。樹里とかいう女は、いまごろ子供のことなんかすっかり忘れて、どこかで男とちちくり合ってるわよ」

鉄治に子育ては無理だし、かといって公的な施設に赤ちゃんを預けるのも気が進まなかっ

た。鉄治に悪態をついてみたところで、結局、タマゴが面倒をみるしかなかった。

「これからやるときは、コンドームをつけてやりなさいよ。それくらいはできるでしょ！」

タマゴは嫌味を言うと、赤ちゃんを抱いて「龍門」を出た。そしてマンションに帰るとベビーシッターの長沼友子と一緒にいる希美子に、

「希美子に弟ができたのよ。ママが産んだの」

と言って赤ちゃんを見せた。

長沼友子は驚いていたが、希美子は珍しいものでも見るように赤ちゃんをのぞき、

「名前はなんていうの？」

と訊いた。

「名前はね……悠気……金悠気よ。あなたは金希美子、お父さんの名前は金鉄治《キムチョルチ》」

タマゴはあえて金鉄治の本名を口にするのだった。

「サンタ・マリア」が知美に落札されてから二週間が過ぎた。その間、知美からの電話はなかった。学英も電話を掛けなかった。しかし、学英は「サンタ・マリア」がどうなっているのか気にかけていた。営業しているのかしていないのか、わからなかった。池沢に訊いても、わかりませんと言うのである。

タマゴに訊いても、

「自分で行ってみたら」

と突き放された。

誰もが学英と知美の関係を見守っているようだった。

学英は知美を抱きたいと思った。これほどまで知美に会いたいと思ったことはない。たぶん知美は「サンタ・マリア」で待っているだろう。それはわかっていた。だが、「サンタ・マリア」は最後の舞台の始まりのような気がした。知美が「サンタ・マリア」を落札したのは、タマゴがいうように愛の証にちがいないが、それは同時に愛の破滅をも予兆させた。

学英は「サンタ・マリア」に行くべきか否かを迷っていた。「サンタ・マリア」に行って知美に会えば、問題は解決するのだろうか。二週間も、知美から電話を掛けてこないところをみると、ある種の意思をひしひしと感じるのだった。知美の愛に応えようとしない学英に対する拒否の意思である。だが、学英は知美の意思を確かめずにはいられなかった。

学英は夜の街を彷徨していた。夜ごと飲み歩いていたにもかかわらず学英には行く当てがないのだ。そして気がついてみると、「サンタ・マリア」の前にきていた。「サンタ・マリア」の店の中からライブの音楽が聴こえてきた。カサンドラの張りのある歌声が懐かしかった。店のドアには「貸切り」という札が下がっている。だが、学英は、歌声に誘われるように

「サンタ・マリア」のドアを開けて入った。ステージではジミーとウィントンとカサンドラが感情を込めてジャズを演奏し、歌っている。

　いつもカウンターの隅に座っていた学英の席に白いドレスを着た知美が座ってカクテルを
飲んでいた。知美の表情が、照明の光と影に縁どられて神秘的な美しさをかもしていた。店
内に客は一人もいなかった。

　学英は知美に近づき、隣のとまり木に腰を下ろした。

「久しぶり」

　知美がにっこり微笑んだ。

　カウンターの中のバーテンが学英にビールをついだ。

　学英はビールをひと口飲んで、

「客は一人もいないのか」

　と訊いた。

「ええ、店は貸切りなの」

　知美がきらきらした瞳で答えた。

「君が店を借切ってるってわけか」

「そう、わたしが店を借切ってるの。誰にも邪魔されたくないから」

「誰かに邪魔されるのか？」

「そう、わたしは長い間、一人の男を待ってた。でも、誰かに邪魔されて、わたしは愛する人と会えないの。だから、わたしはこうしてカウンターの隅のとまり木に座って、愛する人を待ってるの。その人は、いつもこのとまり木に座ってた」

知美の真剣な眼差しがドアが開くのを見つめていた。

いまか、いまかと、ドアが開くのを待っているのだった。

「そのとまり木にいつも座っていたのはおれだ」

学英は知美の美しい瞳を見て言った。

「あなたじゃない。わたしを愛してくれた人は別の人。その人に抱かれると、わたしは身も心もとろけるようだった。優しくて、力強くて、幸せだった」

知美と話していると、学英は不思議な感覚にとらわれた。知美は別の世界にいるようだった。

「その人はくるのか？」

学英が訊くと、

「ええ、きっときてくれると思う」

と知美は瞳を輝かせた。

軽快なジャズが流れている。ボーカリストのカサンドラがカウンターにいる学英に挨拶代わりのウインクをした。知美が体でリズムをとっている。

「あなた、わたしのこと知ってる？　わたしは韓国人なの。長い間、わたしは自分が韓国人だってことを知らなかった。両親と叔母が隠してたの。だから韓国人だってことがわかったとき、わたしは少し驚いたけど、いまは平気。だってわたしは韓国人だもの。正確に言うと、わたしは在日コリアンなの。今度、韓国を旅行しようと思ってる。韓国に行ったことがないから、どんなところなのか、ぜんぜん知らないのよ。でも、血が騒ぐのよ。血って不思議ね」

知美は饒舌になって無邪気に喋り続けるのだった。

学英は知美の話を黙って聞いた。途中で話を止めると、知美は怒り出すのではないかという気がした。

「両親の故郷は木浦とか言ってたけど、どんなところかしら。父はよく『木浦の涙』っていう歌を歌っていた。木浦に帰りたかったのね。でも帰れなかった。在日は祖国から見捨てられたのよ。わたしも見捨てられた女。待ち人きたらずだわ。わたしは、その人を二十五年も待ってたのよ。でも、まだきてくれない。冷淡で、薄情な人なの」

さっきは、優しくて、力強い人と言っておきながら、今度は冷淡で、薄情な人と言うのである。知美の中で学英に対する二つの感情が交差しているのだろう。聡明な知美が狂っているとは考えられなかったが、目の前にいる知美は明らかに常軌を逸していた。

「知美、おれだ」

学英は知美の腕をとって眠りから目醒めさせようとするかのようにゆすった。

「わたしに触らないで!」

知美は学英の手を払いのけた。

そして怨念のこもった目から涙がこぼれてくるのだった。知美の強い拒絶にいたたまれなくなった学英は席を立ち、店を出た。風が吹いている。木枯しが空を切り、唸りを上げている。学英は鋭い刃物で胸をえぐられたような痛みを覚えた。その痛みは、愛に目醒めた痛みだった。学英は踵を返し、ふたたび「サンタ・マリア」の中に入って行った。

解　説

高橋敏夫

梁石日の物語には、禍々《まがまが》しい暴風がふきあれている。

途方もない「激越なもの」に、梁石日の物語はつらぬかれている。『血と骨』や『夜を賭けて』などの作者の数奇で過酷な体験に直接かかわる作品のみならず、二人の青年が生を炸裂させるこの『夜に目醒めよ』や、9・11事件の背景をとらえた『ニューヨーク地下共和国』のようなフィクショナルな作品においても、激越なものが禍々しい暴風となってふきあれる。

それは、ときにめちゃくちゃな暴力となり、ときに愛欲への耽溺《たんでき》と化し、ときに金銭と権力をめぐる執拗な暗闘となってあらわれる。そうしたシーンの強烈さで、梁石日は現代文学においてもっとも際だつ作家のひとりといってよい。

しかし、物語にふきあれる暴風は、登場人物たちをそんなシーンにとどめおくことはない。もし人々をそこにくくりつけてしまうなら、梁石日の物語は、ど派手な暴力小説や、破滅的な愛欲小説や、意表をつく経済小説に終わるだろう。

梁石日の物語では、むしろ暴力や愛欲や暗闘が頂点にたっした瞬間、すなわち通常の物語の選りすぐりのクライマックスにおいてこそ、暴風すなわち「激越なもの」は、登場人物たちを別の場所にふきとばしてしまう。人々はけっして、ひとところにとどまることがない。

しかも、通常の物語と異なるのはクライマックスだけでなく、しばしば物語の完結もまたおとずれない。極上のエンタテインメントと評されもする梁石日の小説は、こうして、エンタテインメントにはおさまらない破格さを、読む者にまざまざとみせつける。

たとえば、『夜を賭けて』は鉄屑を集団でかっぱらうアパッチ族と称される者たちと官憲との手に汗にぎる活劇で終わらず、『血と骨』の主人公あたかも修羅のごとき金俊平は破天荒の無頼で生を締めくくることができない。そして、物語はじつに意外な方向へとむかう。

激越なものをめいっぱいにはらむ梁石日の物語にあって、登場人物の直面する現実は、そのはなばなしい場面においてさえ、ついに肯定されることがない、のである。エピソードのひとつひとつが鮮明に感じられながら、どこか中途半端で不安定な印象をもたらすのはそれゆえか。

あるいは、つぎのようにいいかえてもよい。この社会の多数者が自明とする現実《リアル》への、少数者《マイノリティ》のたえまない異和感から激しい憎悪までの激越なものが梁石日の物語にはみちており、それは、登場人物たちに安息の終着点をもたらさず、物語に定型をゆるさない、と。

そしていそいでつけくわえねばならぬのは——禍々しい暴風に身をまかせた登場人物たちが、やがて暴風をすすんでうけいれ、たのしみ、状況突破の活力にかえてしまう、ということだ。

暗くはげしい物語は、いつしかすさまじく明るい物語に転じていくのである。

わたしはここに、物語に独特なかたちであらわれる梁石日の「在日コリアンの思想」をみいだす。

新宿歌舞伎町、大久保の暗がりからはなやかな六本木へ、さらには争闘のニューヨークへ。『夜に目醒めよ』に登場し、移動し転戦するのをひとときもやめないふたりの在日コリアン青年、李学英と金鉄治こそ、まさしく、ひとところにとどまらない、とどまりえない人々の典型である。このふたりに、「あたしは自分の人生を変えたいの」といいはなち、夜に昼に妖しくはつらつと活動するタマゴという名のニューハーフがくわわるのだから、物語が騒然としないはずはない。

学英と鉄治は、民族学校時代のヒーローから転落した者として物語のはじめからあらわれる。ふたりには、青春のもっともはなやかなヒーロー物語はゆるされないとでもいうように。

サッカー選手でフォワードをつとめ「弾丸」の異名をとった鉄治は、精悍な体軀をすっかり太鼓腹の脂肪の塊にし、盛況な中華飯店「龍門」の怠惰な経営者として、夜な夜な歌舞伎町を飲み歩く。学英は、高校三年生のとき民族学校の全国大会でウェルター級チャンピオンになり全日本大学ボクシング大会でも優勝したが、民族学校と対立していたK大学の空手部との乱闘で失明寸前の状態となって、失明はまぬがれたもののボクシングをあきらめるしかなかった。今は、大久保にある時代遅れのクラブ「女王蜂」をいとなむ。若くて美しいニューハーフのママ、タマゴだけがわずかに話題の店である。

タマゴは鉄治と暮らすが、すでに関係は極度に悪化していた。

ある日、六本木ヒルズ森タワーを見物し、開発のすすむ六本木の街を歩いた学英が、突発的に、「女王蜂」を売り払い六本木でしゃれたカフェ・バーを開くのを決意するところから、物語ははじまる。かつてカジノ店拡張をめぐって血で血をあらう抗争をくりひろげた宿敵高奉桂に、学英が多額の資金の借り入れをたのみこんだことで、はやくも物語に血なまぐさい風がふきだし、それとともに物語に生気がながれこむ。

六本木に開店した「サンタ・マリア」の家主にして五百億の資産をもつ三栄不動産の女社長で在日コリアンの李明淑、その姪で年商八億のアパレル個別販売業をいとなむ美貌の知美らがつぎつぎに登場するにいたって、学英と鉄治の活動範囲は爆発的にひろがる。

学英と知美のあやうい恋愛を縦軸に、三栄不動産を裏であやつる高奉桂や、利権に介入する暴力団、民族学校の命知らずの後輩たちが複雑にからみあい、ニューヨークの暗黒街までまきこむ、まことに意想外の出来事がはてしなく連鎖する――。

『夜に目醒めよ』には、梁石日ならではの「在日コリアンの思想」が、他の物語以上にはっきりと示される。「サンタ・マリア」開店にむけてがむしゃらにつっぱしる学英は思う。

賽は投げられた。凶と出るか吉と出るかは学英の才覚しだいである。

昔からそうだった。学英と鉄治も一か八か、のるかそるかの出たとこ勝負に賭けてきた。計画性などないのだった。運を天にまかせて可能性を追い求めてきたのだ。二人に共通しているのは、つねにゼロからの出発であった。在日コリアンはゼロからの出発なのだ。ゼロにはすべての数値が――可能性が含まれている。

在日コリアンの永く重苦しい体験の総和をふまえるがゆえにこそ可能な、確信にみちた言葉、といってよい。この社会のどこかにとどまって得られるのはただ、多数者からかろうじて配給された場と、いくらも変わらぬ冷ややかな視線ならば、それらを思いきりよくけとばし、「ゼロ」をひきうける。

ささやかな自己満足をもご破算にし、果敢に「ゼロ」をひきうける。

一度ではなく、くりかえし、くりかえし。

「ゼロ」にたちもどることだけが、可能性につながるのである。

梁石日の「在日コリアンの思想」のつよさは、きれいごとのお題目にはみむきもせず、ひたすら暴力や愛欲、カネや権力といった欲望の蠢動《しゅんどう》と炸裂をみすえ、そこにこそ別の生き方の可能性をみいだすことにある。

物語中、セクシュアル・マイノリティであるタマゴと、在日コリアン学英との、可能性と闘争をめぐる殴りあうがごときエール交換もみのがせない。

磊落《らいらく》で単純な金鉄治、冷徹で女たらしの李学英コンビの登場は、『夜に目醒めよ』が最初ではない。さかのぼると、コンビにタマゴがくわわる『カオス』（二〇〇五）、朴政道と李哲博という名であらわれた『夜の河を渡れ』（一九九〇）がある。

こうしてみれば、梁石日は、ほぼ二十年にわたって、鉄治と学英コンビの物語に執着しつづけてきたことになろう。

「いままでやってきたことすべてが賭けであった。失敗を繰り返しながら、ただひたすら自分を信じて猪突猛進してきたのだ。そしてこれからも力の続く限り走り続けることになるだろう。そもそもはじめから、マイナス以外の何ものでもない彼等の存在を逆転させる方法は、この社会が仕掛けた罠の中へ飛び込むことだった」（『夜の河を渡れ』）。二十年後の『夜に目醒めよ』で、在日コリアンの「マイナス」は「ゼロ」となり、「方法」は「可能性」となる。在日コリアンの可能性は、別の生き方を求める小数者すべての可能性を尖端でひっぱるところまでたかめられた。そういえば、年をかさねたはずの学英も鉄治も、かえって若々しくはげしく、元気になっているように感じられる。

物語のラスト、知美と学英の狂おしいまでに哀切なやりとりは、物語の完結をこばんで、終わりなき始まりを告げる。これらの人々とまた近々、どこかで出会いたいと思うのは、わたしだけではあるまい。なによりもまず作者梁石日の熱い思いのはずである。

――文芸評論家・早稲田大学教授

この作品は二〇〇八年三月毎日新聞社より刊行されたものです。

夜《よる》に目醒《めざ》めよ

梁石日《ヤン・ソギル》

平成23年4月15日　初版発行

発行人――石原正康
編集人――永島賞二
発行所――株式会社幻冬舎
〒151-0051東京都渋谷区千駄ヶ谷4-9-7
電話　03(5411)6222(営業)
　　　03(5411)6211(編集)
　振替00120-8-767643
印刷・製本―中央精版印刷株式会社
装丁者――高橋雅之

幻冬舎文庫

ISBN978-4-344-41663-5　C0193　や-3-21